JÜRGEN AHRENS

Tegernsee-Connection

TÖDLICHES KOMPLOTT Ein leerstehendes Luxushotel am Tegernsee wird durch ein Großfeuer in Schutt und Asche gelegt. Alle Indizien deuten auf Brandstiftung hin. Wer hatte Interesse an der Zerstörung des Gebäudes? Bei seinen Ermittlungen sieht sich Kriminalkommissar Markus Kling zwielichtigen Geschäftemachern, Multimillionären und dubiosen Lokalpolitikern gegenüber – einer »Tegernsee-Connection«, in der jeder Einzelne verdächtig ist. Überraschend und zum Entsetzen aller geht der unbekannte Brandstifter einen Schritt weiter: Mehrere Gebäude brennen ab, in ihren Ruinen finden sich verkohlte Leichen – und der Feuerteufel ist nicht zu fassen. Mit jedem Brand wird die Sache mysteriöser. Erst nach einem weiteren Mord fällt es Markus Kling wie Schuppen von den Augen. Endlich hat er eine heiße Spur, doch die bringt ihn unversehens in Lebensgefahr …

© Jürgen Ahrens

Jürgen Ahrens, geboren in Bremen, studierte Germanistik, Musikwissenschaft und Fotodesign. Im Anschluss arbeitete er acht Jahre als Texter in internationalen Werbeagenturen, bevor er sich selbstständig machte. Neben seiner werblichen Tätigkeit arbeitete er auch journalistisch, unter anderem für das BMW Magazin und die Süddeutsche Zeitung, und veröffentlichte mehrere Autobücher und Romane. Mit Kommissar Markus Kling hat er seine erste Serienfigur erschaffen. Jürgen Ahrens lebt mit seiner Ehefrau in seiner Wahlheimat München. Seit 2005 ist er aktives Mitglied der Autorengruppe KaLiber.

Weitere Informationen unter: juergen-ahrens.com

JÜRGEN AHRENS

Tegernsee-Connection

Kriminalroman

GMEINER

Personen und Handlung sind frei erfunden.
Ähnlichkeiten mit lebenden oder toten Personen
sind rein zufällig und nicht beabsichtigt.

Immer informiert

NEWSLETTER

Spannung pur – mit unserem Newsletter informieren wir Sie
regelmäßig über Wissenswertes aus unserer Bücherwelt.

Gefällt mir!

Facebook: @Gmeiner.Verlag
Instagram: @gmeinerverlag
Twitter: @GmeinerVerlag

FSC www.fsc.org
MIX
Papier aus verantwortungsvollen Quellen
FSC® C083411

Besuchen Sie uns im Internet:
www.gmeiner-verlag.de

Im Ehnried 5, 88605 Meßkirch
Telefon 07575/2095-0
info@gmeiner-verlag.de

1. Auflage 2020

Lektorat: Sina Deter
Herstellung: Mirjam Hecht
Umschlaggestaltung: U.O.R.G. Lutz Eberle, Stuttgart
unter Verwendung eines Fotos von: © egerer-fotografie / stock.adobe.com
Druck: CPI books GmbH, Leck
Printed in Germany
ISBN 978-3-8392-2762-6

Für Günter

Elf Uhr zehn, Leiche Nummer zwei für heute.

Die Utensilien des Autopsiebestecks lagen auf dem Instrumententablett bereit, glänzend und akkurat ausgerichtet: Schädelspalter, Rippenschere, Osteotomiezange, Hammer und Schaber, dazu verschiedene Meißel, Seziermesser und Pinzetten.

Dr. Hans Wiesmeier, Oberarzt am Münchner Institut für Rechtsmedizin, schlug das Abdecktuch zurück und musterte den verkohlten Körper, der vor ihm auf dem Obduktionstisch lag. In seiner siebenjährigen Berufspraxis hatte er bereits etliche Brandopfer zu Gesicht bekommen, aber dieses war besonders übel zugerichtet. Die diffuse, kaltweiße Beleuchtung, die jede Pore gnadenlos zur Schau stellte, ließ das Ausmaß der Vernichtung noch brutaler wirken.

»Den hat's gründlich erwischt«, kommentierte Wiesmeier trocken.

Seine Assistentin, Dr. Julia Kern, las gerade in dem Bericht des Kollegen aus Rottach-Egern. »Er hat ja wohl auch direkt am Brandherd gelegen«, meinte sie. »Armer Kerl. Sieht scheußlich aus.«

»Ja, nicht gerade das, was man sich direkt vor dem Mittagessen wünscht«, bestätigte Wiesmeier. »Pfefferminzbonbon?«

Er hielt ihr die Schachtel hin, und sie nahm dankend an. Danach lupfte er seinen Mundschutz und bediente sich selber.

»Also, dann wollen wir mal«, sagte er, während er knirschend sein Bonbon zerbiss. »Ich denke, wir können es relativ kurz machen. Die Staatsanwaltschaft möchte von uns die exakte Todesursache wissen, und da gibt es nach Lage der Dinge drei Möglichkeiten: Schussverletzung,

Schädelbruch oder Rauchgasvergiftung. Die Schädelfraktur wurde ja von dem Kollegen am Brandort festgestellt. Bleibt noch zu untersuchen, ob sie unmittelbar tödlich war.«

»Dann hätten wir einen Fall von Brandmord.«

»Genau. Und dasselbe könnte zutreffen, wenn wir wider Erwarten eine Schussverletzung finden. Das sind zwar juristische Spitzfindigkeiten, aber der Staatsanwalt ist da sehr penibel. Kann man verstehen.«

Wiesmeier schaltete sein Diktiergerät ein und begann mit dem Obduktionsprotokoll.

»Name: Goran Svetila, geboren am 15. Februar 1993 in Karlovac, wohnhaft in Dürnbach, Gemeinde Gmund, von Beruf Objektschutz-Mitarbeiter. Identität vorbehaltlich Untersuchung und Abgleich des Zahnstatus, wie von der Kriminalpolizei gewünscht. Ich beginne jetzt mit der äußeren Besichtigung.«

Routiniert und akribisch untersuchte er jeden Quadratzentimeter der rußgeschwärzten Haut auf mögliche Eintrittsspuren eines Projektils. Plötzlich stutzte er und beugte sich tief über den rechten Handrücken des Toten.

»Sieh mal hier! Das ist keine normale Verletzung. Sieht eher aus wie eingeritzte Schriftzeichen oder sowas.«

Er untersuchte die kaum erkennbaren Einschnitte mit einer Lupe und versuchte ihren Sinn zu entschlüsseln. »Sechs gerade Linien, anscheinend mit einem Messer in die Haut geschnitten. Wenn ich mich nicht ganz schwer täusche, sind das Buchstaben. K-I-L. Sehr seltsam. Mit einem L mehr könnte man sich einen Reim darauf machen. Aber KIL? Was zum Teufel soll das bedeuten?«

Julia Kern zuckte die Schultern. »Da bin ich genauso überfragt wie du. Vielleicht … wollte er ein zweites ›L‹ einritzen und ist durch irgendetwas gestört worden?«

»Ja, gut möglich. Klingt zumindest plausibel.«

Wieder sprach Wiesmeier in sein Diktiergerät. »Fürs Protokoll: In den Rücken der rechten Hand wurden drei Buchstaben eingeritzt, K, I und L. Frau Dr. Kern macht ein Foto davon, und ich entnehme eine Gewebeprobe von den Wundrändern, um sie im Labor auf Rückstände von Blut oder Serum untersuchen zu lassen.«

Julia Kern brachte ihre Handkamera in Position und machte einige Blitzaufnahmen der kryptischen Zeichen. Wiesmeier sah kopfschüttelnd zu. »Egal, wer oder was dahintersteckt«, sagte er, »der Täter hat offensichtlich ein Rad ab. Nicht, weil er Feuer legt und jemanden umbringt, sondern weil er die Leiche auch noch mit einer schriftlichen Botschaft dekoriert. Pervers.«

Nach der Gewebeentnahme setzte Wiesmeier die Suche nach Schusswunden fort. »Negativ«, diktierte er schließlich das Ergebnis. »Der Körper weist keinerlei Einschussspuren auf.«

Die Leiche lag jetzt auf dem Bauch und ließ deutlich den zertrümmerten Teil des Schädels erkennen.

»Massiver Bruch des Scheitelbeins«, protokollierte Wiesmeier, »wie schon im Totenschein vermerkt. Mit hoher Wahrscheinlichkeit unmittelbar letal. Art und Umfang der Verletzung deuten darauf hin, dass mehrfach mit einem harten Gegenstand auf den Schädel eingeschlagen wurde, als der Mann am Boden lag. Dass es ein herunterfallendes Trümmerteil war, ist aufgrund des Berichts der Spurensicherung eher unwahrscheinlich.«

Auch die zweite Verletzung war unübersehbar.

»Ausgedehnte Läsion im Bereich des fünften bis zehnten Brustwirbels, wurde ebenfalls dokumentiert. Der Tote lag auf dem Bauch, als man ihn gefunden hat, der Rücken eingeklemmt unter einem verkohlten Balken. Somit geht diese Verletzung zweifelsfrei auf den Brand zurück.«

Mit einem Seziermesser entfernte Wiesmeier die Haut von dem betroffenen Bereich und legte die Wirbelsäule frei. »Bruch des fünften bis achten Rippenwirbels«, diagnostizierte er, »post mortem. Dass der Mann zu diesem Zeitpunkt noch gelebt hat, würde ich ausschließen.«

»Also vermutlich Tod durch Schädelbruch«, resümierte Julia Kern.

»Wenn du mich fragst, ja. Mit 99-prozentiger Wahrscheinlichkeit. Aber das restliche eine Prozent müssen wir trotzdem einkalkulieren. Sollten sich Brandrückstände in den Atemwegen finden, war meine Einschätzung falsch.«

Erneut schaltete er das Diktiergerät ein.

»Ich untersuche jetzt Lunge, Luftröhre und Speiseröhre auf Ruß- oder Rauchgasspuren, um zu klären, ob beim Ausbruch des Feuers eventuell noch Vitalfunktionen bestanden.«

Er setzte die Rippenschere an und öffnete mit wenigen geübten Schnitten den Brustkorb der Leiche. Dann griff er zu einem der Seziermesser und begann mit der inneren Besichtigung. Nach mehreren Inzisionen in die Brustorgane und Begutachtung dessen, was einmal Schleimhäute gewesen waren, schüttelte er den Kopf. »Nichts«, sagte er zu seiner Assistentin. »Jedenfalls nichts, was ad hoc zu erkennen wäre.«

»Also Laboruntersuchung.«

»Ja.« Wiesmeier nahm das Protokoll wieder auf. »Die Sichtprüfung ergab keinen Hinweis auf Brandspuren, das muss im Labor abgeklärt werden. Zur Untersuchung auf etwaige Rauchgasrückstände entnehme ich jeweils eine Gewebeprobe aus Luftröhre, Bronchien und Speiseröhre.«

Mithilfe von Skalpell und Pinzette sondierte er mehrere Stellen der Organe und schnitt erbsengroße Stücke aus dem Gewebe heraus. Julia Kern reichte ihm für jede Entnahme ein steriles Plastikröhrchen, in das er die Probe sorgfältig einführte. Endgültige Gewissheit über die Todesursache würden erst die Kollegen im histologischen Labor herstellen können.

Wiesmeier kam zu seinem Schlussbericht. »Vorläufiges Obduktionsergebnis, unter Vorbehalt von Gewebeuntersuchung im Labor und histologischem Gutachten: Tod durch Scheitelbeinbruch und Eindringen von Knochenteilen ins Gehirn, verursacht durch massive Gewalteinwirkung mit einem harten Gegenstand. Falls ein Kampf mit dem Täter stattgefunden hat, dann vorher, sonst würde sich die Fraktur nicht am Hinterkopf befinden. Der Mann hat also vermutlich auf dem Bauch gelegen, während die Schläge ausgeführt wurden.«

Er schaltete das Gerät aus und legte es auf dem Tablett ab. »Okay, das war's fürs Erste. Bleibt noch die zahnärztliche Untersuchung zum Identitätsnachweis. Du kannst Dr. Kählitz anrufen und ihm Bescheid sagen, dass wir fertig sind.«

Die beiden Mediziner verließen den Saal und bemühten sich, ihren inneren Kompass um hundertachtzig Grad zu drehen. Zeit, sich von Mordbrand und Organsektionen auf die Mittagspause umzustellen, von Grauen auf Genuss. Ganz gelang es Wiesmeier nicht; seine Gedanken kreisten immer weiter um den Hergang der Tat.

»Also, für mich persönlich ist der Fall klar«, sagte er zu seiner Kollegin. »Wahrscheinlich wird es auch die Kripo so rekonstruieren. Ich sehe das fast wie einen Film vor mir: Der Brandstifter wird in flagranti ertappt, ringt den Security-Mann nieder und schlägt ihm anschließend den Schädel ein.«

»Mit der Pistole, die verschwunden ist. Oder was meinst du?«

Wiesmeier wiegte skeptisch den Kopf. »Ich denke, eher nicht. Die Schädelfraktur ist so massiv, dass es eher ein größerer Gegenstand mit mehr Hebelwirkung war. Wahrscheinlich aus Holz, dann ist sowieso nur Asche davon übrig, also ein Mord ohne Corpus delicti.«

»Und der Rest ist in Rauch aufgegangen«, sagte Julia Kern. »Ich frag mich nur, was der Kerl mit der Schusswaffe vorhat.«

»Mit Sicherheit nichts Gutes. Hoffentlich müssen wir nicht demnächst eine Leiche obduzieren, in der eine von den Patronen steckt. Wenn ich bedenke – eine voll geladene HK P7, und irgendein Irrer, dem es auf Mord oder Totschlag nicht ankommt, läuft damit frei in der Gegend herum … nicht gerade eine beruhigende Vorstellung.«

»Mal nicht den Teufel an die Wand.«

»Muss ich gar nicht«, erwiderte Wiesmeier lakonisch. »Der geht ja schon um. Und wenn das hier sein zweiter Anschlag war, macht er weiter, da kannst du Gift drauf nehmen.«

1

Ist das wirklich so einfach?

Er hat seinen Rucksack vor dem Hintereingang abgestellt, die Werkzeuge herausgenommen und den Spanner im Licht seiner Taschenlampe ins Türschloss eingesetzt. Passt. Mit der linken Hand hält er den Spanner in Position, mit der rechten schiebt er den Elektropick nach, so gefühlvoll, wie es seine zitternden Finger erlauben. Ein Knopfdruck, und unter leisem Sirren arbeitet sich die Metallspitze vor. Wie der Rüssel eines überdimensionalen Insekts dringt sie in den Schließmechanismus ein, sucht sich vibrierend ihren Weg und gibt die Stifte der Reihe nach frei. Fertig. Das Ganze kann nicht mehr als zehn Sekunden gedauert haben.

Erleichtert, aber weiterhin skeptisch drückt er gegen den Türknauf und schiebt unten mit dem rechten Fuß nach. Die Tür hängt nicht mehr ganz lotrecht in den Angeln und schleift geräuschvoll mit der Unterkante über den Boden, aber sie geht auf. Sicherheitshalber sieht und hört er sich noch einmal in alle Richtungen um. Nichts. Die Herbstnacht ist so still, als halte sie in Erwartung des Geschehens den Atem an. Selbst das knisternde Tröpfeln von Tau aus den Baumwipfeln klingt nach Grabesruhe.

Also los. Er nimmt sich seinen Rucksack, schnallt ihn um und tritt in den Gang. Ein dumpfes Gemisch aus

Staub und Moder dringt aus dem Dunkel, legt sich penetrant auf die Schleimhäute. Er reibt sich die Nase, um nicht niesen zu müssen. Blödsinn, denkt er gleich darauf, hier kann dich ja keiner hören.

Und doch erfasst ihn plötzlich Angst vor der eigenen Tollkühnheit. Während er langsam die Treppe ins Erdgeschoss hochsteigt, spürt er, wie sein Herzschlag sich beschleunigt. Es sei risikolos, hat ihm der Unbekannte versichert. Aber was, wenn jemand etwas bemerkt, bevor er sich in sichere Entfernung abgesetzt hat? Er muss schnell sein. Schneller als die Flammen. Schneller als ein nächtlicher Notruf und die Einsatzbereitschaft der Feuerwehr.

Er hält inne und zwingt sich, ruhig und gleichmäßig zu atmen. Dann greift er in seine Jackentasche, zieht einen Flachmann mit Obstler heraus und nimmt ein paar kräftige Schlucke. Schnell zwei von den hellgrünen Tabletten hinterher. Das hilft fast immer.

Er öffnet eine weitere Tür, diesmal unverschlossen, und betritt die verwaiste Lobby. Im Lichtkegel der Taschenlampe scheinen bläulichweiß die Gespenster der Vergangenheit auf. Staub und Spinnweben überall; abgewetzte Sessel und Stühle, fransenbesetzte Brokatvorhänge, ehemals farbig gemusterte Orientteppiche, die seit Jahren kein Fuß mehr betreten hat. Zwei Mäuse flüchten über den Fußboden in ihre Löcher. Hinter dem Empfangstresen hängen noch immer die Schlüssel der Gästezimmer, säuberlich nach Nummern aufgereiht.

Er muss an die Reise denken, auf der er selber zum letzten Mal in einem Hotel dieser Art übernachtet hat. Das war in Opatija an der kroatischen Küste, in einem historischen alten Kasten, mit livrierten Pagen, stuckverzierten Decken und Zimmerschlüsseln, an denen schwere Messinggewichte baumelten. Es ist, als habe sich eine Gruft verblichener Erinnerungen geöffnet, die nun stumm ihre Mumien preisgibt.

Der Alkohol und die Tabletten haben sich zu einem explosiven Gemisch verbunden. Eine jähe Woge von Selbstekel, Wut und Hass steigt in ihm auf. Weg mit all dem, zur Hölle mit dem ganzen verlogenen Plunder –

»Verfluchte Schweine!«, bricht es aus ihm heraus. »Verfluchte … dreckige … verdammte Schweinebande!« Es ist Zorn- und Triumphgebrüll zugleich, imaginären Widersachern entgegengeschleudert, die sich längst aus seinem Leben verabschiedet haben. Niemand außer ihm kann es hören, die Wände schlucken den Schall gleichmütig und ohne die leiseste Resonanz. Aber es erleichtert ungemein. Plötzlich fühlt er sich nicht mehr als Gefangener seines Auftrags, sondern vollkommen frei. Er hat Macht. Er kann Ungeheures vollbringen. Dieses große, erhabene Zerstörungswerk – es wird ein Fanal sein, ein höllisches Feuer, mit dem er sich von allem reinigt, was ihm an Schmach und Gemeinheiten zugefügt worden ist. Schnell einen Schluck Obstler, nein, zwei.

Als er sich wieder beruhigt hat, setzt er seinen Rucksack ab und leert den Inhalt aus. Drei grüne Plastikflaschen kullern auf die Bodendielen. Drei Liter Brennspiritus, das dürfte mehr als genug sein. Die Wände sind ringsum mit Holz vertäfelt, auch die Decke und die ausladende Treppe, die ins nächste Stockwerk führt, bestehen vollständig aus Holz. Obendrein ist alles so knochentrocken, dass es augenblicklich in Flammen aufgehen wird. Er darf nur nicht riskieren, vom Feuer eingeschlossen zu werden. Der Rückweg zur Hintertür muss gesichert sein.

Er geht zu einem der Fenster hinüber und leert die erste Flasche gluckernd über einen Sessel aus, der direkt neben einem Brokatvorhang steht. Den Inhalt der zweiten schüttet er auf die Holztreppe mit ihrem verschlissenen roten Läufer, den dritten quer über den Empfangstresen. Beißender Chemikaliengeruch breitet sich aus.

Er tritt ein paar Schritte zurück und betrachtet aufatmend sein Werk. Dann holt er das Stabfeuerzeug aus dem Rucksack, drückt auf den Taster und hält die Gasflamme mit ausgestrecktem Arm an den mit Spiritus getränkten Sessel. Im nächsten Moment fährt er erschrocken zurück, so hell und heftig schießt die Lohe hervor. In Sekundenschnelle springt sie auf den Vorhang über, der sich in eine drei Meter hohe Feuersäule verwandelt. Jetzt schnell die beiden anderen Pfützen anzünden und dann verschwinden, bevor der ganze Raum zu einer Flammenhölle wird. Wusch, die Treppe. Wusch, der Tresen. Eine weitere Feuersäule.

Er schnallt den Rucksack wieder um und tritt mit hastigen Schritten den Rückzug an. Draußen ist es nach wie vor totenstill, doch plötzlich hört er das Klirren einer zerspringenden Fensterscheibe und gleich darauf ein prasselndes, fauchendes Geräusch. Die Stimme des Feuers. Gierig fressen die Flammen, was sie erbeutet haben, nichts kann sie jetzt mehr aufhalten. Wie schön es brennt, wie lustvoll, wie böse!

Er durchquert den fast hüfthoch mit Unkraut bewachsenen Garten, zwängt sich durch das verrostete alte Tor in der Hecke und läuft auf den Waldrand zu. Der Rückweg durch den Bergwald nach Ringsee, eine knappe halbe Stunde, dürfte die leichteste Übung sein. Zu dieser Nachtzeit wird ihm dort keine Menschenseele begegnen.

Mit jedem Schritt löst sich seine Anspannung und macht zunehmend innerem Jubel Platz. Es ist geschafft. Es ist geschafft! Die Anzahlung hat er sich redlich verdient. Und übermorgen, spätestens nach dem Wochenende, wird er noch einmal um vierzigtausend Euro reicher sein.

2

Eine Woche zuvor hatte er noch an einen schlechten Scherz geglaubt. Es geschah nicht oft, dass sein Telefon klingelte. Meist handelte es sich um unerbetene Werbeanrufe von windigen Verkäufern, die ihm Zeitschriften-Abos oder Glücksspiellose aufschwatzen wollten. Er hatte sich angewöhnt, nach dem ersten einschlägigen Satz kommentarlos aufzulegen, nachdem er anfangs ein wütendes »Ach, leck mich doch« in den Hörer geblafft hatte.

»Ja …?«, meldete er sich misstrauisch.

»Herr Lauterwasser?«

»Ja.«

Diesmal kam der einschlägige Satz nicht, obwohl im Display keine Nummer angezeigt war.

»Mein Name ist Lehmann, guten Abend«, sagte der Anrufer stattdessen. »Ich …«

Der Mann sprach Hochdeutsch mit leichtem Akzent, den Lauterwasser nicht einordnen konnte. Holländer? Schweizer? Bayer schien er jedenfalls nicht zu sein. Außerdem war unüberhörbar, dass er seine Stimme verstellte. Es klang, als würde er beim Reden die Zähne aufeinanderpressen, statt seinen Unterkiefer normal zu bewegen. Wahrscheinlich war auch der Name falsch.

»Lehmann? Kenn i ned«, unterbrach Lauterwasser grob. »Pfüa Gott.«

»Moment, lassen Sie mich doch ausreden! Also, ich würde Ihnen gern ein Geschäft vorschlagen.«

»Ich bin kein Geschäftsmann. Nicht mehr.«

»Ja, weiß ich. Aber Sie können Geld gebrauchen, oder?«

Schweigen.

»Was ist?«, fragte der Anrufer.

»Woher kennen Sie mich? Was wollen Sie?«

»Ich sagte doch, ich möchte Ihnen ein Geschäft anbieten. Eins, bei dem Sie eine Menge verdienen können.«

»Eine Menge? Und wie viel ist das genau?«

»Sagen wir zwanzigtausend Euro?«

Lauterwasser verschlug es die Sprache. Unwillkürlich vergaß er das Ausatmen, während ihm ein Blutschwall in den Kopf stieg und fühlbar pochte.

»Also, was ist?«, wiederholte der Unbekannte.

»Sie spinnen ja«, sagte Lauterwasser, als er sich wieder gefangen hatte. Doch gleichzeitig begann die Neugier von ihm Besitz zu ergreifen. Neugier in ihrer reinsten Form, wie sie ihm seit Jahren vertraut und verhasst war. Ihr Name war Geldgier.

»Ich mache keine Witze«, widersprach der Anrufer. »Zwanzigtausend Euro, bar auf die Hand. Einverstanden?«

Lauterwasser ließ sich die Summe plastisch durch den Kopf gehen. »Ich weiß nicht«, sagte er mit bemühtem Zögern, obwohl er vor Erregung vibrierte. »Das klingt nicht gerade so, als wäre es etwas Legales.«

»Nein, zugegeben, legal ist es nicht. Aber risikolos. Und es wird niemand zu Schaden kommen, so viel kann ich Ihnen versprechen.«

»Und wieso sind Sie da gerade auf mich gekommen?«

»Weil Sie bis zum Hals in der Scheiße stecken und Geld brauchen. Muss ich denn alles doppelt sagen?«

»Sie haben sich also über mich erkundigt. Was sind Sie, ein Detektiv?«

Aus dem Hörer drang ein kurzes, amüsiertes Lachen. »Nicht ganz. Ich bin so eine Art … Agent, könnte man sagen.« Für einen kurzen Moment vergaß der Anrufer, die Zähne aufeinanderzupressen, korrigierte seinen Lapsus aber sofort.

»Sie meinen Geheimagent?«, fragte Lauterwasser. Die ganze Sache klang überaus mysteriös.

»Denken Sie, was Sie wollen. Mehr erfahren Sie von mir nicht.«

»Na gut. Reden wir halt über Ihr … Geschäft, was immer das sein soll.«

Am anderen Ende der Leitung war ein tiefer Atemzug zu hören. Lehmann, oder wie er wirklich heißen mochte, schien deutlich erleichtert zu sein. »Also, dann hören Sie jetzt gut zu«, sagte er. »Sie kennen den Luitpoldpark in München?«

»Dem Namen nach, ja. Ich war aber nie dort.«

»Egal, dann lernen Sie ihn jetzt kennen. Haben Sie morgen Vormittag etwas vor?«

»Nein. Im Moment bin ich arbeitslos.«

»Ausgezeichnet …«

»Ha!«, schnaubte Lauterwasser. »Ich könnte mir was Besseres vorstellen.«

»Ich wollte damit nur sagen, dass wir keine Zeit zu verlieren brauchen. Also, besorgen Sie sich als Erstes eine Bahnfahrkarte nach München. Vom Hauptbahnhof gehen Sie dann in den Karstadt gegenüber und kaufen sich irgendein billiges Oberhemd, eine Hose oder was weiß ich …«

»Wollen Sie mich verarschen?«, fiel ihm Lauterwasser konsterniert ins Wort.

»Warten Sie doch ab, bis ich fertig bin! Also, kaufen Sie irgendetwas, zu dem Sie eine große Tragetasche bekommen. Die paar Euro haben Sie ja wohl übrig.«

»Ja, hab ich.«

»Anschließend steigen Sie am Hauptbahnhof in die U2 und fahren bis zur Station Scheidplatz. Der Luitpoldpark ist direkt nebenan. Vom U-Bahnhof aus führt ein kleiner Pfad zum Aussichtshügel, das sind fünf bis zehn Minuten Fußweg. Da oben gibt es eine kleine freie Terrasse mit Bänken. Und auf einer dieser Bänke werde ich sitzen, morgen um Punkt dreizehn Uhr. Sie erkennen mich daran, dass ich eine identische Tragetasche dabeihabe. Außerdem trage ich eine getönte Brille und einen Hut.«

»Aha. Und dann?«

»Dann setzen Sie sich zu mir, und wir tauschen die Tragetaschen. In meiner werden Sie eine Anzahlung finden, das nötige Handwerkszeug und genaue Anweisungen, was zu tun ist. Haben Sie einen Rucksack und eine Taschenlampe?«

»Ja. Beides.«

»Sehr gut, dann muss ich mich darum nicht kümmern.«

»Wollen Sie mir nicht endlich sagen, um was es geht?«

»Nein. Das bekommen Sie dann ja schriftlich.«

»Und wie hoch ist die Anzahlung?«

»Die Hälfte, zehntausend. Den Rest gibt es, wenn die Sache erledigt ist.«

»Hmmm.« Lauterwasser fühlte sich zunehmend selbstsicher. Der Mann wollte etwas von ihm, also verhandelten sie auf Augenhöhe. Nur nicht zeigen, dass man in der schwächeren Position war.

»Was heißt hmmm?«, hakte Lehmann nach.

»Ich überlege noch. Was ist, wenn ich zu all dem jetzt nein sage?«

»Ich glaub kaum, dass Sie das tun.«

Das kam so von oben herab, in einem Tonfall zwischen Spott und Mitleid, dass Lauterwasser versucht war, »Arschloch!« in den Hörer zu brüllen und aufzulegen. Aber er beherrschte sich mühsam. »Also schön«, hörte er sich stattdessen sagen. Und fügte fast übergangslos hinzu: »Aber dann will ich fünfzigtausend.«

Kaum hatte er den Satz ausgesprochen, da bereute er ihn auch schon. Einmal mehr war der Spieler in ihm durchgekommen, wider alle Vernunft. Va banque, volles Risiko, bis zum Ruin. Was würde jetzt kommen? »Dann vergessen Sie's«?

Doch zu seiner Erleichterung geschah nichts dergleichen. Der Anrufer verstummte für einige Sekunden und sagte dann umstandslos: »Okay. Fünfzigtausend und keinen Cent mehr. Dann sind wir uns also handelseinig.«

»Ja. Sind wir.«

»Gut. Und ich muss wohl nicht extra betonen, dass Sie das Papier mit den Anweisungen in den Ofen stecken und verbrennen werden, sobald Sie es gelesen haben. Ach, und noch was: Lassen Sie sich bloß nicht einfallen, von dem Honorar irgendwelche Schulden in bar zu bezahlen oder teure Sachen zu kaufen. Im Internet finden Sie jede Menge Tipps, wie Sie das Geld unauffällig in den Kreislauf einschleusen können. Und dann verschwinden Sie am besten irgendwohin. Nach einer gewissen Karenzzeit.«

»Ganz schön viele Vorschriften«, sagte Lauterwasser trotzig. »Und wenn ich mich nun nicht daran halte?«

»Im Zweifelsfall sind Sie dann tot.«

Er meinte es ernst, daran ließ der eisige Ton keinen Zweifel. Jäh wurde Lauterwasser klar, dass er hier nur der Schwimmer war, der mit einem Weißen Hai zu spielen versuchte. Er spürte, wie ihn ein Frostschauer durchlief.

»Hallo? Sind Sie noch dran?«

»Ja.«

»Gut. Also, haben Sie sich alles gemerkt?«

»Ja«, sagte Lauterwasser mit pelziger Zunge. »Morgen um dreizehn Uhr auf dem Aussichtshügel im Luitpoldpark. U-Bahnhof Scheidplatz.«

»Wunderbar. Ich freue mich darauf, Sie zu treffen. Bis morgen. Und denken Sie an die Tragetasche.«

»Jaja. Und was ist mit der Restzahlung? Ich meine … Hallo?«

Es kam keine Antwort mehr. Lauterwasser stand reglos in seiner Wohnküche, hielt das Telefon in der Hand und starrte auf den billigen Abreißkalender an der Wand. Der Countdown lief. Morgen um dreizehn Uhr. Und wenn nicht?

Es war zu spät, um daran zu denken. Er hatte sich auf die Leimrute locken lassen, jetzt klebte er daran fest und kam nicht mehr los.

3

»Und nun die wichtigsten Nachrichten aus der Region. Bei einem Großfeuer im Kreuther Ortsteil Reitrain am Tegernsee wurde in der vergangenen Nacht ein ehemaliges Luxushotel vollständig zerstört.«

Markus Kling horchte auf und drehte das Radio lauter. Reitrain am Tegernsee. Das klang nach Arbeit. Das gesamte Tegernseer Tal fiel in die Zuständigkeit seiner Dienststelle, der Polizeiinspektion Miesbach. Und ein solches Großereignis war etwas anderes als ein Zimmerbrand wegen eines vergessenen Bügeleisens, auch etwas anderes als die Bagatellvorkommnisse, an denen es keinen Tag mangelte.

»Die örtliche Feuerwehr und Einsatzkräfte aus den umliegenden Gemeinden waren mit mehreren Löschzügen im Einsatz, konnten aber nicht verhindern, dass das Gebäude bis auf die Grundmauern niederbrannte. Personen kamen offenbar nicht zu Schaden, da das Hotel seit geraumer Zeit leer stand. Über die Höhe des Sachschadens wurden bisher keine Angaben gemacht, auch die Brandursache ist derzeit unklar. Wir halten Sie auf dem Laufenden und melden uns, sobald nähere Informationen vorliegen.«

Vorsätzliche Brandstiftung, dachte Kling fast automatisch, auch wenn die Meldung nichts dergleichen enthielt. Womöglich sollten in dem Hotel Flüchtlinge untergebracht werden, und irgendwelche selbst ernannten Patrioten hatten sich berufen gefühlt, diesen Plan gewaltsam zu durchkreuzen. Es wäre ja nicht der erste Fall dieser Art. Kling hoffte, dass er falsch lag. Es wäre einfach zu ekelhaft und zu frustrierend.

In diesem Moment klingelte sein Smartphone, das neben der Kaffeetasse auf dem Küchentisch lag. Die Nummer der Inspektion erschien im Display. Kling unterbrach sein Frühstück, legte seine mit Marillenmus bestrichene Semmel zur Seite und nahm den Anruf an. Annette Weiss meldete sich, eine Kollegin, die in den letzten acht Stunden den Kriminaldauerdienst versehen hatte.

»Hast du gehört, was letzte Nacht passiert ist?«, fragte sie.

»Ja, kam im Radio«, sagte Kling. »Der Großbrand am Tegernsee. War schon jemand von euch da?«

»Ich selber, ja. Bin vor einer halben Stunde zurückgekommen. Es war die Hölle, kann ich dir sagen. Die Feuerwehr hat mit fünf B-Rohren draufgehalten, aber da war nichts mehr zu retten.«

»Und gibt es irgendwelche Hinweise auf die Ursache?«

»Nichts Konkretes, da müssen wir abwarten, was die Brandfahnder sagen. Aber wenn du mich fragst, ich tippe ganz klar auf Vorsatz.«

»War auch mein erster Gedanke. Und was macht dich so sicher?«

»Na ja …«, antwortete Annette mit einem Achselzucken in der Stimme. »Es ist einfach so, dass nichts anderes in Frage kommt. Erstens war der alte Kasten unbewohnt, zweitens hatte er seit Jahren keinen Strom- und Gasanschluss mehr, also scheiden die üblichen Verdächtigen von vornherein aus. Kurzschluss, glimmende Zigarette, heiße Herdplatte, Explosion und dergleichen. Gewitter gab es auch keine, somit steht auch Blitzschlag außer Betracht. Da bleibt nicht viel übrig, oder?«

»Nein, mir fällt auch nichts ein.«

»Außerdem hat sich das Feuer rasend schnell ausgebreitet. Da muss jemand nachgeholfen haben.«

»Ich frag mich nur, was das Motiv sein könnte«, überlegte Kling. »Wer zum Henker zündet ein leer stehendes Hotel an? Kann es sein, dass es als Flüchtlingsunterkunft vorgesehen war?«

»Nein, nein, auf keinen Fall. Das sollte verkauft werden, soweit ich weiß. Oder ist bereits verkauft. Näheres sag ich dir dann im Büro. Wann kannst du da sein?«

»In einer Viertelstunde.«

»Gut, dann warte ich auf dich. Lenz wird dir dann nähere Anweisungen geben. Er hat vorhin gesagt, dass er dich zusammen mit Murad hinschicken will, sobald die Brandstelle begehbar ist.«

Lorenz »Lenz« Finsinger hatte erst vor Kurzem die Leitung der Polizeiinspektion von seinem Vorgänger übernommen. Mit seinen dreiundfünfzig Jahren war er der älteste und erfahrenste Beamte im Team. Murad Özkan besaß eine Spezialausbildung als Brandfahnder. Seine Familie stammte ursprünglich aus Kayseri in der Zentraltürkei, er selber war in Ottobrunn bei München aufgewachsen und arbeitete seit zwei Jahren als Hauptkommissar in Miesbach.

Kling sah auf die Uhr. Noch die eine Marmeladensemmel und eine Tasse Kaffee, dann wäre er startbereit und könnte zehn Minuten vor seinem offiziellen Dienstbeginn in der Inspektion eintreffen. Während er den Kaffee schlürfte, ging er hinüber in die Diele und sah in den Garderobenspiegel. Na ja, halbwegs annehmbar. Seiner störrischen Frisur das gewohnte Gel-Finish zu verpassen, war zeitlich nicht mehr drin, aber das spielte jetzt keine Rolle. Er ging zurück in die Küche, steckte sein Smartphone ein und schaltete das Licht aus. Vor dem Fenster wurde es langsam hell, auch wenn die Sonne es noch nicht über die Hügelkuppen geschafft hatte.

Während er die Treppe aus dem ersten Stock hinunterlief und wie üblich zwei Stufen auf einmal nahm, ließ er sich das Geschehene im Zeitraffertempo durch den Kopf gehen. Wenn es sich wirklich um Brandstiftung handelte, wartete ein arbeitsreicher Tag auf ihn, der aus kriminalistischer Sicht äußerst spannend werden konnte.

Vor einem Dreivierteljahr hatte er seinen Dienst als Hauptkommissar in der Polizeiinspektion Miesbach angetreten. Eigentlich hätte er sich eine Anstellung im Rosenheimer Präsidium gewünscht, auch wegen der größeren Nähe zu ein paar Freunden aus seiner Schulzeit am Gymnasium; so gesehen war sein Einsatzort also eher zweite Wahl. Andererseits – was Stadtbild und Lage betraf, hatte Miesbach deutlich mehr zu bieten als Rosenheim, das aussah, als hätte es sich irgendwann am Scheideweg zwischen Dorf, Großstadt und Industriegebiet in einer Sackgasse verrannt. Außerdem besaß die Gegend einen entscheidenden Vorteil: In einer halben Autostunde war man von hier aus mitten im Spitzinggebiet, einem Paradies für leidenschaftliche Mountainbiker und Skifahrer wie ihn. Noch klarer war dieser Vorzug im Vergleich zu Fürstenfeldbruck, wo er vor Jahren seine erste Ausbildungsetappe an der Polizeihochschule absolviert hatte.

Sonderlich spektakuläre Fälle hatte Markus Kling an seinem neuen Arbeitsplatz bis jetzt nicht bearbeitet; mehrere Einbruchsdiebstähle waren darunter, ein Handtaschenraub, eine versuchte Vergewaltigung und ein Grundstücksbesitzer, der seinen Nachbarn wegen des Streits um einen Gartenzaun mit einer Gaspistole angeschossen hatte. Seitdem war das Opfer auf einem Auge stark sehbehindert. Die Anklage lautete auf gefährliche Körperverletzung; das galt nicht mal als Verbrechen, sondern nur als Vergehen.

Ein Großbrand wie der von letzter Nacht war da ein ganz anderes Kaliber. Kling stellte sich vor, wie die Feuersbrunst ausgesehen haben musste: turmhoch aufsteigende Flammen und Rauchsäulen, zusammenkrachende Balken, platzende Fensterscheiben und ringsherum die Feuerwehrleute mit ihren B-Schläuchen, deren gewaltige Wasserfontänen vergeblich gegen die Zerstörung des Gebäudes ankämpften. Grausig und doch irgendwie faszinierend.

Wie immer brauchte er mit dem Auto nur knapp zehn Minuten bis zur Inspektion. Auf dem Flur kam ihm Annette Weiss entgegen, deren Schicht gerade beendet war. »Grüß dich, Markus!«, sagte sie und sah ihn mit großen Augen an. »Gut schaust aus.« Das »gut« zog sie auffallend in die Länge.

Kling war sich seit Längerem bewusst, dass er auf Annette offensichtlich anziehend wirkte, aber diese Bemerkung kam dennoch überraschend. »Wieso?«, fragte er verdattert. »Was meinst du?«

»Deine neue Frisur. Gefällt mir besser als vorher.«

»Ach so …« Unwillkürlich fuhr er sich mit den Fingern über den Kopf. Also fand sie seinen struppigen Look, der nur der Eile des Aufbruchs geschuldet war, attraktiver als die mit Gel gebändigten Haare? Das wäre womöglich eine Überlegung wert. Nicht für Annette, die war leider überhaupt nicht sein Typ, aber ganz allgemein gesehen.

»Meinst du wirklich?«, fragte er. »Ich hatte schon Angst, dass ich wie Boris Johnson aussehe.«

»Quatsch!«

»Na gut, dann … dann sollte ich das vielleicht so lassen.«

»Ja, mach das.« Damit endete das Geplänkel, und Annette wechselte zu Klings Erleichterung in einen sachlichen Tonfall über. »Aber wir wollten ja über das Großfeuer reden.«

»Genau«, sagte Kling. »Das war in Reitrain, oder? Wo liegt das noch mal genau?«

»An der Hauptstraße zwischen Rottach-Egern und Bad Wiessee, von Süden aus gesehen links davon. Es gehört aber zur Gemeinde Kreuth.«

»Ist da nicht auch dieses Schloss?«

Annette nickte. »Ja, Schloss Ringberg. Das Tagungshotel. Das hat zum Glück nichts abbekommen, ist aber relativ nah dran. Dort hat man das Feuer auch als Erstes bemerkt. Es wurde gegen halb vier Uhr morgens gemeldet, viel zu spät, als dass noch irgendetwas zu retten gewesen wäre. Außerdem führt nur eine schmale, kurvige Straße zu dem Hotel. Du kannst dir ja vorstellen, was das für fünf Löschzüge bedeutet.«

Inzwischen war Lorenz Finsinger aus seinem Büro hinzugekommen, braungebrannt vom Urlaub auf Mallorca und sichtbar sprühend vor Tatendrang. »Alles klar, Markus?«, fragte er, nachdem sie sich begrüßt hatten. »Annette hat dir ja anscheinend ein ausführliches Briefing gegeben.«

»Ja, ich bin im Bilde.«

»Gut. Okay, Markus, der Fall gehört dir. Du begutachtest heute zusammen mit Murad die Brandruine und versuchst, so viele Informationen wie möglich zu sammeln.«

»Und wann sollen wir losfahren?«

Finsinger rieb sich schulterzuckend sein bärtiges Kinn. »Kann ich im Moment nicht sagen. Erst mal muss der Trümmerhaufen kalt werden, das dauert wahrscheinlich bis zum frühen Nachmittag. Das LKA ist jedenfalls informiert, die wollen zwei Leute schicken. Außerdem kommt einer von der Versicherungskammer.«

»Ach übrigens«, fügte Annette an, »du weißt ja noch gar nicht, wie der abgebrannte Kasten hieß. *Grand Hotel Seeblick.*« Sie betonte jedes einzelne Wort übertrieben, um den ehrwürdigen Prunk des Etablissements deutlich zu machen. »Das hat was, oder?«

»Grand Hotel Seeblick«, wiederholte Kling. »Wow. Ja, toller Name, so richtig feudal.«

»Das war es auch«, bestätigte Finsinger. »Ist aber lange her.«

»In der Zwischenzeit kannst du den Namen ja mal googeln«, sagte Annette. »Also servus, ich fahr dann nach Hause und geh in die Falle.«

»Ja, schlaf gut.«

Markus Kling gönnte ihr die Ruhe nach der stressreichen Nacht von Herzen. Er selbst spürte Adrenalin in seinen Adern; es war die Freude auf einen Arbeitstag, der Spannung und Abwechslung versprach.

»Weißt du, wer die Ermittlungen leitet?«, fragte er Finsinger.

»Höchstwahrscheinlich Dr. Lamparter, wurde mir angedeutet.«

»Ach du Schreck.«

Mit Dr. Wolfgang Lamparter von der Staatsanwaltschaft München II hatte Kling schon einige Male zu tun gehabt. Das war zweifellos ein guter und sehr erfahrener Mann, dessen juristisches Fachwissen eine halbe Bibliothek ersetzen konnte. Andererseits ließ Lamparter das jeden nur zu gern spüren und neigte dazu, die Kollegen im Polizeidienst von oben herab zu behandeln. Am liebsten, mutmaßte Kling, würde er ihre Arbeit gleich mit übernehmen. Noch schlimmer war, dass er seinen Wohnsitz in Holzkirchen hatte, von Miesbach aus gesehen also fast nebenan.

»Hoffentlich kreuzt der hier nicht auf und macht die Pferde scheu«, sagte Kling.

»Wenn wir gut arbeiten, sehe ich da keine Gefahr«, entgegnete Finsinger. »Also nur keine Panik.«

»Dein Wort in Gottes Ohr. Ich seh mir jetzt mal an, was es mit dieser Brandruine auf sich hat.«

Markus Kling konnte es kaum erwarten, mehr über das »Seeblick« zu erfahren. Die Andeutung der großen Vergangenheit des Hotels hatte seine Neugier weiter angefacht. Nachdem er seinen Computer hochgefahren hatte, gab er »Grand Hotel Seeblick Tegernsee« in die Google-Suchmaske ein. Die Trefferliste war mehr als ergiebig; sie reichte von der unmittelbaren Gegenwart bis weit zurück in die Zeit, als das »Seeblick« noch Gäste beherbergt hatte. Es war eine Mischung aus lokalen Presseartikeln, Reiseblogs, Chatforen und Einträgen in Bewertungsportalen. Bereits die Überschriften erzählten einen Großteil der Geschichte:

Grand Hotel Seeblick – nostalgischer Charme zum Schnäppchenpreis

Geheimtipp für Ihren Tegernsee-Urlaub

Wer kennt sich mit Unterkünften am Tegernsee aus?

Tolle Lage, aber mieser Komfort

Gemeinde Kreuth schließt Traditionshotel

Endgültiges Aus für das Grand Hotel Seeblick?

Denkmalschutz blockiert Investitionspläne

Architektur am Scheideweg: Heimatmuseum oder Mut zur Moderne

Grand Hotel Seeblick: Dornröschenschlaf beendet?

Und auch das war interessant: Nur Adolf Hitler fehlt im Gästebuch, ein älterer FAZ-Artikel über die frühen Dreißigerjahre, als das Hotel ein beliebter Treffpunkt von Nazi-Größen gewesen war. Kling hätte liebend gern weitergelesen, aber diese alten Geschichten waren jetzt nicht relevant.

Der aktuellste Eintrag schien eine Pressemeldung vom 24. September zu sein:

Russen-Milliardär kauft Traditionshotel

Er klickte sie an und landete bei einer großformatigen Abbildung, die das »Seeblick« in seiner ganzen Pracht zeigte. Darunter stand die Schlagzeile, gefolgt vom Text des Artikels:

Neue Hoffnung für das leer stehende Grand Hotel Seeblick in Reitrain am Tegernsee: Vor zwei Jahren war die Gemeinde Kreuth unfreiwillig Erbe des defizitären Objekts geworden, nun hat die Suche nach einem Investor offenbar endlich zu einem Erfolg geführt. Wie ein Sprecher der Gemeinde gestern bekanntgab, ist man mit dem russischen Milliardär Ilja Gerassimow handelseinig geworden. Der aus Moskau stammende Immobilienunternehmer, der seit einiger Zeit eine Privatvilla am Tegernsee besitzt, will das ausgedehnte Grundstück samt dem verwaisten Hotel erwerben. Laut Presseerklärung hat der Gemeinderat dem Verkauf mehrheitlich zugestimmt. Es könne höchstens noch einige Wochen dauern, bis alle Vertragsdetails geklärt seien. Andere Interessenten sind bislang nicht zum Zuge gekommen, da sie ihre Pläne von einer Neubaugenehmigung abhängig machten. Das Hotelgebäude steht jedoch unter Denkmalschutz, sodass ein Abriss nicht in Frage kommt.

Allenfalls ein *warmer* Abriss, dachte Kling. Aber welchen Sinn sollte das haben? Verkauf und Erhalt des Hotels waren ja offenbar beschlossene Sache. Er gab den Namen Ilja Gerassimow in die Suchmaske ein, doch erstaunlicherweise fanden sich dazu kaum Einträge. Ein einziges Mal hatte Gerassimow seine Pläne auf einer kurzen Pressekonferenz publik gemacht. Auch Bilder gab es nur spärlich, und sie zeigten – von einer älteren Gruppenaufnahme abgesehen – alle dasselbe Motiv: einen Mann mit etwas ausdruckslosem Gesicht, Anfang bis Mitte fünfzig, grau melierte Stoppelfrisur, kaum Falten. Eine Klatschmeldung von Ende Mai behauptete, dass es mit Gerassimows neuer Geliebter, einer Halbweltdame, seit Kurzem wieder aus sei. Allerdings bestand die Meldung nur aus Text. Der Mann schien großen Wert darauf zu legen, nicht öffentlich in Erscheinung zu treten. Wahrscheinlich brächte es mehr Klarheit, sich aus erster Hand zu informieren.

Auf der Homepage der Gemeinde Kreuth fand Kling den Namen des Bürgermeisters, Ludwig Menzl. Das Porträtfoto daneben zeigte ein rundliches, bebrilltes Gesicht mit tief liegenden Augen, ausgeprägten Krähenfüßen und hoher Stirn. Der Übergang zum Hals bestand aus Fettwülsten, was auf eine insgesamt korpulente Statur schließen ließ; die typische Bierbauch-Physiognomie gesetzter Oberbayern. Kling schätzte Menzls Alter auf Anfang bis Mitte fünfzig. Er rief im Rathaus an und ließ sich von der Vorzimmerdame mit ihm verbinden, einer Frau Sommer. Sehr angenehme Stimme, befand er. Klang jung und in seiner Vorstellung irgendwie nach blondem Haar, oder doch eher dunkelblond?

Bevor er weiter über das Aussehen der Unbekannten spekulieren konnte, meldete sich der Bürgermeister.

»Ja, Menzl.«

»Grüß Gott, Markus Kling von der Polizeiinspektion Miesbach.«

»Grüß Gott, Herr Kling«, kam die Antwort in einem Tonfall, dem die kurze Nacht deutlich anzumerken war. »Es geht um den Hotelbrand, richtig?«

»Ja, da bin ich mit einem Kollegen als Ermittler eingesetzt. Ich hab mich schon ein bisschen schlau gemacht, aber vielleicht können Sie mir mehr zum Hintergrund sagen.«

Ein tiefer, erschöpfter Atemzug war zu hören. »Aaach … Jessasmaria.«

Pause. Jessasmaria? Was sollte man darauf antworten? Doch bevor sich Kling eine Fortsetzung zurechtgelegt hatte, redete Menzl weiter. »Mei, da könnt ich viel erzählen. Aber hat das nicht Zeit? Wir sind hier alle am Rotieren.«

Kling hatte Mitleid mit dem Mann, der vermutlich mit den Nerven völlig fertig war. »Ja, sicher, natürlich«, beschwichtigte er, »es muss nicht sofort sein. Ich bin heute Nachmittag an der Brandstelle. Kann ich danach auf einen Sprung bei Ihnen im Rathaus vorbeikommen?«

»Ja, meinetwegen. Aber machen Sie's so kurz wie möglich.« Menzls Stimme klang, als würde er direkt von einer Beerdigung kommen. »Sie können sich ja denken, das ist der Aufmacher des Tages. Ich bin seit vier Uhr in der Früh auf den Beinen und muss ständig irgendwelche Reporter abwimmeln. Für achtzehn Uhr ist eine Pressekonferenz anberaumt, damit keine unsinnigen Gerüchte oder Verdächtigungen gestreut werden.«

»Das liegt auch in unserem Interesse.«

»Ja, das denke ich mir. Und es wäre schön, wenn ich mich vorher kurz aufs Ohr legen könnte. Was meinen Sie denn, wann Sie kommen?«

»Hmmm …« Kling überlegte und blickte auf seine Armbanduhr. »Genau kann ich's nicht sagen, aber wie es aussieht, so zwischen vierzehn und fünfzehn Uhr. Würde Ihnen das passen?«

»Ja, ist in Ordnung … ach übrigens, Sie sollten wissen, dass die Durchgangsstraße zwischen Ringsee und der Weißachbrücke bis heute Abend gesperrt ist. Seitdem herrscht auf der anderen Seeseite ein Dauerstau. Da werden Sie sich mit Blaulicht durchkämpfen müssen.«

»So was sind wir gewohnt. Also bis nachher.«

Als Markus Kling aufgelegt hatte, ließ er sich Menzls Worte durch den Kopf gehen. »Da könnt ich viel erzählen.«

Hoffentlich würde er das auch tun, soweit es seine Zeit erlaubte. Denn irgendetwas musste es geben, das zu einer logischen Erklärung, einem Zusammenhang führte. Ein Hotel wird verkauft und brennt kurz darauf ab. Das konnte kaum Zufall sein.

4

Es war kurz vor zwei Uhr nachmittags, als Markus Kling und Murad Özkan in Richtung Tegernsee aufbrachen. Die Farben eines perfekten Oktobertags umfingen sie, oben sonnendurchflutetes Blau, unten eine üppige Palette aus Rot, Gelb und Gold in allen Schattierungen. Hoffentlich hält es bis zum Wochenende, dachte Kling, dann könnte es endlich mal wieder mit einer Mountainbike-Tour klappen. An diesem Freitag feierte die seit Wochenbeginn anhaltende Schönwetterperiode ihren Höhepunkt, doch laut Vorhersage lief sie Gefahr, von den üblichen aus Westen heranziehenden Störungen verdrängt zu werden.

Özkans Laune dagegen machte einen verregneten Eindruck. Schon bei ihrer Vorbesprechung hatte er ungewohnt einsilbig gewirkt, und auch während er den Dienstwagen lenkte, blickte er verkniffen geradeaus. Nach fünf Kilometern wurde es Kling zu bunt. »Sag mal, was ist heute eigentlich mit dir los?«, durchbrach er das Schweigen. »Hast du schlecht geschlafen oder was?«

»Ach, zu Hause gab's mal wieder Knatsch«, erwiderte Özkan. »Schulische Angelegenheiten.«

»Ärger wegen Mehmet?«

»Eher wegen Laura. Sie regt sich jedes Mal tierisch auf,

wenn unser Kleiner schlechte Noten nach Hause bringt. Dabei passiert das gar nicht oft. Gestern hatte er eine Vier minus in der Mathearbeit, na und? Er ist gerade mal elf, und sie macht sich Sorgen um sein Einser-Abitur. Meine Güte! Man kann's auch übertreiben.«

»Und das macht dir solche Kopfschmerzen?«

»Ja, weil sie's mir heute Morgen schon wieder hingerieben hat. Ich wäre zu gleichgültig, ich müsste mehr Autorität zeigen, dieser ganze Stiefel. Als ob ich ein Rabenvater wäre.« Özkan schnaubte verärgert und schlug mit der Hand auf den Lenkradkranz.

»Kommt mir irgendwie atypisch vor, das Ganze«, sinnierte Kling.

»Wieso?«

»Dass du die Sache eher lässig siehst und deine Frau nicht. Ich hätte gerade bei türkischen Vätern gedacht …«

»*Mein* Vater war Türke«, unterbrach ihn Özkan. »Ich bin Bayer von Geburt an, also denke ich auch so. Du kennst ja unseren schönen Spruch: Schau mer mal, dann sehng ma scho. Ist auch meine Devise.«

»Sehr richtig.« Kling lachte. »Gibt es im Türkischen eigentlich keine solche Redensart?«

»Doch, so was Ähnliches. *Bakalim bır*. Nur Laura kennt anscheinend nichts dergleichen.«

»Jetzt denk mal nicht dauernd dran«, beruhigte ihn Kling. »Das gibt sich wieder. Aber irgendwann solltet ihr mal eine Grundsatzdiskussion führen.«

»Ja. Da geb ich dir recht.«

»Ich zum Beispiel war auch kein Musterschüler, na und? Mit vierunddreißig Hauptkommissar, was will ich mehr? Meine Eltern haben das immer gelassen gesehen.

Dabei war ich für meinen Vater sicher eine herbe Enttäuschung. Der hätte mich viel lieber als Juniorpartner in seiner Praxis gesehen.«

»Ah ja, das hast du mal erwähnt.«

»Aber Zahnmedizin …« Kling machte eine wegwerfende Geste. »Pfff. Nichts für mich.«

»Genau«, pflichtete Özkan ihm bei. »Jeder sollte machen, was ihm liegt, ganz meine Meinung. Unser Sohn hat nun mal andere Stärken als ausgerechnet Mathe. Und wenn aus ihm kein zweiter Einstein wird, dann womöglich Maler. Er malt tolle Bilder für sein Alter, das ist doch auch was.«

»Also ein zweiter Picasso.«

»Ja.« Özkan lachte. Seine Stimmung hatte sich merklich aufgehellt. »Hast *du* eigentlich vor, mal eine Familie zu gründen?«, fragte er.

»Hmmm. Vielleicht. Falls mir irgendwann die Frau meines Lebens über den Weg läuft. Ich glaube aber nicht, dass das so schnell passieren wird.«

Sie näherten sich dem ehemaligen Gasthof Kreuzstraße, einem einsamen, stolzen Bauwerk inmitten grüner Wiesen, das den Schnittpunkt der Landstraßen nach Bad Tölz und München markierte. Der Rückstau von und nach Tegernsee manifestierte sich bereits hier in Form endloser Blechschlangen. Schutzpolizisten in orangefarbenen Warnwesten standen am Straßenrand und erklärten den entnervten Fahrzeuglenkern, was ihnen diese Geduldsprobe eingebrockt hatte. Alternativrouten standen nicht zur Verfügung, da half nur Umkehren oder stoisches Durchhalten.

Özkan schaltete Blaulicht und Martinshorn ein. Zäh und widerwillig bewegten sich die Fahrzeuge in der

Schlange auf den Straßenrand zu, bis sich in der Mitte eine bedenklich schmale Gasse auftat.

»Herrschaftszeiten!«, regte sich Özkan auf. »Es ist doch immer dasselbe.«

»Einem Notarztwagen würden sie wahrscheinlich schneller Platz machen«, mutmaßte Kling. »Aber wir sind ja bloß die Bullen, die sich vordrängeln.«

»Genau. Und wir fahren ja auch nur zum Vergnügen hier entlang.«

Als die ampelgespickten Ortsdurchfahrten von Moosrain, Dürnbach und Gmund endlich hinter ihnen lagen, orientierte sich Özkan nach rechts auf die Abbiegespur nach Bad Wiessee. Ein provisorisch aufgestelltes Umleitungsschild und ein Fahrzeug der freiwilligen Feuerwehr zeigten an, dass die Weiterfahrt für den Durchgangsverkehr gesperrt war. Ein Feuerwehrmann kam auf sie zu. Özkan kurbelte das Seitenfenster herunter und zeigte die Dienstausweise vor.

»Servus, Özkan von der Polizeiinspektion Miesbach. Mein Kollege Kling und ich sind mit der Branduntersuchung beauftragt.«

»Alles klar, dann viel Erfolg.«

Von nun an hatten sie freie Fahrt. Nur auf der Gegenspur krochen die Fahrzeuge weiterhin im Schneckentempo, denn auch aus Richtung Bad Wiessee und Häuserdörfl hatte man den Verkehr auf das Ostufer umgeleitet.

Das Seepanorama zeigte sich von seiner schönsten Postkartenseite. Eine tiefblaue Wasserfläche mit weißen Segelbooten, dahinter das Gipfeltrio von Wallberg, Setzberg und Risserkogel, deren Hänge in dunstigem Blau verschwammen – das alles stand in unwirklichem Kontrast dazu, dass sie sich auf dem Weg zum Schauplatz einer Brandkatastrophe befanden. Der Geruch war ab der Ortsmitte von Bad Wiessee deutlich wahrzunehmen. Es herrschte fast völlige Windstille, sodass Reste der Rauchschwaden noch immer wie eine Ausdünstung kalter Kaminasche in der Luft hingen.

Wieder eine Absperrung, wieder präsentierte Özkan die Dienstausweise. Diesmal war es eine Feuerwehrfrau, die den Verkehr überwachte. »Sind die Leute vom LKA schon da?«, fragte Özkan.

»Ja, seit ungefähr fünf Minuten.«

»Gut, dann kommen wir ja genau richtig.«

Sie bogen nach rechts in die schmale Privatstraße zum Grand Hotel Seeblick ab. Der Brandgeruch verstärkte sich. Als sie nach mehreren engen Kurven den Vorplatz des Hotels erreicht hatten, offenbarte sich ihnen das ganze Ausmaß der Zerstörung. Wo sich einst ein stattliches fünfstöckiges Gebäude erhoben hatte, waren nur noch halb eingestürzte, rußgeschwärzte Mauern zu sehen. Davor und dazwischen türmte sich ein Gewirr aus verkohlten Balken und Brettern, grotesk verbogenen Rohren und undefinierbaren Metallgegenständen. Zwei hohe Tannen, die nahe am Feuer gestanden hatten, reckten ihre nackten, schwarzen Stämme und Äste gespenstisch in den Himmel.

Die zwei Brandexperten des Landeskriminalamtes standen gestikulierend vor dem Trümmerhaufen und berieten offensichtlich, wo sie mit ihrer Suche beginnen sollten. Mit ihren makellos weißen Schutzanzügen wirkten sie in dieser Umgebung wie Besucher von einem anderen Stern. Ein dritter Weißkittel, vermutlich der Gutachter der Versicherung, war ins Gespräch mit einem der Feuerwehrleute vertieft.

Kling und Özkan stiegen aus und begrüßten ihre LKA-Kollegen.

»Ich bin eigentlich nur mitgekommen, weil ich ein paar Fragen an den Bürgermeister habe«, erklärte Kling. »Können Sie abschätzen, wie lange das hier ungefähr dauern wird?«

Einer der beiden Beamten hob die Schultern und drehte demonstrativ die Handinnenflächen nach außen. »Unmöglich zu sagen«, antwortete er. »Kommt drauf an, wie schnell wir etwas finden. Wenn wir Glück haben, sind wir in ein paar Stunden fertig. Wenn nicht, kann es auch Tage dauern.«

»Neulich haben wir einen Brandfall in Ingolstadt abgeschlossen, da stand die Ursache erst nach vier Wochen fest«, ergänzte sein Kollege.

»Ach du Scheiße.«

»Das war allerdings eine Industrieanlage, so was ist immer etwas komplizierter.«

»Alsdann, Leute«, meinte Özkan, »fangen wir mal an. Ich bin optimistisch, dass es keine vier Wochen dauert.«

»Und notfalls packt Dr. Lamparter selber mit an«, ergänzte Kling sarkastisch. »Also, Murad, ich frag mal im Rathaus, ob es jetzt passt. Wir treffen uns dann am besten wieder hier. Länger als eine Stunde bin ich bestimmt nicht weg.«

»Ist in Ordnung«, sagte Özkan und warf ihm den Wagenschlüssel zu. »Ich bin gespannt, was du rauskriegst.«

5

Das Kreuther Rathaus erinnerte Markus Kling an die Bilder des Grand Hotels, die er im Internet gesehen hatte, nur dass es viel kleiner und offensichtlich auch neueren Datums war. Eine Idylle im alpenländischen Stil, die so gar nicht nach Verwaltung aussah, sondern eher nach einem herausgeputzten Landgasthof. Kling war sicher schon Dutzende Male an dem Gebäude vorbeigefahren, hatte es aber nie bewusst wahrgenommen.

Vor der Eingangstür stand ein Angehöriger der Feuerwehr und unterhielt sich mit einem Mann in Zivil. Kling grüßte die beiden und betrat das Gebäude. Er hatte Publikumsverkehr erwartet, aber der Eingangsbereich war menschenleer und still wie der Vorraum einer Aussegnungshalle. Hier unten schienen sich keine Amtsräume zu befinden. Nummer acht im ersten Stock, las er von einer Tafel ab, Vorzimmer Bürgermeister.

Auch im Obergeschoss setzte sich der Eindruck »Landgasthof« fort. In einer beleuchteten Vitrine prangten mehrere Pokale, rechts und links war der Flur von holzgeschnitzten Gedenktafeln flankiert, die an die Gefallenen der beiden Weltkriege erinnerten.

Kling klopfte an die Tür zu Nummer acht.

»Ja bitte!« Es war die Stimme, die er bereits zweimal

am Telefon vernommen hatte; er hätte sie aus Dutzenden wiedererkannt. Beim Eintreten stellte er zum einen fest, dass die vermutete Haarfarbe tatsächlich stimmte, zum anderen, dass sich außer der Blonden noch eine Kollegin mit dunklem, fast schwarzem schulterlangem Haar im Zimmer befand. Sie war um einiges jünger und sah für seinen Geschmack auch wesentlich besser aus. Genau genommen sogar fantastisch.

»Grüß Gott, Markus Kling von der Polizeiinspektion Miesbach. Ich hab vor zehn Minuten angerufen.«

Zu seiner Verblüffung gehörte die Telefonstimme der Dunkelhaarigen. Danebengeraten, aber trotzdem gut getroffen.

»Ah ja«, sagte sie mit einem Lächeln, das perfekt in einen Zahnpasta-Werbespot gepasst hätte, und reichte Kling die Hand zur Begrüßung.

»Dann sind Sie Frau Sommer.« Kling gab sein Bestes, um ebenso gewinnend zurückzulächeln.

»Genau, die bin ich. Also, gehen wir rüber, der Bürgermeister erwartet Sie.«

Schade, dachte Kling. Angesichts seiner attraktiven Ansprechpartnerin wäre ihm eine Wartezeit durchaus willkommen gewesen. Der Sexappeal des Bürgermeisters hielt sich demgegenüber in Grenzen. Ludwig Menzl war tatsächlich mit dem bayerntypischen Bierbauch ausgestattet, wenngleich nicht so beleibt, wie Kling ihn sich aufgrund des Fotos auf der Website vorgestellt hatte. In seinen Gesichtszügen zeichnete sich die Anspannung der vergangenen Stunden ab, sie wirkten bleich und zerknittert. Davon abgesehen schien Menzl um einiges älter zu sein als vermutet.

»Bitte, setzen Sie sich doch«, sagte er und wies auf den

Besprechungstisch. »Kann ich Ihnen irgendwas zu trinken anbieten, einen Kaffee vielleicht?«

»Ja, gerne. Kaffee passt immer.«

Menzl nickte, telefonierte mit dem Vorzimmer und gab den Wunsch durch.

»Also, Herr Kling, womit kann ich dienen? Was möchten Sie wissen?«

»Am besten alles.«

»Jessasmaria!« Menzl fasste sich an die Stirn. Der Ausruf schien bei ihm eine stehende Redensart zu sein.

»So wörtlich hab ich das nicht gemeint«, beschwichtigte Kling.

»Das wäre auch wahrhaftig zu viel verlangt. Wissen Sie, dass es ein ganzes Buch über das Seeblick gibt?«

»Nein«, antwortete Kling überrascht. »Das sollte ich mir besorgen.«

»Wenn Sie der historische Hintergrund interessiert, kann ich das nur empfehlen. Antiquarisch müssten Sie's bekommen. Das Hotel war ja fast hundertzwanzig Jahre alt, unter Prinzregent Luitpold erbaut. Eine wirklich tolle Geschichte. Da ist europäischer Adel abgestiegen, alles, was Rang und Namen hatte.«

»Und Nazis, soviel ich erfahren habe.«

»Ja, die auch. Zum Glück nicht Hitler oder Göring, sondern eher die B-Prominenz. Die haben hier schon vor der Machtergreifung Klausurtagungen abgehalten. Trauriges Kapitel. Aber nach dem Krieg, in den Fünfzigerjahren, hat das Haus noch einmal eine Blüte erlebt. Da gibt es ein stolzes Gästebuch. Rudi Schuricke, Lys Assia, O.W. Fischer ... sagen Ihnen die Namen etwas?«

Kling schüttelte den Kopf. »Das war zu lange vor

meiner Zeit. Obwohl … O.W. Fischer, das war doch ein Filmschauspieler, oder?«

»Genau. Ziemlich berühmt damals.«

»Und das war's dann wohl mit den ruhmreichen Zeiten«, mutmaßte Kling.

»Na ja, das Wirtschaftswunder ist am Seeblick nicht spurlos vorbeigegangen. Gerade in den Sechzigerjahren wurden hier in der Gegend neue und modernere Hotels gebaut, auch mit größeren Zimmern. Dadurch kam der alte Kasten langsam aus der Mode.«

Es klopfte an der Tür. Frau Sommer brachte den Kaffee. Seltsam, wie auffällig sie an Menzl vorbeisah, während sie ihren Blick auf Markus Kling richtete. Wie sie wohl mit Vornamen hieß? Auf dem Türschild stand es mit Sicherheit, aber Kling hatte es versäumt, genauer hinzusehen.

»Milch und Zucker?«, fragte sie.

»Nein danke, ich trink ihn immer schwarz. Ich *liebe* Schwarz.« Das war zwar gelogen, denn außer bei Kaffee und weiblichen Haaren war seine Lieblingsfarbe Blau, aber hier heiligte der Zweck die Mittel. Während sein Blick mit kalkulierter Zufälligkeit die dunkle Haarpracht der Schönen streifte, setzte er ein verschmitztes Lächeln auf.

»Ja?« Sie lächelte unsicher zurück, dann drehte sie sich schnell um und verließ den Raum.

»Also … wo war ich stehen geblieben?«, nahm Menzl den Gesprächsfaden wieder auf.

»In den Sechzigern. Als das Seeblick aus der Mode kam.«

»Richtig. Jedenfalls war es nicht mehr der große Prominententreff. Und unter dem letzten Besitzerehepaar ist es völlig heruntergekommen. Die letzte Renovierung fand Anfang der Neunzigerjahre statt, dann wurde das Haus vom Landesamt unter Denkmalschutz gestellt, und danach ist außer dem Allernotwendigsten nichts mehr passiert. Das war den beiden wohl zu viel Bürokratie, die hätten sich ja jede größere Veränderung genehmigen lassen müssen.«

»Also eine Art passiver Protest.«

»So kann man das wohl nennen. Vor fünf Jahren ist dann der Mann gestorben, und kurze Zeit später ist seine Witwe an Alzheimer erkrankt. Deshalb wurde ein rechtlicher Betreuer für sie eingesetzt, Dr. Dornreiter hier in Kreuth.«

»Ein Rechtsanwalt?«

»Ja.«

»Und der hat das Hotel bis zur Schließung betrieben?«, fragte Kling ungläubig.

»Nein, natürlich gab es einen Geschäftsführer, der für den laufenden Betrieb zuständig war. Er hat dauernd auf eine Renovierung gedrängt, aber dafür hätte man einen Millionenkredit aufnehmen müssen, und dazu wäre wieder eine Gerichtsentscheidung nötig gewesen. Sie wissen ja selber, wie schwerfällig die Mühlen der Justiz oft mahlen. Jedenfalls ist dann auch die Frau gestorben, und es war gar nichts entschieden. Dr. Dornreiter hat nach möglichen Erben geforscht, aber es gab weder direkte Nachkommen noch irgendwelche anderen Verwandten. Am Ende ist das Hotel samt Grundstück in den Besitz der Gemeinde übergegangen, womit wir ein regelrechtes Kuckucksei im Nest hatten, nutzlos und defizitär. Was hätten Sie in so einer Situation getan?«

»Den Laden dichtgemacht, vermutlich.«

»Genau. Das haben wir auch getan und anschließend über das weitere Vorgehen beraten.«

»Hätte man das Gebäude nicht als Flüchtlingsunterkunft nutzen können?«, fragte Kling.

»Um Gottes willen!« Menzl hob abwehrend die Hände. »Da hätten wir Unsummen in den Brandschutz investieren müssen. Außerdem hätte es einen Volksaufstand gegeben. In den Augen der meisten Leute war das immer noch ein Luxushotel.«

»Sie sind also zu dem Schluss gekommen, das Objekt zu verkaufen.«

»Ja. Es gab einen einstimmigen Beschluss, dass wir einen Investor suchen, der uns das Seeblick abnimmt und wieder auf Vordermann bringt.«

»Und wie viel hätte der investieren müssen … nur damit ich mal eine Vorstellung kriege?«

»Für das Grundstück allein ungefähr zwölf Millionen Euro.«

»Öha.« Kling zog die Brauen hoch.

Menzl reagierte mit einer wegwerfenden Geste. »Ach, das ist doch kein Geld für so eine Liegenschaft. Überlegen Sie mal: Zehntausend Quadratmeter in Bestlage mit Seeblick, ein Schnäppchen! Allerdings sind die Sanierungskosten nicht miteingerechnet, da wäre noch mal die gleiche Summe zusammengekommen.«

»Macht also vierundzwanzig Millionen. Eine hübsche Stange Geld.«

»Ja, für Sie und mich vielleicht, aber es gibt genügend Leute, die solche Summen aus der Portokasse zahlen. Nehmen Sie nur Gut Kaltenbrunn, da hat die Renovierung auch über zwanzig Millionen gekostet.«

Gut Kaltenbrunn, das lieferte einen guten Vergleichsmaßstab. Markus Kling war vor zwölf oder dreizehn Jahren zum letzten Mal dort eingekehrt, weil man vom Biergarten einen unverstellten Blick auf den See und die Berge gehabt hatte. Seit der Neueröffnung gefiel es ihm nicht mehr. Zu geschleckt, zu neureich, zu abgehoben. Aber wahrscheinlich musste es so sein, um die Millionen wieder einzuspielen.

»Gut, Sie hatten also ein reelles Angebot«, resümierte er. »Und es gab ja wohl auch ernsthafte Interessenten.«

»Eine ganze Reihe sogar. Aber die meisten haben gleich wieder abgewinkt, als klar war, dass sie das Grundstück nicht ohne Hotel bekommen.«

»Der leidige Denkmalschutz.«

»Ja. Das war wirklich frustrierend. Als Letzter ist ein Investor aus Südtirol abgesprungen, Francesco Senoner. Der betreibt die Kette Luxotel, das hätte eine ideale Konstellation sein können. Ich habe alles versucht, um die Behörde umzustimmen, aber da rennt man buchstäblich gegen Wände an. Laut Denkmalssatzung darf, oder besser durfte das Seeblick weder abgerissen noch in seiner Substanz grundlegend verändert werden. So was schreckt natürlich ab. Im Grunde ist es die Quadratur des Kreises, denn wie soll man so etwas heute wirtschaftlich betreiben?«

»Kommt mir auch unrealistisch vor. Die Ansprüche an ein Hotel sind ja wohl etwas gestiegen.«

»Genau. Deswegen hab ich's fast nicht geglaubt, als endlich jemand Interesse an dem Gebäude gezeigt hat. Der meint es aber tatsächlich ernst. Scheint geradezu, als hätte er sich in das alte Gemäuer verliebt.«

»Ja, davon hab ich auch gelesen. Ilja Gerassimow, dieser russische Milliardär mit Zweitwohnsitz am Tegernsee.«

Menzl lachte kurz und trocken auf. »Dritt- oder Viertwohnsitz, würde ich sagen. Übrigens ist er meines Wissens kein Milliardär, diese Presseleute übertreiben ja gern. Aber für vierundzwanzig Millionen Euro ist er allemal gut. Wussten Sie, dass er einen Privatjet hat?«

»Nein, woher auch?«

»Den fliegt er selber. Er parkt ihn immer am Innsbrucker Flughafen, weil er da schneller am Tegernsee ist als von München aus.«

»Und sonst? Ich meine, was weiß man über ihn?«

»Er hat beste Referenzen. Und er versteht etwas vom Geschäft. In den Achtzigerjahren hat er Volkswirtschaft studiert, unter anderem zwei Jahre an der Hochschule für Ökonomie in Ostberlin. Und was Immobilienentwicklung betrifft, kann er auch einiges vorweisen. An der Schwarzmeerküste betreibt er zum Beispiel zwei Hotels, die sehr gut laufen.«

»Und er hat eine völlig reine Weste?«

»Wieso denn nicht?«

»Na ja … was man von dieser russischen Oligarchenclique so hört, ist ja nicht immer positiv.«

»Ach was!«, entgegnete Menzl ungehalten. »Oligarchen! Jessasmaria, wenn ich das Wort schon höre! Zugegeben, es gab ein paar Anwürfe gegen Gerassimow, angeblich wegen Kontakten zur Russenmafia. Aber letztlich waren das alles nur Gerüchte. Für mich ist er absolut integer. Erfolg ruft eben Neider auf den Plan, das wissen Sie doch.«

Das Stichwort brachte Kling auf eine andere Frage.

»Apropos Neider … was ist eigentlich mit den anderen Interessenten? Ich meine die mit den Neubauplänen.«

Menzl zuckte die Schultern. »Die müssen sich halt anderweitig umsehen. Zwei sind allerdings bis zum Schluss hartnäckig drangeblieben. Vielleicht dachten sie, das Amt für Denkmalpflege würde irgendwann einknicken oder wir könnten hintenherum etwas mauscheln. Hat sich aber als Irrtum erwiesen.«

»Und was sind das für Leute?«

»Hier … das ist der eine.« Menzl stand auf, griff sich eine Mappe vom Schreibtisch und zog eine Visitenkarte heraus. Die Aufschrift präsentierte sich vornehm mit kalligrafischen Lettern und Hochglanz-Prägedruck auf edlem Karton.

Neoplan Immobilien GmbH & Co. KG
Ralf C. Eggebrecht
Geschäftsführender Gesellschafter

Darunter stand eine Firmenadresse in München, Prinzregentenstraße, vornehmstes Bogenhausen. Eingerahmt war das Ganze von zwei stilisierten dorischen Säulen.

Kling versuchte sich vorzustellen, wie der Typ aussehen mochte, der sich so etwas drucken ließ. Üppig gewellte Pomadenfrisur, Maßanzug, Van-Laack-Hemd mit Durchknöpfkragen, brillantenbesetzte Krawattennadel, goldene Rolex am Handgelenk; einer von diesen Seht-mal-wie-weit-ichs-gebracht-habe-Typen. Vermutlich jedenfalls.

»Soll ich Ihnen die Karte kopieren lassen?«, fragte Menzl.

»Danke, nicht nötig. Ich mach schnell ein Foto davon.«

Kling zog sein Smartphone aus der Tasche. Klick, machte der elektronisch imitierte Leica-Verschluss.

»Eggebrecht stammt ursprünglich aus Freiburg im Breisgau«, erklärte Menzl. »Dort hat er auch mit dem Immobiliengeschäft angefangen, später ist er nach Frankfurt umgesiedelt und dann nach München. Offen gesagt, ich finde ihn nicht gerade sympathisch. Im Glockenbachviertel hat er ein paar Luxussanierungen durchgezogen und die alten Mieter vergrault. Auf dem Papier alles legal, aber doch ziemlich rüde.«

»Und so was hatte er auch in Reitrain vor?«

»Nein, da wollte er Ferienappartements bauen. Davon haben wir hier eh zu viele.«

»Und der andere?«

»Wieland van Dooren. Den Namen kennen Sie vielleicht.«

Kling schüttelte den Kopf. »Nein, sagt mir nichts.«

»Dann müssten Sie mal die Bildzeitung lesen, da kommt er ziemlich oft vor. Geboren in Plettenberg im Sauerland, studierter Betriebswirt. Früher war er mal Unternehmensberater, dann hat er auf Heilpraktiker umgeschult und mit allen möglichen Seminaren und Ratgebern ein Vermögen gemacht. Wohnt in Rottach-Egern. Hier ist seine Karte, die können Sie auch fotografieren.«

Er legte eine Visitenkarte auf den Tisch, die sich deutlich weniger protzig gab als die von Eggebrecht, in ihren zurückhaltenden Grau- und Pastelltönen wirkte sie fast asketisch. Erneut zückte Kling sein Smartphone.

»Haben Sie auch eine von Gerassimow?«, fragte er.

»Nein, aber wenn Sie wollen, kann ich Ihnen seine Kontaktdaten per E-Mail schicken.«

»Ja, gerne. Also, hier ist *meine* Karte, da finden Sie alles Nötige. Auch meine Durchwahlnummer in der Dienststelle.«

»Danke.« Menzl zog seine Brieftasche aus der Jackentasche und steckte die Karte zwischen mehrere andere.

»Und was hatte van Dooren mit dem Seeblick vor?«, fragte Kling.

»Ja mei …«, antwortete Menzl und machte eine Pause. »Wie soll man das nennen? Ich würde sagen, so eine Art Mischung aus … Wellnesshotel und Sanatorium.«

Er öffnete einen Aktenschrank und zog einen weißen Plastikordner hervor. »Hier, schauen Sie mal … so hätte das ausgesehen.«

Er schlug den Ordner auf und reichte ihn Markus Kling, der interessiert darin blätterte. Neben detaillierten Beschreibungen und Grundrisszeichnungen waren verblüffend wirklichkeitsnahe Computersimulationen eines eleganten, modernen Gebäudekomplexes zu sehen.

»Hmmm«, überlegte Kling. »Ehrlich gesagt, ich finde das gar nicht so übel.«

»Ich halte es auch für eine gute Idee«, antwortete Menzl zu seiner Überraschung. »Bei allen Vorbehalten gegen seine merkwürdigen Therapien, architektonisch ist das wirklich gelungen. Aber das Projekt hatte nun mal keine Chance. Das Geld für diese Pläne hätte er sich sparen können.«

Klings Augen waren noch immer auf die virtuelle Architektur geheftet. »Wissen Sie, was mich ein bisschen wundert?«, fragte er. »Wenn ich so etwas vorgehabt hätte und skrupellos genug wäre, hätte ich das Grundstück vermutlich gekauft und das Gebäude dann einfach abreißen lassen, ohne Rücksicht auf Verluste.«

»Und das sagen Sie als Kriminalbeamter?«

»Deswegen rede ich ja im Konjunktiv. Ich meine nur … das maximale Bußgeld für diese Art Denkmalschändung beträgt meines Wissens ein paar hunderttausend Euro. Bei so einem Investitionsvolumen ist das doch wohl eher ein Klacks.«

»Klar«, gab Menzl zurück. »Solche Fälle hat es ja auch schon gegeben. Aber das wäre hier wohl kaum in Frage gekommen. Ein so großes und schwer zugängliches Objekt kann man nicht mal eben in einem Handstreich abreißen und vollendete Tatsachen schaffen.«

Das Telefon auf dem Schreibtisch klingelte. Menzl entschuldigte sich und nahm den Hörer ab.

»Was? Die auch? Jessasmaria. Nein … die sollen gefälligst zur Pressekonferenz kommen, wie alle anderen.«

Er legte auf und schüttelte den Kopf. »Jemand vom Bayerischen Fernsehen. Die wollten ein Kurzinterview für die Abendschau, als ob ich nicht genug am Hals hätte.«

Kling fühlte sich indirekt angesprochen und bekam leichte Gewissensbisse. »Ich werde Sie auch nicht mehr lange stören«, versprach er. »Nur eine letzte Frage: Wie hat eigentlich Gerassimow auf den Brand reagiert?«

»Na wie wohl? Total geschockt. Ich habe ihn vorhin auf dem Handy angerufen, er musste gestern geschäftlich nach Moskau fliegen. Eigentlich wollte er zwei Wochen wegbleiben, aber jetzt wird er die Reise natürlich unterbrechen. Er meinte, vielleicht können wir uns schon morgen treffen. Mein Gott …« Menzl seufzte laut auf.

»Was ist?«

»Ich hoffe inständig, dass das Geschäft nicht in letzter Minute platzt.«

»Wieso?«, fragte Kling erstaunt.

»Weil es nicht in trockenen Tüchern ist. Wir haben den Kaufvertrag zwar aufgesetzt, aber bislang ist er nicht unterschrieben und beurkundet.«

Kling stieß einen leisen Pfiff aus. »Das ist ja interessant.«

»Wie meinen Sie das?«

»Na ja … dann wäre ja jetzt alles wieder auf Anfang.« Dabei sah er Menzl herausfordernd ins Gesicht. Menzl hob die Augenbrauen und erwiderte schweigend seinen Blick. Es war unübersehbar, dass er sich seine Gedanken gemacht hatte.

»Ich verstehe, worauf Sie hinauswollen. Sie meinen also, Eggebrecht oder van Dooren könnten hinter dem Brand stecken.«

»Ich meine gar nichts, solange es keine konkreten Anhaltspunkte gibt. Aber halten wir doch mal fest: Zwei Leute sind seit Längerem an dem Grundstück interessiert, beißen sich aber am Denkmalschutz die Zähne aus. Und dann kommt dieser Gerassimow daher, schnappt ihnen das Objekt vor der Nase weg, aber der Vertrag ist noch nicht beurkundet. Ich kann mir vorstellen, dass so eine Konstellation den Staatsanwalt hellhörig macht.«

Menzl ließ erneut einen Seufzer hören und fuhr sich mit der Hand über die Stirn. »Also gut, reden wir nicht länger um den Brei herum. Zugegeben, ich habe mir so was auch überlegt.«

»Und Sie haben die begründete Sorge, dass Gerassimow angesichts der neuen Umstände vom Kaufvertrag zurücktritt, oder?«

»Es würde mich jedenfalls nicht wundern.«

»Somit hätten die beiden anderen freie Bahn.«

»Sie sagen es.«

Kling atmete tief durch. »Okay. Genau das wollte ich wissen.«

»Dann haben Sie doch zwei Tatverdächtige.«

Vorsicht, Glatteis. Kling zog es vor, auf rutschfestem Terrain zu bleiben. »Wie gesagt, noch gibt es keine konkreten Anhaltspunkte. Ob jemand verdächtigt wird und wer, ist Sache der Staatsanwaltschaft. Vorausgesetzt, es war wirklich Brandstiftung.«

Menzl zuckte die Schultern und schwieg, aber an seinem Gesichtsausdruck war die Antwort abzulesen: Was denn sonst.

»Gut«, sagte Kling. »Ich hoffe, dass wir heute Abend mehr wissen.« Er stand auf und machte sich bereit zu gehen. »Tut mir leid, dass ich sie so gelöchert habe, aber …«

»Sie brauchen sich nicht zu entschuldigen«, wehrte Menzl mit schwachem Lächeln ab. »Dienst ist Dienst, nicht wahr?«

»Ja, sicher. Also dann, erholen Sie sich gut.«

Bevor Markus Kling losfuhr, um sich mit Özkan zu treffen, blieb er nachdenklich hinter dem Lenkrad sitzen. Neben der bestrickenden Veronika Sommer, deren Vornamen er im Vorbeigehen rasch vom Türschild abgelesen hatte, ging ihm eine Theorie durch den Kopf, vielleicht etwas abwegig, aber durchaus vorstellbar:

Was ist, wenn Menzl seine Betroffenheit nur vorgespielt hat? Wenn er in Wirklichkeit selber hinter dem Brand steckt? Der maximale Einsatz bei einem illegalen Abriss beträgt ein paar hunderttausend, für Erfolgs-

menschen wie Eggebrecht und van Dooren in der Tat ein Klacks. Normaler Abriss geht aber nicht, also versucht man es anders und zahlt Schmiergeld statt Bußgeld. Und wer ist »man«? Eigentlich kommt nur van Dooren in Frage. Menzl findet seine Entwürfe gut. Eggebrecht dagegen ist ihm unsympathisch, da stimmt offenbar die Chemie nicht. Dann spielt Gerassimow seinen Joker, die große Wende scheint sich anzubahnen, aber van Dooren wedelt rechtzeitig mit einer sechsstelligen Summe und deutet an: Vielleicht kommen wir ja doch ins Geschäft. Menzl nimmt das Geld und engagiert jemanden, der sich um den warmen Abriss kümmert. Da Gerassimow daraufhin erwartungsgemäß vom Vertrag zurücktritt, wird van Dooren den Zuschlag bekommen. Eine klassische Win-win-Situation.

Die Bausteine seiner Gedankenkette fügten sich fast beängstigend logisch ineinander. Und langsam begriff er: Das war durchaus nicht abwegig, sondern eine sehr wahrscheinliche Variante. Bei einer solchen Bestechungssumme waren schon ganz andere schwach geworden.

Abwarten. Er parkte die Theorie sorgsam in einer Nische seines Gehirns; gegebenenfalls würde er darauf zurückkommen und dem Bürgermeister etwas intensiver auf den Zahn fühlen.

Als Kling sich am Abend erschöpft auf seine Couch sinken ließ, wurde ihm erst klar, wie sehr ihn dieser Fall vereinnahmen würde. Die Besprechung mit den Kollegen hatte wesentlich länger gedauert, als er geahnt hatte; das Geflecht dieser Tegernsee-Connection war einfach zu verworren und ließ zu viele Spekulationen zu. Erst nach zwei Flaschen Weißbier aus seiner Miesbacher Lieblingsbrauerei gelang es ihm, das heißgelaufene Räderwerk seiner Gedanken halbwegs herunterzuschalten. Erst mal alles überschlafen, dachte er. Vielleicht kommt ja im Traum der alles erhellende Geistesblitz.

6

Karl Lauterwasser war in gelöster Stimmung, zum zweiten Mal in wenigen Tagen, wie es seit Jahren nicht mehr vorgekommen war. Anzahlung kassiert, Job erfolgreich erledigt, keine Spuren hinterlassen – besser hätte es nicht laufen können. Dieser Lehmann war für ihn ein Geschenk des Himmels. Und was der Brand eigentlich bezweckte, was ging es ihn an? Die Schlagzeilen waren jedenfalls geil gewesen, und die Fotos vom lichterloh brennenden Hotel Seeblick erst recht.

Mit leichten Schritten überholte er die Stehenden auf der Rolltreppe und tauchte vom Untergeschoss des Hauptbahnhofs ins nebelgedämpfte Herbstlicht des Nachmittags auf. In der rechten Hand hielt er die Tragetasche, die er diesmal der Form halber mit einem ausrangierten alten Handtuch beschwert hatte. Das Hemd vom Karstadt-Wühltisch, das er vor dem ersten Treffen erstanden hatte, lag bereits im Wäschekorb.

Bevor er die U-Bahn in Richtung Großhadern bestieg, wollte er die Altstadt durchstreifen, zu den vertrauten Türmen und Fassaden hochblicken, die Schaufenster der Läden betrachten und den Straßenmusikanten zuhören. Bis zum ersten Zusammentreffen mit seinem mysteriösen Auftraggeber war er lange nicht mehr in München gewesen, jetzt galt es die Gelegenheit auszukosten. Er war extra früh losgefahren und genoss es, ohne Zeitdruck durch den samstäglichen Trubel der Straßen und Gassen zu schlendern, die Geräusche und Gerüche der Stadt einzusaugen – erst recht im Hochgefühl der Restzahlung, für die er gekommen war.

Vierzigtausend Euro, zusätzlich zu den zehntausend, die er schon bekommen hatte. Das war viel Geld für das Einäschern einer Hotelruine, eigentlich eine obszöne Summe, denn sie stand in keinem Verhältnis zum Aufwand. Am Vortag hatte er deshalb den Entschluss gefasst, die Diskrepanz zu beseitigen. Da waren ein paar persönliche Rechnungen offen, und es würde eine späte Genugtuung sein, jede einzelne mit einem feurigen Inkasso einzutreiben. Bei diesem Gedanken erfasste ihn grimmige Vorfreude.

Als er am Dom vorbei war und die Maffeistraße erreicht hatte, stockte er. Linker Hand waren es nur wenige Meter zum Promenadeplatz. Dort lag der Bayerische Hof, die Nobelherberge, fünf Sterne, Treffpunkt des gehobenen Publikums aus aller Welt. Noch so eine Erinnerung. Ein paar Mal hatte er sich hier mit Geschäftspartnern getroffen, damals, in seinem früheren Leben. Er kämpfte mit Gefühlen, die zwischen Abscheu und Neugier schwankten; doch schließlich sagte er sich: Was soll's. Mit entschlossenen Schritten strebte er dem Platz zu und trat durch die goldene Drehtür ins Foyer des Hotels. Klassisch-kühle Eleganz umfing ihn. Marmor, Kunststein, Messing, Glas, schwere Edelhölzer. Wie lustvoll wäre es, das alles in Flammen zu sehen … Aber im Grunde gab es hier fast nichts, was brennen konnte; die ganze Einrichtung schien feuerschutztechnisch auf dem neuesten Stand zu sein. Unten im Tegernseer Tal warteten lohnendere Objekte.

Er hatte gesehen, was er wollte. Flüchtig taxierte er die wenigen Gäste, die sich in der Halle aufhielten, und wandte sich zum Gehen. Für siebzehn Uhr war er mit seinem Auftraggeber verabredet, diesmal im Westpark. Es blieb immer noch viel Zeit. Fünf Minuten später hatte er den Odeonsplatz erreicht, fuhr mit der Rolltreppe zum Bahnsteig hinunter und stieg in die U6 ein. Die Geldübergabe, oder besser der Austausch der Einkaufstaschen, sollte auf einer Bank in der Nähe der thailändischen Sala stattfinden. Das war ein goldener Buddhatempel, den man in den Achtzigerjahren aus Anlass einer Gartenbauausstellung errichtet hatte. Lauterwasser kannte ihn von Fotos, hatte ihn aber nie zu Gesicht bekommen. Jedenfalls war das Bauwerk so auffällig, dass man es nicht verfehlen konnte.

An der Station Westpark stieg Lauterwasser aus. Nach wenigen Minuten erreichte er den Park, der still und fast menschenleer unter dem graublau melierten Himmel vor sich hinträumte. Auch der Buddhatempel war schnell gefunden. Der Anblick des exotischen Gebildes versetzte ihm einen kleinen Stich ins Herz. Thailand … Koh Samui … wie lange war das her? Zwölf Jahre, dreizehn oder vierzehn? Egal. Auch das gehörte zu einem Leben, das nicht mehr das seine war. Schluss mit solchen Grübeleien.

Dies hier musste ihr vereinbarter Treffpunkt sein, eine Bank aus grünem Drahtgeflecht direkt neben dem Zierteich, in dem der Tempel stand. Aber da saß kein Lehmann. Stattdessen hockte ein feister alter Glatzkopf auf der Bank und war in eine Boulevardzeitung vertieft.

Lauterwasser sah sich in alle Richtungen um. Niemand zu sehen. Seine Armbanduhr zeigte sieben Minuten vor fünf, das war eindeutig zu früh. Hoffentlich würde der Fettwanst die Bank rechtzeitig räumen, aber notfalls konnte die Übergabe ja auch woanders stattfinden. Er durfte nur seinen Kontaktmann nicht verpassen. Um sich die Zeit zu vertreiben, umrundete er zweimal mit gemächlichen Schritten den Teich, in dem sich die Sala spiegelte wie das Traumbild einer Fernostreise.

Als er das zweite Mal zur Bank zurückkehrte, hatte sich das Bild um kein Jota verändert. Nach wie vor saß der Glatzkopf dort und las Zeitung, und noch immer war kein Lehmann zu erblicken. Er sah auf die Uhr. Genau fünf. Diesmal beschloss er, sich nicht weiter als ein paar Meter vom Treffpunkt zu entfernen. Nervosität stieg in ihm auf. Mit zittrigen Fingern griff er in seine Jackentasche und zog den Flachmann mit Obstler hervor, der ihn nahezu auf Schritt und Tritt begleitete. Halbvoll, das war nicht gerade die angemessene Dosis. Er setzte die Flasche an und trank sie in einem Zug leer. Ein halber Liter wäre jetzt besser gewesen.

Während sich die Glutwolke des Alkohols in seinen Eingeweiden ausbreitete, kochten gleichzeitig Wut und Enttäuschung in ihm hoch. Viertel nach fünf. Sechzehn nach fünf. Siebzehn nach fünf. Lehmann hatte ihn geleimt, was sonst? Die Verabredung, die Uhrzeit, der Treffpunkt, alles eine Farce. Lauterwasser spürte eine Anwandlung, die er nur zu gut kannte; dieses nagende, bohrende, schmerzende Gefühl, zum Narren gehalten zu werden. Hereingelegt, verarscht und gedemütigt. Wir brauchen Sicherheiten, Herr Lauterwasser. Ihre Frau wünscht keinen Kontakt mehr, Herr Lauterwasser. Wir müssen Sie leider bitten zu gehen, Herr Lauterwasser. Das hätten Sie früher beantragen müssen, Herr Lauterwasser. Jedes Mal eine Stufe weiter nach unten. Sein Hals schwoll an, seine Schläfen pochten vor dem unterdrückten Drang zu schreien. Stattdessen schleuderte er voller Wut den leeren Flachmann ins Gebüsch. Egal, von der kassierten Anzahlung konnte er sich eh hundert neue kaufen.

Ein letzter vergeblicher Blick in die Runde, dann machte er sich auf den Rückweg. Nach fünfzig Metern hörte er plötzlich schnelle Schritte hinter sich knirschen. Als er sich umdrehte, sah er einen Mann mit Hut und Mantel, eine Brille mit getönten Gläsern im Gesicht. Lehmann. Oder wie immer er hieß.

»Nicht so eilig, Herr Lauterwasser.« Dieselbe verstellte Stimme wie bei den Telefonaten.

»Verdammt, wieso kommen sie so spät?«, blaffte Lauterwasser zurück, erleichtert und aufgebracht zugleich.

»Tut mir leid«, antwortete Lehmann, während sie nebeneinander hergingen. »Die Bank war die ganze Zeit besetzt, wie Sie ja gesehen haben. Ich habe nur gewartet, bis Sie wieder gehen, damit wir möglichst allein sind.«

»Okay. Jetzt sind wir allein.« Lauterwasser beruhigte sich langsam wieder. »Dann können wir ja tauschen.«

»Können wir«, sagte Lehmann, und die Tragetaschen wechselten die Besitzer.

Im Gehen öffnete Lehmann seine Tasche, warf einen kurzen Blick hinein und bliebt abrupt stehen. »Was ist das denn?«, fragte er ungehalten und vergaß dabei wieder, die Zähne aufeinanderzupressen.

Lauterwasser war elektrisiert. Jetzt, ohne Filterung durch das Telefon, kam ihm die Stimme plötzlich bekannt vor. Wo hatte er sie schon einmal gehört? Im Radio? In Bad Wiessee, im Spielcasino? Aber das war zu lange her.

»He! Ich hab Sie was gefragt.«

Lauterwasser bemühte sich um Gelassenheit und zuckte betont gleichmütig mit den Schultern. »Ja. Ein altes Handtuch halt. Irgendwas musste ich doch in die Tasche tun, sonst hätte es vielleicht komisch ausgesehen. Das neue Hemd hab ich schon getragen.«

»Großartig. Und wo haben Sie das Werkzeug gelassen?«

»Welches Werkzeug?«

»Fragen Sie nicht so dumm. Sie wissen genau, was ich meine.«

»Ach so, dieses Ding … das hab ich entsorgt, sicherheitshalber.«

»Und wo, wenn ich fragen darf?«

»Im Wald vergraben. Einen halben Meter tief.«

Ein skeptischer Blick durch die getönten Brillengläser traf ihn. »Na schön … hundertachtzig Euro, geschenkt. Wenigstens haben Sie's nicht in den See geworfen. Solche Sachen können auch mal ans Ufer gespült werden. So, und jetzt machen Sie mal *Ihre* Tasche auf.«

Lauterwasser öffnete die Verschlussleiste und war ebenfalls baff. Er hatte ein großes Kuvert erwartet wie beim ersten Mal, aber in der Tasche lagen nur zwei hellgrüne Pralinenschachteln.

»Süße Überraschung«, kommentierte Lehmann trocken. »Wie versprochen und sorgfältig eingepackt. Aber warten Sie mit dem Nachzählen, bis Sie zu Hause sind. Ich bin dann weg.«

Er tippte mit den Fingern an seine Hutkrempe, drehte sich um und verschwand in entgegengesetzter Richtung.

Lauterwasser blieb einen Moment stehen und atmete so tief durch, wie seine Lungen es hergaben. Frustration und Wut waren verflogen, die Euphorie gewann wieder Oberhand. Auch Teil zwei war geschafft, jetzt konnte der nächste Akt über die Bühne gehen. Denn natürlich hatte er den Elektropick, dieses wundersame Werkzeug, nicht vergraben, sondern zu Hause in einer Küchenschublade verschwinden lassen. Noch heute würde er verschiedene Drogeriemärkte in unterschiedlichen Stadtteilen Münchens aufsuchen. Brennspiritus kaufen, drei Literflaschen fürs Erste. Oder vielleicht besser vier. Nicht alles brennt so gut wie eine Lobby voller Holz und Plüsch.

Eilig war es ihm nicht mit seinem Vorhaben. Rache muss langsam und mit Bedacht zelebriert werden, nur dann tut sie wirklich gut.

7

Die atlantischen Tiefausläufer waren ausgeblieben, stattdessen hatte sich eine Inversionswetterlage eingestellt. Über der Hochebene lag eine dicke Schicht weißer Watte, doch vom Alpenrand bis in die Gipfelregionen erstrahlte der Himmel in wolkenlosem Blau. Das klassische Bergwetter, wie es im Oktober nicht selten tagelang ununterbrochen herrschte.

Markus Kling hatte die Gelegenheit genutzt und sich für diesen Sonntag mit seinem alten Schulfreund Leo Kroneder zu einer Mountainbike-Tour verabredet. Endlich mal wieder raus aus dem Alltag, die letzten warmen Sonnenstrahlen ausnutzen und die Natur genießen! In diesem Sinne hatten sie die Unternehmung auch geplant, mit einer Route, die in weitem Bogen um das Gipfelmassiv von Rotwand, Miesing und Aiplspitz herumführte. Nichts Aufregendes, mit ihren All Mountain-Fullys leicht zu bewältigen, aber landschaftlich reizvoll und abwechslungsreich. Außerdem versprach Leos notorisch gute Laune, die in jeder Lebenslage unerschütterlich blieb, eine angenehme Entspannungspause im Ernst des beruflichen Lebens.

Als Start- und Endpunkt war der Gasthof Alpenwirt in Bayrischzell vorgesehen – ideal, um die verbrauchten Kalorien mit einem zünftigen Schweinsbraten wieder hereinzuholen. Oder noch besser, mit einem Kaiserschmarrn. Markus Kling war seit seiner Kindheit ein Fan der nahrhaften Mehlspeise, ganz besonders, wenn sie wie hier mit Zwetschgenröster serviert wurde.

Leo Kroneder wartete schon in voller Montur, als Kling auf dem Parkplatz eintraf. Obwohl die beiden seit Jahren eine wachsende Begeisterung für ihren Freizeitsport verband, hatten sie sich etliche Wochen lang nicht gesehen. Per Telefon und E-Mail waren gemeinsame Touren schnell besprochen, aber allzu oft wurden sie von beruflichen Verpflichtungen und Dienstplänen durchkreuzt. Leo betrieb in Rosenheim eine Versicherungsagentur, die ihn auch an manchen Wochenenden beschäftigt hielt. Dazu kam die nicht einfache Aufgabe, seine Ehefrau zu besänftigen, die Mountainbiking für lebensgefährlichen Unsinn hielt. Kling wiederum hatte keine Ausrede, wenn er samstags oder sonntags zum Kriminaldauerdienst eingeteilt wurde: Für Straftaten gab es nun einmal keine Vierzig-Stunden-Woche. Kurz, Tage wie dieser waren ein seltener Glücksfall.

»Aha, neue Frisur?«, wollte Leo wissen, nachdem sie sich begrüßt hatten, und beäugte den gelfreien blonden Wuschelkopf seines Freundes. Ein wenig Neid war herauszuhören, denn Leos Geheimratsecken näherten sich unaufhaltsam der Mitte seines Schädels, was er mit einem sorgsam gehegten Dreitagebart kompensierte.

»Ach so …« Kling grinste und fuhr sich mit einer mechanischen Handbewegung durch die Haare. »Daran hab ich gar nicht mehr gedacht. Ja. Ist eher Zufall.«

»Und ich dachte, du imitierst jetzt Boris Johnson.«

»Was?! Na hör mal, du willst mich doch wohl nicht mit dieser Vogelscheuche vergleichen!«

»Quatsch.« Leo machte eine beschwichtigende Handbewegung. »War nur ein Witz.«

»Und im Übrigen«, schob Kling siegessicher nach, »scheint der Look gut anzukommen. Jedenfalls bei Frauen.«

»Aha. Schon Eroberungen gemacht?«, frotzelte Leo.

»Ich arbeite dran.« Kling dachte an Veronika Sommer und spürte, wie ihn ein leichter Hormonschauer durchrieselte. Leo ging nicht weiter auf die Bemerkung ein, denn offenkundig interessierte er sich mehr für Klings berufliche Belange. »Sag mal, wie läuft's eigentlich bei der Kripo?«, fragte er, nachdem sie sich in die Sättel geschwungen hatten. »Gab's interessante Fälle in letzter Zeit?«

Kling hätte es vorgezogen, seinen Kopf von dienstlichen Themen freizuhalten, aber Leos lebhafte Neugier ließ ihm keine Chance. »Eigentlich wollte ich heute mal nicht über die Arbeit reden«, sagte er. »Aber na schön, weil du's bist. Im Moment gibt es tatsächlich einen interessanten Fall. Am Tegernsee ist ein Hotel abgebrannt, da stecken wir gerade in den Ermittlungen.«

»Ah ja, davon hab ich im Radio gehört. War zum Glück nicht bei uns versichert. Und? Habt ihr schon irgendwas rausgefunden?«

»Hmmm …« Kling zögerte einen Moment. »Ja, allerdings, zumindest was die Brandursache betrifft. Das ging überraschend schnell, hätte ich nicht gedacht.«

»Und weiter? Na los, mach's nicht so spannend.«

Kling schüttelte den Kopf. »Mehr kann ich dazu nicht sagen, solange der offizielle Untersuchungsbericht nicht vorliegt. Ich denke, Anfang nächster Woche ist es so weit, dann wird auch die Presse informiert. Aber lass uns mal das Thema wechseln. Mann, es ist Sonntag! Der Bürokram holt uns beide früh genug wieder ein.«

Leo ließ den Lenker los und hob entschuldigend die Hände. »Ja, sorry, du hast ja recht. Aber mit Reden ist eh nicht mehr viel, ab hier geht's erst mal bergauf. Sparen wir uns die Puste.«

Sie waren kurz vor der Einfahrt in den Elendgraben, ein enges Tal mit steil aufragenden Hängen, dessen Name stark übertrieben war. Bis zur Passhöhe galt es zwar vierhundert Höhenmeter zu überwinden, aber in den bayerischen Voralpen gab es wesentlich anspruchsvollere Strecken.

Ein surrendes, schnell von hinten näherkommendes Geräusch verriet, dass ein E-Biker im Begriff war, die beiden zu überholen. Als er gemächlich tretend vorbeirauschte, zeigte sich, dass er es ohne die Hilfe seines Motörchens wohl kaum geschafft hätte: Die Waden des vielleicht fünfzigjährigen Einzelkämpfers waren eher dünn, über dem Bauch dagegen spannte sich das Trikot umso mehr.

»Abspecken, dann brauchst koan Motor!«, rief Leo ihm nach.

Der Biker drehte sich kurz um und gab auf gut Bairisch zurück: »Du mi aa!« Dann war er hinter der nächsten Biegung verschwunden.

»Merkwürdig«, mokierte sich Leo. »Ich hab doch eindeutig ›Abspecken‹ gesagt und nicht ›Arschlecken‹.«

»Mann!«, prustete Markus Kling und bemühte sich, seinen Lachanfall und den Lenker unter Kontrolle zu halten. Als er sich wieder gefangen hatte, meinte er: »Nachher kann ich dir übrigens noch was erzählen. Hat indirekt mit der Brandsache zu tun, ist aber ein wesentlich angenehmeres Thema.«

»Nämlich?«

»Ich sag doch, nachher!«

»Ey, spann mich nicht auf die Folter! Sag wenigstens ein Stichwort.«

»Ein Stichwort? Ähhmm … Eroberung. Alles Weitere später!« Damit beendete er den Dialog, schaltete fünf Gänge herunter und stieg mit aller Kraft in die Pedale.

Als die Passhöhe und die Talfahrt zur Valepp hinter ihnen lagen, war die Hälfte der Tour geschafft. Zeit für eine Pause und ein kühles Bier, »und außerdem wolltest du mir was erzählen«, knüpfte Leo an ihre Unterhaltung an. »Was Angenehmes.«

»Okay, mach ich. Aber fahren wir bis zur Albert-Link-Hütte weiter, da können wir einen Zwischenstopp einlegen.«

Nach sechs entspannt im Tal zurückgelegten Kilometern tauchte abseits der Straße die Hütte auf, und sie bogen nach links auf den Zufahrtsweg ein. Ein älteres Ehepaar, in monochromes Rentnerbeige gekleidet und unüberhörbar aus Norddeutschland, kam ihnen mit verbissenen Mienen entgegen. »He! Das is'n Fußweech hier!«, rief der Mann und erhob drohend seinen Spazierstock.

»Irrtum«, gab Kling zurück, während sie unbeeindruckt an ihm vorbeirauschten. Kurz vor der Hütte stiegen sie ab und lehnten ihre Räder an die Mauer der Terrasse.

»So ein Saupreiß!«, kommentierte Leo kopfschüttelnd und äffte den Spaziergänger nach. »Fußweeeech! Das sind dieselben Typen, die im Wirtshaus ›ein Maaß Bier‹ bestellen.«

»Oder Weißwürste mit Pommes und Mayo«, ergänzte Kling. Beide brachen in schallendes Gelächter aus.

»Du, übrigens«, japste Leo, dem die Tränen über die Wangen liefen. »Das ist gar nicht mal so abwegig. Vor ein paar Monaten hab ich gesehen, wie ein Ami seine Weißwürste mit Ketchup gegessen hat.«

»Brrr, pfui Deifi! Im Ernst?«

»Ja, wirklich. Ein Gemetzel, sag ich dir. Es sah aus, als hätte er bei der armen Wurst eine Arterie getroffen.«

Sie stiegen die Treppenstufen zur Terrasse hinauf und sahen sich nach einem freien Platz um. Die Hütte war gut besucht, aber nicht überfüllt. Im rückwärtigen Bereich fanden sie problemlos einen Tisch für sich allein, fast direkt neben dem freistehenden Backofen, in dem – wie der aufsteigende Duft verriet – soeben einige Brote ihrer Fertigstellung harrten.

Nachdem sich beide ein Weißbier bestellt hatten, drängte Leo erneut auf Klartext. »So, Markus, jetzt schieß mal los. Stichwort Eroberung.«

»Na ja ... ob es klappt, ist die große Frage, aber wie gesagt, ich arbeite dran.«

»Weiter! Lass dir doch nicht jedes Wort aus der Nase ziehen.«

»Also, ich hatte neulich einen Termin beim Kreuther Bürgermeister, wegen dieser Brandsache. Mann, die Vorzimmerdame hättest du sehen sollen.«

»Mit anderen Worten, ganz dein Typ.«

»Erraten. Aber das Beste ist, ich kann es wahrscheinlich so drehen, dass ich ihr in nächster Zeit öfter begegne. Je nachdem, in welche Richtung die Ermittlungen gehen.«

»Schön für dich. Dann dreh es mal in die passende

Richtung. Und ich drück dir die Daumen, dass die Dame nicht vergeben ist.«

»Ach, wenn schon! Jedenfalls trägt sie keinen Ehering, wie ich dank meiner Adleraugen feststellen konnte.«

»Die du ja bekanntlich überall hast.«

»Gehört halt zu meinem Beruf. Genauso wie die faszinierende Tatsache, dass man dauernd neue Leute kennenlernt.«

»Zum Beispiel Vorzimmerdamen.«

»Du sagst es.« Kling setzte ein breites Grinsen auf. Die Kellnerin kam und stellte zwei Weißbiere auf den Tisch.

»Prost!« Klickend stießen die Böden der Gläser zusammen.

»Du, aber was das Kennenlernen angeht«, sagte Leo, nachdem sie den ersten Schluck genossen hatten, »die Gelegenheit hättest du in meinem Business auch. Versicherungskunden sind eine ziemlich bunte Mischung, und attraktive Hasen hab ich in meiner Kartei auch.«

»Ja, glaub ich dir gerne«, erwiderte Kling. »Aber Versicherungen …«, er schüttelte den Kopf, »nee, mein Ding wär das nicht. Dein Job in allen Ehren, aber da würden mir die kniffligen Aufgaben fehlen. Also die richtig harten Nüsse. Du weißt ja, das war eigentlich mein Hauptgrund, zur Kriminalpolizei zu gehen.«

»Ja. Und *mich* würde das in den Wahnsinn treiben. Tage- oder wochenlang ermitteln, und dann hat man womöglich doch keine Spur.«

»Aber genau das finde ich spannend. Wenn man die Lösung direkt auf dem Präsentierteller bekäme, wäre das doch todlangweilig. Stell dir einen Kriminalroman vor, bei dem du nach zehn Seiten schon den Täter kennst.«

»Das ist aber nicht dasselbe«, wandte Leo ein. »Bei

einem Roman weiß ich wenigstens, dass ich ihn nur bis zu Ende lesen muss, und dann ist das Rätsel gelöst.«

»Romantechnisch, ja.« Kling zuckte mit den Schultern. »Und es ist fast immer derselbe Trick. Am Schluss stellt sich derjenige als Täter heraus, auf den man zuallerletzt tippen würde. Hat mit dem richtigen Leben nicht viel zu tun.«

»Aber gibt es das nicht auch in Wirklichkeit? Dass eine scheinbar heiße Spur verfolgt wird, und dann tauchen plötzlich ganz neue Erkenntnisse auf?«

»Klar kommt das vor. Du brauchst ja nur an die sogenannten Döner-Morde zu denken, die ganze Scheiße, die damals passiert ist. Aber von wegen heiße Spur und neue Erkenntnisse – wenn man da von Anfang an richtig ermittelt hätte, wäre alles ganz anders gelaufen.«

»Du meinst, man sollte alle Möglichkeiten in Betracht ziehen. Auch unwahrscheinliche.«

»Genau. Sonst kommt dasselbe heraus wie in diesen Nullachtfünfzehn-Krimis: Da werden alle möglichen hochverdächtigen Leute vernommen, und hinterher war's der Gärtner, auf den keiner gekommen wäre.«

»Oder Neonazis.«

»Ja, in dem Fall, den du angesprochen hast. Aber was meine aktuellen Ermittlungen angeht … ich will's nicht beschreien, aber es gibt nur sehr wenige Leute, die einen Vorteil aus dem Brand ziehen würden. Und andere kommen als Täter wohl kaum in Frage.«

Kling lehnte sich auf seinem Stuhl zurück und blinzelte zufrieden in die Sonne. Eine der angedachten Möglichkeiten würde ihn auf die richtige Spur führen, dessen war er sicher.

8

Das Untersuchungsergebnis lag auf dem Tisch und war eindeutig. Die Sachverständigen des LKA hatten gleich mehrere Indizien aufgelistet, die mit fast hundertprozentiger Sicherheit auf Brandstiftung hindeuteten: Zum einen hatte die normalerweise verriegelte Hintertür des Hotels weit offen gestanden, zum zweiten war das Feuer an mehreren Stellen gleichzeitig ausgebrochen, und zum dritten – das war der triftigste Anhaltspunkt – hatte man in der Lobby drei bis zur Unkenntlichkeit zusammengeschmolzene, chemisch identische Plastikklümpchen gefunden. »Ein Material, aus dem typischerweise auch Flaschen mit Brennspiritus oder Grillanzünder hergestellt werden«, kommentierte der Bericht des kriminaltechnischen Instituts.

»Polythely … Polyethylenterephthalat«, bemühte sich Markus Kling stirnrunzelnd, das gedruckte Wortungeheuer in menschliche Laute umzuwandeln.

»PET«, warf Finsinger ein, der ihm gegenübersaß. »So nennen das normale Leute.«

»Das ist allerdings mir auch geläufig«, sagte Kling. »Aber woher kennst du diesen fachchinesischen Begriff?«

Finsinger winkte ab. »Reiner Zufall. Das Wort ist mir schon mal in anderem Zusammenhang untergekommen, da ging es um Fingerabdrücke auf einem Plastikkanister. Polyethylenterephthalat. Grauenvoller Bandwurm.«

»Allerdings«, bestätigte Kling. »Aber anscheinend muss man ja zeigen, wofür man Chemie studiert hat. Lieber wären mir DNA-Spuren gewesen.«

»Klar«, pflichtete Finsinger ihm belustigt bei. »Wenn ich ein paar Wünsche frei hätte, stünde *der* bei mir auch ganz oben auf der Liste.«

»Jaja, ich weiß. Absolut unrealistisch. Aber jedenfalls wissen wir jetzt, was los ist. Und ein paar Verdächtige haben wir auch, das ist ein guter Anfang.«

»Van Dooren und Eggebrecht, ja. Oder fällt dir sonst noch jemand ein?«

Kling schüttelte den Kopf. »Allenfalls dieser Senoner, aber man weiß ja nie. Klar, jeder, der auf das Grundstück scharf war, hätte ein plausibles Motiv. Kann aber auch sein, dass wir auf dem Holzweg sind und in Wirklichkeit etwas ganz anderes dahintersteckt.«

»Die Möglichkeit besteht immer«, sagte Finsinger schulterzuckend. »Also, dann gib der Staatsanwaltschaft mal den aktuellen Stand durch. Sollte für einen Anfangsverdacht gegen van Dooren und Eggebrecht reichen. Als Anstifter natürlich, nicht als Brandstifter.«

»Logisch.« Kling grinste. »Ich kann mir kaum vorstellen, dass einer von denen persönlich mit Grillanzünder und Feuerzeug loszieht, um einen Brand zu legen.«

Sein Gedankenspiel, dass auch Ludwig Menzl in die Sache verwickelt sein könnte, verschwieg er wohlweislich. Statt unbedacht mit einer womöglich haltlosen Hypothese vorzupreschen, wollte er zuerst Indizien sammeln, die seine Überlegung untermauern könnten. Immerhin, einen Anhaltspunkt gab es: Er hatte sich im Internet die Protokolle der Gemeinderatssitzungen angesehen. Demnach hatte Menzl die Anti-Denkmal-Fraktion von Anfang an angeführt, weil er die amtlichen Auflagen für völlig überzogen hielt, und sich bei der Entscheidung über den Verkauf an Gerassimow der Stimme enthalten. Ihm konnte der jetzige Stand der Dinge also nicht ganz ungelegen kommen. Tabula rasa. Die ideale Gelegenheit, bei Null zu beginnen und mit dem Grundstück etwas Neues anzustellen.

Kling war entschlossen, diese Spur weiterzuverfolgen. Und je öfter er Menzl auf den Zahn fühlen musste, desto mehr Anlass würde es für weitere Besuche im Kreuther Rathaus geben, was natürlich auch weitere Begegnungen mit Veronika Sommer zur Folge hätte. Eine erfreuliche Aussicht. Dunkle Haarpracht, blitzende Augen, Zahnpastalächeln. Irgendetwas würde sich da bestimmt einfädeln lassen.

Staatsanwalt Dr. Wolfgang Lamparter hörte sich aufmerksam an, was ihm Kling am Telefon über sein Gespräch mit dem Bürgermeister erzählte. Nur hin und wieder unterbrach er ihn mit einem bedächtigen »Mmhh«, was sowohl Skepsis als auch Zustimmung signalisieren konnte.

Kling hatte schon einige Male persönlich mit ihm zu tun gehabt und wusste, dass diese scheinbar bedächtige Art gründlich täuschte. In Wahrheit war Lamparter ein Schnelldenker und sein Gehirn durchaus multitaskingfähig. Während seine Stimme mit Telefonieren befasst war, entwickelten tiefere Regionen seines Hinterkopfs gleichzeitig eine Strategie für das weitere Vorgehen: Wer steht auf der Liste, wen lasse ich wann und warum vernehmen, ab wann beantrage ich Haftbefehl. Und man konnte nicht ausschließen, dass er auf einer dritten Denkebene bereits an seinem Plädoyer für den späteren Strafprozess feilte. Das alles wusste er geschickt hinter seiner Gemütsmenschenfassade zu verbergen; nur im direkten Gespräch verriet sich seine Ungeduld gelegentlich durch ein nervöses Kräuseln der Lippen.

Als Kling geendet hatte, fügte Lamparter ein weiteres, in die Länge gezogenes Brummen hinzu und schwieg dann für ein paar Sekunden. Es war förmlich zu hören, wie seine Neuronen arbeiteten und das Gehörte noch einmal per Schnellrückblende durchgingen.

»Ist etwas unklar?«, fragte Kling.

»Unklar nicht«, antwortete Lamparter. »Aber ist Ihre Spekulation über das Motiv nicht etwas zu einseitig? Wäre nicht zum Beispiel auch Versicherungsbetrug denkbar?«

Die Frage verblüffte Kling dermaßen, dass er seine Gedanken erst einmal neu sortieren musste. Dann wurde ihm klar, was Lamparter gemeint hatte, und er widersprach energisch. »Also … nein, wirklich nicht. Das würde ja bedeuten … Meinen Sie etwa im Ernst, dass jemand aus dem Gemeinderat, womöglich sogar der Bürgermeister …?«

»Das Hotel war mit über acht Millionen Euro versichert«, sagte Lamparter ungerührt. »Diese Summe kassiert jetzt erst mal die Gemeinde, und das vermutlich ohne große Komplikationen.«

»Aber warum sollten die sich denn vorsätzlich ein Geschäft vermasseln, das fast in trockenen Tüchern war? Soweit ich mich erinnere, wollte Gerassimow zwölf Millionen zahlen.«

»Für das Grundstück, ja. Aber das Gebäude hätte keinen Cent gebracht, das wurde ihm ja praktisch nachgeworfen. Rechnen Sie nach: Grundstückswert plus Versicherungssumme, macht unter dem Strich zwanzig Millionen.«

»Nein … nein.« Kling schüttelte unwillkürlich den Kopf, auch wenn Lamparter es nicht sehen konnte. »Also – ich denke, wenn überhaupt, dann wären sie wesentlich früher auf die Idee gekommen.«

»Mag sein, ja. Trotzdem sollten wir das nicht aus dem Auge verlieren. Und denken Sie auch an eine dritte Möglichkeit: Es könnte jemand von der Freiwilligen Feuerwehr gewesen sein. Hat's ja schon öfter gegeben. Sie wissen, was ich meine?«

»Klar. Ein ruhmsüchtiger kleiner Feuerwehrmann, der erst den Brand legt und sich anschließend an seinem heldenhaften Löscheinsatz berauscht. Aber der wäre wohl kaum so plump vorgegangen. Außerdem wäre er gar nicht so schnell zu Hause gewesen, wie man ihn alarmiert hätte.«

»Stimmt auch wieder«, räumte Lamparter ein. »Also halten wir fest: Gegen zwei Personen besteht ein konkreter Anfangsverdacht, eine dritte Variante steht eventuell im Raum. Ich meine den Versicherungsbetrug. Gibt's aus Ihrer Sicht weitere Optionen?«

»Vielleicht eine dritte Person. Menzl erwähnte den Namen Francesco Senoner, diesen italienischen Hotelier.«

»Haben wir auch geprüft, aber Senoner steht nicht auf unserer Liste. Der hat vor einem halben Jahr definitiv abgewinkt, und zwar ganz rabiat.«

»Was meinen Sie mit rabiat?«

»Haben Sie das Interview im BR nicht gesehen? Wo er Gift und Galle gegen die Gemeinde versprüht hat? Ein richtiger Hitzkopf, man kann das auf Youtube immer noch abrufen.«

»Nein, kenne ich nicht«, sagte Kling.

»Jedenfalls war das eine Generalabrechnung. Damit hat er die Tür endgültig zugeschlagen.«

»Sind Sie sicher? Womöglich war das Ganze ja nur Show. Er könnte über Mittelsmänner …«

Lamparter unterbrach ihn mit einem kurzen, spöttischen Schnauben. »Ein bisschen sehr weit hergeholt, meinen Sie nicht? Falls Sie ihn vernehmen wollen, meinetwegen, aber das kann kompliziert werden. Soviel ich weiß, ist er mal hier und mal da, heute in München und morgen in Barcelona. Seine Kette hat Häuser und Projekte in ganz Europa, außerdem in Tunesien und Marokko.«

»Okay, wie Sie meinen. Dann hat Senoner einstweilen Prio zwei.«

»Wenn überhaupt. Konzentrieren Sie sich also erst mal auf van Dooren. Und eins steht wohl fest: Wenn es einer der beiden heißen Kandidaten war, hat er den Brand mit Sicherheit nicht selber gelegt. Das sind Leute, die sich garantiert nicht die Finger schmutzig machen. Es muss also einen Komplizen geben.«

Wer hätte das gedacht. Kling verdrehte die Augen. »Logisch«, sagte er. »Das hab ich schon mit meinem Chef besprochen.«

»Und solche Leute verraten sich ja hin und wieder«, ergänzte Lamparter. »Es hat so mancher im Suff mit irgendwelchen Straftaten angegeben.«

»Das wäre allerdings ein Glückstreffer.«

In Wahrheit dachte Kling das Gegenteil. Kommissar

Zufall? Nein danke. Wenn es so einfach wäre, bliebe ihm ja kaum Gelegenheit, selber zu ermitteln. Langweilig. Er wollte keinen Glückstreffer, sondern eine Polizeiarbeit, bei der er sein kriminalistisches Geschick beweisen konnte. Eine Tataufklärung, bei der sich ein Mosaiksteinchen ans andere fügte, so lange, bis der Täter eindeutig überführt werden konnte.

Er verabschiedete sich von Dr. Lamparter und legte auf.

Im selben Moment, als die Nummer im Display erlosch, durchfuhr ihn ein jäher Geistesblitz.

»Oh Scheiße!« Er schlug sich mit der flachen Hand auf die Stirn.

»Was ist denn jetzt los?«, fragte Lorenz Finsinger, der über Lautsprecher mitgehört hatte.

»Ich bin ja blöd«, antwortete Kling. »Mir ist gerade was eingefallen. Da hätte ich eigentlich längst draufkommen müssen.«

Er griff erneut zum Telefon und drückte die Wahlwiederholungstaste.

»Ja, Herr Kling?«, meldete sich Lamparter. »Gibt's noch was?«

»Ja. Ich dachte an Gerassimows Umfeld. Immerhin könnte es ja sein, dass das Motiv ein ganz anderes ist, dass es also gar nicht um Geld und Geschäfte geht …«

»Sondern?«

»Um Rache. Ich weiß zwar nicht, mit was für Leuten der Mann umgeht, aber vielleicht hatte er ja Feinde. Irgendjemand, dem er mal ein Geschäft vermasselt hat, und als Retourkutsche vermasselt er ihm seins.«

Erneut ein gedehntes »Mmhh«, gefolgt von einer Pause. »Ja, interessante Idee«, erwiderte Lamparter schließlich.

»Kommt mir zwar nicht sehr wahrscheinlich vor, aber das könnte ein weiterer Ermittlungsansatz sein. Wenn auch ein bisschen klischeehaft. Russenmafia. Na ja.«

»Aber manchmal sind es gerade Klischees, die den Nagel auf den Kopf treffen«, entgegnete Kling.

»Punkt für Sie. Also gut, dann werde ich das erst mal so zu den Akten nehmen. Und Sie knöpfen sich so schnell wie möglich Wieland van Dooren vor. Um Eggebrecht kümmern sich die Kollegen hier in München.«

»Halleluja«, sagte Lenz Finsinger mit einem erleichterten Seufzer, als die Unterredung beendet war, und bekreuzigte sich andeutungsweise. »Ich hatte schon befürchtet, dass er hier morgen anklopft und das Oberkommando übernimmt. Wäre ja nicht das erste Mal.«

Kling nickte stumm, griff nach seiner Kaffeetasse, die vor ihm auf dem Schreibtisch stand, und nippte daran. Kalt. Während des Telefonats hatte er völlig vergessen, gelegentlich einen Schluck zu nehmen.

»Na, wie auch immer«, fuhr Finsinger fort. »Wir werden ohnehin gut vorankommen. Auf jeden Fall kann man wohl davon ausgehen, dass jemand für den Brand bezahlt worden ist. Und zwar sehr gut bezahlt. Das könnte unsere Chance sein.«

»Ich verstehe.« Kling rieb andeutungsvoll den Daumen seiner rechten Hand am Mittelfinger. »Du meinst, dass derjenige plötzlich anfängt, mit Geld um sich zu werfen. Oder wenigstens damit anzugeben.« Hoffentlich nicht, dachte er. Es wäre wirklich zu einfach.

»Je nachdem, was für ein Typ das ist«, sagte Finsinger. Ein abgezockter Profi wird der Versuchung wohl kaum erliegen. Ein Gelegenheitstäter schon eher.«

»Und angenommen, das wäre so einer – wie hoch schätzt du die Wahrscheinlichkeit, dass er sich verrät?«

Finsinger zuckte die Schulter. »Keine Ahnung, da müsste ich die Kriminalstatistik bemühen. Gefühlsmäßig würde ich sagen, vielleicht zehn Prozent. Aber wir haben ja noch eine weitere Chance.«

»Nämlich?«

»Dass der Hintermann, wer auch immer das ist, sich unbedacht verplappert. Und *die* Wahrscheinlichkeit sehe ich deutlich höher. Also Markus, zeig, was du kannst und frag unseren Kandidaten Löcher in den Bauch.«

»Worauf du dich verlassen kannst«, antwortete Kling, und die Vorfreude trieb ein verschmitztes Grinsen in sein Gesicht.

Die Sachlage stellte sich relativ einfach dar; man konnte gezielt und systematisch vorgehen. Auch der Kreis der Verdächtigen war klar umrissen, wenn man die möglichen Urheber eines hypothetischen Racheakts erst einmal außen vor ließ. Oder war da etwas, das sie außer Acht gelassen hatten? Senoner … Mittelsmann… Kollaboration … Der Hauch eines Gedankens huschte ihm durch den Kopf, doch dessen Einzelteile fügten sich zu keinem stimmigen Ganzen und einen Augenblick später waren sie schon wieder verflogen.

9

Dass Wieland van Dooren um ein Gespräch in seinen Praxisräumen gebeten hatte, kam Markus Kling durchaus gelegen. Es ging ihm dabei nicht nur um mögliche Erkenntnisse und Indizien, er war auch neugierig, wie das Domizil dieses legendären Wunderheilers aussah und was sich dort abspielte. Er wusste, dass van Dooren eine Zulassung als Heilpraktiker besaß; daneben wandte er aber auch Methoden an, die selbst in einschlägigen Lehrbüchern kaum zu finden waren. Kein Wunder, er hatte sie teilweise selbst entwickelt und die dazugehörigen Apparate – bislang vergeblich – sogar zum Patent angemeldet.

Leicht verblüfft war Kling darüber gewesen, mit welcher Selbstverständlichkeit van Dooren am Telefon in dieses Treffen eingewilligt hatte.

»Klar, ich gehöre zu den Verdächtigen. Sie haben sich ja mit Sicherheit ausgiebig schlau gemacht.« Seine sauerländische Herkunft war nicht zu überhören.

»Ja. Und die erste Frage lautet nun mal ›wem nützt es?‹. Folglich besteht ein Anfangsverdacht gegen Sie.«

»Weil ich ein Motiv hätte.«

»Sie sagen es. Ich hab mir Ihre Baupläne angesehen, sehr ansprechend, muss ich sagen. Und vermutlich waren Sie nicht gerade begeistert, dass ein russischer Großunternehmer sie endgültig zunichtemacht.«

Ein bitteres Auflachen war zu hören. »Sagen Sie ruhig, ich war stocksauer. Aber glauben Sie im Ernst, dass ich deswegen gleich durchdrehe und das Gebäude in Brand stecke?«

»Glauben tue ich gar nichts«, entgegnete Kling. »Ich kann Sie nicht mal als Beschuldigten vernehmen, allenfalls um ein persönliches Gespräch ersuchen. Am besten heute oder morgen, wenn es geht.«

»Kein Problem. Ich sag Ihnen gern alles, was Sie wissen wollen. Dann werden Sie ja merken, dass ich mit dieser Sache nichts zu tun habe.«

»Okay. Wann können Sie vorbeikommen?«

Van Dooren zögerte, holte hörbar Luft und stieß den Atem aus. »Puhh, ganz schwierig«, sagte er dann. »Ich bin heute und die nächsten Tage ziemlich ausgebucht. Ich dachte eher, Sie könnten vielleicht nach Rottach-Egern kommen …?«

»Ja, natürlich. Wann passt es?«

Sie einigten sich auf zwölf Uhr mittags am folgenden Tag.

Als Markus Kling vor der Wohn- und Arbeitsresidenz van Doorens parkte, einer modernen Interpretation des alpenländischen Stils, war er beeindruckt. Offensichtlich hatte man bei dem Gebäude an nichts gespart. Jedes Detail verströmte die Aura von Wertarbeit und edlen Materialien; die Fassade bestand aus mosaikartig angeordneten Schieferplatten und mattpoliertem Holz, und die Solarzellen auf dem Dach waren mit den Schindeln meisterlich zu einem ästhetischen Ganzen arrangiert. Nichts hätte besser verdeutlichen können, wie viel Geld in der Grauzone zwischen Wissenschaft und Aberglauben zu verdienen war. Den Löwenanteil brachten dabei vermutlich van Doorens Bücher, die er in seinem eigenen Verlag herausgab. Er konnte sich auf eine treue Anhängerschaft verlassen, und so war bislang jedes dieser Traktate auf den Bestsellerlisten gelandet. Auch seine Vorträge und Seminare zu Gesundheitsthemen fanden stets ein dankbares zahlendes Publikum.

Kling betrat die Freitreppe und drückte auf den mit Messing eingefassten Klingelknopf. Ein Summen ertönte, und die Eingangstür schwang automatisch auf. Dahinter öffnete sich ein lichtdurchflutetes Foyer, dessen Ambiente dem luxuriösen Eindruck der Fassade in nichts nachstand. Der Boden bestand aus Granitfliesen, an den Wänden prangten abstrakte Gemälde, und hinter einer Sitzgruppe aus Designer-Ledersesseln flackerte ein Gasfeuer in einem riesigen Kamin, der bündig in die Wand eingelassen war. Der ganze Raum war von einem aromatischen Duft erfüllt, der von irgendwelchen ätherischen Ölen herzurühren schien und durchaus angenehm war. Ein Empfangstresen aus hellem Holz und Marmor nahm die Stirnseite des Foyers ein. Dahinter saßen zwei Mitarbeiterinnen, die mit ihrem perfekt einheitlichen Outfit aussahen, als wären sie einer Science-Fiction-Serie entsprungen.

Kling grüßte und stellte sich vor. »Markus Kling von der Polizeiinspektion Miesbach. Ich bin mit Herrn van Dooren zu einem Gespräch verabredet.« Er fingerte seinen Dienstausweis aus der Jackentasche, aber die beiden Damen winkten synchron ab und setzten ein gewinnendes Lächeln auf.

»Ja, wir sind informiert«, sagte die jüngere der beiden. »Herr van Dooren erwartet Sie in seinem Sprechzimmer. Ich gebe ihm Bescheid.«

Sie drückte auf einen Knopf in der Arbeitsplatte und sprach in ein Mikrofon. »Herr Kling von der Kriminalpolizei ist da. Darf ich ihn zu Ihnen bringen?«

»Ja, ist in Ordnung«, tönte es aus dem Lautsprecher. Die Empfangsdame erhob sich und bedeutete Kling, mitzukommen. Durch einen bis zur Decke verglasten Gang gelangten sie zum Allerheiligsten. Patienten waren nirgendwo zu sehen, aber vermutlich hielt van Dooren ohnehin nur Einzelaudienzen ab.

Das Sprechzimmer war so erlesen eingerichtet wie das Foyer, und selbst Wieland van Dooren wirkte in ihm wie ein lebendes Designobjekt. Laut Wikipedia-Eintrag war er vor Kurzem achtundfünfzig geworden, aber man konnte ihn leicht auf zehn Jahre jünger schätzen: kaum Falten im Gesicht, das volle Haar ohne graue Fäden, der Teint – vermutlich im Solarium – sorgfältig auf Karibik-Dauerurlaub getönt. Der Ausschnitt seines Arztkittels ließ ein seidig glänzendes Hemd mit zartem Malventon erkennen, das teuer aussah und vermutlich auch war.

Er begrüßte Markus Kling mit festem, energischem Händedruck. »Also, was möchten Sie von mir wissen? Ich habe mir eine halbe Stunde freigeräumt, das sollte eigentlich reichen.«

Kling nickte. »Kein Problem. Ich denke, so lange brauchen wir gar nicht.«

»Umso besser. Also, bitte nehmen Sie Platz. Was zu trinken?«

»Ja gerne. Hätten Sie vielleicht ein Wasser?«

»Belebtes Wasser, ja. Wenn Ihnen das recht ist.«

Kling zuckte mit den Schultern. »Wird schon schmecken.«

»Es schmeckt nicht nur, sondern vitalisiert auch. Normales Wasser kann das nicht.« Van Doorens Stimme klang sanft und sonor zugleich, ein ruhiger Bariton mit fast väterlichem Timbre. Auf Patienten, die bereit waren, ihm bedingungslos zu vertrauen, musste es fast hypnotisch wirken. Er trat an einen Wasserspender, der neben dem Schreibtisch stand, und füllte ein Glas mit dem energetisch aufgeladenen Wasser.

Während Kling an dem Zaubertrank nippte, schweifte sein Blick umher. Hinter dem Schreibtisch hing ein großformatiges Poster mit Darstellungen einer stilisierten nackten Figur und verschiedener Organe, betitelt »Das Lymphsystem des Menschen«. An einer anderen Wand prangten etliche gerahmte Fotos von A- und B-Prominenten mit Autogrammen und Dankesworten. Zu seiner Überraschung bemerkte Kling auch ein Gesicht, das ihm von irgendwoher vertraut erschien. Die Erkenntnis kam so plötzlich, dass er sich fast verschluckt hätte. Tatsächlich, es war: Ilja Gerassimow, der russische Investor. Der Name stand in lateinischen Buchstaben unter dem signierten Porträt. Ausgerechnet der. Vor dem Hintergrund seiner Öffentlichkeitsscheu wirkte das Bild geradezu exhibitionistisch.

Konsterniert und wortlos zeigte Kling auf das Bild und räusperte sich. Van Dooren nickte. »Ilja Gerassimow, genau. Er hat sich mal von mir behandeln lassen. Aber das war, bevor wir Konkurrenten wurden. Eigentlich sollte ich das Bild abhängen. Der Kerl ist mir inzwischen dermaßen unsympathisch –« Er stockte. »Das rechnen Sie mir jetzt hoffentlich nicht als belastendes Indiz an.«

Kling hatte die Stimme wiedergefunden und schüttelte leicht amüsiert den Kopf. »Nein. Das *ist* eins. Aber dass Sie Gerassimow nicht direkt lieben, war ja ohnehin klar. Ich frage mich nur, warum er gerade zu Ihnen gekommen ist.«

Van Dooren sah ihn mit fragendem Gesichtsausdruck an. »Warum? Können Sie sich nicht vorstellen, dass er vorher alles Mögliche probiert hat, ohne Behandlungserfolg? Für viele Patienten bin ich die letzte Hoffnung, und die enttäusche ich selten. Das sehen Sie ja an diesen …«

»Votivtafeln.«

»Machen Sie sich nicht lustig. Ich vollbringe keine Wunder, sondern mache mir nur die Wunder der Schöpfung zunutze.« Van Dooren begann, sich warm zu reden. »Sehen Sie, es ist doch so: Die meisten Schulmediziner betrachten den menschlichen Organismus und alles, was sich darin abspielt, unter rein biologischen und biochemischen Aspekten. Ich dagegen befasse mich auch mit der energetischen Seite, mit Schwingungen, und damit stehe ich weiß Gott nicht allein. Denken Sie nicht auch, dass so ein ganzheitlicher Ansatz viel einleuchtender ist? Und vor allem menschengerechter?«

»Keine Ahnung«, antwortete Kling. »Mein Vater ist Zahnarzt …«

»Ha!«, warf van Dooren ein.

»… und da interessieren ihn unter energetischen Aspekten vermutlich eher die Kaukräfte.«

»Ha!«, wiederholte van Dooren. »Gerade die Zähne! Das ist ja eins dieser großen Missverständnisse. Das sind eben nicht nur profane Kauwerkzeuge, sondern sie stehen auch in energetischer Wechselbeziehung zu den verschiedensten Organen. Jeder Zahn hat seine Entsprechung in einer bestimmten Körperzone. In der traditionellen chinesischen Medizin hat man das bereits vor Jahrtausenden erkannt.«

»Und Sie meinen, dass heutige Zahnärzte sich damit befassen sollten?«

Van Dooren hob belehrend den Zeigefinger seiner rechten Hand. »Viele tun das ja. Wenn die Mehrheit ihrer Fachkollegen nicht so ignorant wäre, würden wahrscheinlich viele Krankheiten und Verstimmungen früher erkannt. Weil sie sich an den Zähnen quasi ablesen lassen.«

»Hmm.« Markus Kling dachte an seinen Vater, einen streng rational denkenden Mediziner, der eine solche Theorie vermutlich als Hokuspokus bezeichnen würde.

»Auch das gehört zu den energetischen Phänomenen«, fuhr van Dooren in nahezu pastoralem Tonfall fort. »Energie durchfließt unseren ganzen Körper, und das ist ein viel umfassenderes Phänomen, als sich die Schulmediziner klar machen. Ich meine, wir haben nicht nur ein physisches System von Zellen, Organen und so weiter, sondern auch einen sogenannten energetischen Körper ...«

Jetzt wurde es Markus Kling zu grundsätzlich. »Ja, klingt alles sehr interessant«, unterbrach er van Doorens Redefluss, »aber lassen Sie uns mal zur Sache kommen.« Er blickte auf seine Armbanduhr. Fast zehn Minuten waren der Abschweifung zum Opfer gefallen. Der Mann verstand sich meisterlich darauf, Gesprächspartner einzuwickeln, ohne dass es ihnen bewusst wurde. Man konnte von ihm lernen.

Aber jetzt riss er sich doch zusammen. »Natürlich, bitte.«

»Also. Wie Sie wissen, ist in der Nacht zum zwölften Oktober das Hotel Seeblick abgebrannt, es war eindeutig Brandstiftung, und es gibt ein paar Leute, denen ein zerstörtes Hotelgebäude sehr gelegen kommen könnte. Einer davon sind Sie.«

»Und was genau hätte ich davon – um den Spieß mal umzudrehen? Die Transaktion ist ja schließlich gelaufen.«

»Eben nicht. Ich habe neulich mit dem Kreuther Bürgermeister gesprochen, und der war zu Recht ziemlich in Sorge, dass Gerassimow angesichts der neuen Umstände einen Rückzieher machen könnte. Sie wissen ja wohl, dass der Notartermin noch ausstand. Und wenn der Vertrag nicht zustande kommt, hätten Sie freie Bahn für Ihre eigenen Pläne. Logisch?«

»Ja.« Van Dooren stützte die Ellbogen auf den Schreibtisch und faltete seine Hände wie zum Gebet. »Allerdings würde das voraussetzen, dass ich ein skrupelloser Geschäftsmann bin, der nur auf seinen eigenen Vorteil aus ist. Und ich könnte Ihnen Dutzende von Zeugen nennen – Leute, die mich sehr gut kennen –, die Ihnen bestätigen werden: Das ist blühender Unsinn. Mir geht es nicht um Profit.«

»So?« Kling sah ihm skeptisch ins Gesicht.

»Jaja, ich weiß, was sie denken«, setzte van Dooren nach. »Zugegeben, ich verdiene sehr gut mit meinen Therapien und Ratgebern. Aber das alles mache ich schließlich nicht aus Geldgier, sondern um Menschen zu helfen. Das nehmen Sie mir hoffentlich ab.«

»Ich nehme es zur Kenntnis.«

»Danke.«

»Nach einem Alibi brauche ich Sie wohl nicht zu fragen, denn natürlich haben Sie eins.«

»Ich lag im Bett, wenn Sie das meinen.«

»Geschenkt«, sagte Kling mit einer wegwerfenden Handbewegung. »Ich gehe nicht davon aus, dass der Verantwortliche, wer auch immer es war –«

In diesem Moment vibrierte das Handy in seiner Jackentasche. Er zog es heraus. Der Anruf kam von Lorenz Finsinger.

»Mein Chef«, unterbrach sich Kling. »Tut mir leid, aber das scheint wichtig zu sein.«

Van Dooren nickte gleichgültig.

»Ja, Lenz?«, meldete sich Kling.

»Hallo Markus, weswegen ich anrufe: Es gibt Neuigkeiten im Fall Seeblick. Der erste brauchbare Hinweis.«

»Was?« Klings Pulsschlag beschleunigte sich. Dennoch beherrschte er sich und blieb ruhig, so gut es ging. »Okay, kann ich in einer Viertelstunde zurückrufen? Ich bin gerade mitten im Gespräch.«

»Ja klar. Bring das erst mal zu Ende, dann sehen wir weiter. Also bis gleich.«

Die Verbindung brach ab. Kling steckte sein Handy wieder ein und fühlte sich leicht verunsichert. Gab es tatsächlich eine konkrete Spur? Und wenn ja, verschwendete er hier womöglich nur seine Zeit? Aber dann hätte ihn Finsinger vermutlich direkt zurückbeordert.

»Ja, wo waren wir stehengeblieben?«, wandte er sich wieder van Dooren zu, um die Gesprächspause zu überbrücken.

»Bei meinem Alibi.«

»Ist abgehakt. Aber …« Die Hypothese fiel ihm wieder ein, über die er mit Lamparter diskutiert hatte. »Es gibt da einen anderen Aspekt, den ich gern ansprechen würde. Wenn Sie Gerassimow behandelt haben – und das ganzheitlich, wie Sie so schön sagen –, sind Sie mit ihm ja sicherlich näher ins Gespräch gekommen. Worauf ich hinaus will: Können Sie mir etwas über ihn sagen? Haben Sie irgendwelche Einblicke zu ihm oder seinem Umfeld gewonnen?«

Van Doorens Gesicht nahm abweisende Züge an.

»Das fällt unter die Schweigepflicht«, gab er schmallippig zurück.

»Unsinn. Sie sind kein Arzt, und Sie wissen genau, dass für Heilpraktiker keine Verschwiegenheitspflicht besteht. Einzelheiten über Gerassimows Krankheit interessieren mich nicht. Und da er Ihnen ja so unsympathisch ist … was das betrifft, sind Sie wohl kaum der Einzige. Was mich konkret interessiert: Könnte es sein, dass er aus irgendeinem Grund Feinde hatte? Leute, die ihm mit dieser Brandstiftung etwas heimzahlen wollten?«

Van Dooren zuckte mit den Schultern. »Keine Ahnung. Er soll aber ein gepanzertes Auto fahren, wer weiß, warum.«

»Das besagt nicht viel. Es kann auch ein Schutz gegen Kidnapping sein. Mehr wissen Sie nicht?«

Erneutes Schulterzucken. »Der Mann ist nicht gerade redselig«, antwortete van Dooren. »Im Gegenteil. Er hat mir gesagt, wo es weh tut, warum er zu mir gekommen ist und dass er einen Zweitwohnsitz in Kreuth hat. Behandelt habe ich ihn wegen Bandscheibenproblemen; wie Sie gesehen haben, mit Erfolg. Das ist so ziemlich alles, was ich weiß. Aber fragen Sie ihn doch selber.«

»Keine Sorge. Steht schon auf der Liste.«

Gerassimow war am Vorabend aus Moskau nach München zurückgeflogen, aber mit seiner Befragung eilte es nicht. Kling rieb sich das Kinn, während er nachdachte, und wie es schien, löste er damit tatsächlich einen Energieimpuls aus, der direkt in sein Gehirn funkte.

»Mal eine ganz andere Frage«, fuhr er fort, »wie war eigentlich Ihr Verhältnis zu Ludwig Menzl, dem Bürgermeister? Laut Gemeinderatsprotokoll hat er sich ja entschieden gegen den Denkmalschutz und für einen Neubau eingesetzt. Und der Favorit war meines Wissens Ihr Wellnesstempel.«

Van Dooren verzog ungläubig sein Gesicht. »Das hat er Ihnen auf die Nase gebunden?«

»Was meinen Sie?«

»Dass mein ›Wellnesstempel‹, wie Sie das nennen, der Favorit gewesen sein soll. Ich hatte nie den Eindruck, dass Menzl damit mehr sympathisiert hat als mit dem Neoplan-Projekt.«

Kling wurde hellhörig. Konnte es sein, dass Menzl mit seinem demonstrativen Wohlwollen für van Doorens Pläne eine falsche Fährte legen wollte? Tatsächlich war das Für und Wider der beiden Projekte im Gemeinderat ja gar nicht diskutiert worden, jedenfalls nicht offiziell. Es war lediglich um die Argumente pro und contra Neubau gegangen – und um die Frage, ob oder wie das Landesamt für Denkmalpflege überhaupt umzustimmen war.

»Wellnesstempel!«, wiederholte van Dooren kopfschüttelnd. »So was können auch nur Leute sagen, die von der Materie keine Ahnung haben. Was ich vorhatte, war ein Zentrum für ganzheitliche Rekreation, nennen Sie es meinetwegen Sanatorium. Zugegeben, mein Herz hing daran. Aber dafür kriminell zu werden – allein die Vorstellung! Nein, für mich wäre das kategorisch ausgeschlossen.«

»Auch für Menzl?«

»Ich wiederhole mich: Fragen Sie ihn selber. In meinen Augen ist er ein integrer Mann, alles andere interessiert mich nicht.«

Als das Gespräch beendet war und Markus Kling im Wagen saß, resümierte er seinen persönlichen Eindruck von Wieland van Dooren. Das Fazit fiel positiv aus: Der Mann war beseelt von seiner Mission, aber kein Fanatiker. Und dass Geldverdienen zwar ein angenehmer Nebeneffekt seiner Tätigkeit war, aber nicht im Vordergrund stand, schien ebenfalls plausibel.

Und was hatte Lorenz Finsinger herausbekommen? Kling rief zurück, und was sein Chef ihm mitteilte, ließ seinen Blutdruck in die Höhe schnellen.

»Heute war ein anonymer Brief in der Post. Wer auch immer den abgeschickt hat, scheint brisante Informationen über Ludwig Menzl zu haben. Und er hält ihn wohl für bestechlich, weil er angeblich finanziell in der Klemme steckt.«

»Ach, da schau her!«, antwortete Kling. Jetzt fügte sich einiges zusammen. »Gerade vorhin hab ich auch das leise Gefühl bekommen, dass mit Menzl irgendwas nicht stimmt. Mir hat er vorgemacht, dass er van Doorens Baupläne favorisiert, aber der weiß angeblich nichts davon. Warum also diese demonstrative Sympathiebekundung?«

»Vielleicht, weil er von jemand anderem ablenken wollte.«

»Ralf Eggebrecht.«

»Zum Beispiel. Und welchen Eindruck hast du von Wieland van Dooren gewonnen? Könnte der deiner Meinung nach hinter der Sache stecken?«

»Nein, glaub ich nicht. Dem quillt der Idealismus aus allen Knopflöchern. Ein Gutmensch, würde ich sagen. Der und Brandstiftung? Das passt überhaupt nicht zusammen.«

»Na gut, wie du meinst. Am besten kommst du sofort her, dann können wir uns ausführlich unterhalten.«

Kling atmete tief durch. War der ominöse Brief die Spur, die zum Täter führte? Bislang bestand sie nur aus zwei Mosaiksteinchen, aber die sprachen für genau das Szenario, das er in seinem Gedankenspiel nach dem Besuch im Kreuther Rathaus entwickelt hatte. Ein Komplott zwischen Bürgermeister und Investor. Nur dass nicht van Dooren die Fäden zog – das erschien ihm jetzt vollkommen abwegig –, sondern Ralf Eggebrecht. Irgendjemand musste das herausbekommen haben oder zumindest wissen, dass Menzl in Geldnöten war.

Und doch gab es etwas, das bei diesem Denkansatz störte. Kling versuchte, es in seinem Kopf dingfest zu machen, aber es blieb erneut ungreifbar.

10

Sehr geehrte Herren von der Kripo,

wenn ich Ihnen wegen der Brandstiftung einen Tip geben darf: Nehmen Sie sich Bürgermeister Menzl vor. Für Geld würde der jede Schweinerei begehen, das kann er dringend brauchen. Fragen Sie mal in Prunay-en-Yvelines nach.

Mit freundlichen Grüssen

Jemand, der bescheid weiss.

Markus Kling überflog den kurzen Brief, während er an einem Becher Kaffee nippte, und sah seine drei Kollegen fragend an. »Prunay-en-Yvelines?«, las er laut. »Muss in Frankreich liegen, oder?«

»Es ist die Partnergemeinde von Kreuth«, erklärte Lorenz Finsinger. »Steht in Wikipedia. Ein kleines Kaff bei Paris, und Menzl war mindestens zweimal dort. Murad hat das mit Lesezeichen markiert. Können wir's mal sehen?«

Murad Özkan nickte, setzte sich an seinen PC und klickte das erste Lesezeichen in der Navigationsleiste an. Es erschien eine Nachricht der Tegernseer Lokalzeitung vom April vergangenen Jahres:

Eine zwanzigköpfige Delegation des CSU-Ortsverbands Kreuth hat am vergangenen Freitag die Partnergemeinde

Prunay-en-Yvelines besucht, um sich über Erfahrungen, Entwicklungsperspektiven und gemeinsame Initiativen auszutauschen. Geleitet wurde das Treffen von Bürgermeister Ludwig Menzl und seinem französischen Kollegen …

Mit einem Klick auf das zweite Lesezeichen öffnete Özkan eine sieben Jahre alte Meldung ähnlichen Wortlauts, diesmal mit einem Gruppenfoto der Teilnehmer versehen. In der Bildunterschrift war Ludwig Menzl noch als Schatzmeister tituliert.

»Na ja«, sagte Kling, »dass sich Partnergemeinden gegenseitig Besuche abstatten, ist ja normal. Aber was zum Henker hat das mit diesem Brief zu tun?«

»Wenn ich das wüsste, wären wir ein Stück weiter«, antwortete Finsinger. »Im Moment können wir nur spekulieren, dass ein Zusammenhang zwischen einem dieser Besuche und irgendwelchen finanziellen Problemen Menzls besteht.«

»Vielleicht hat er sich mit einer riskanten Geldanlage verzockt?«, mutmaßte Kling.

»Oder es ist eine alte Sache, die mit seiner Funktion als Schatzmeister zu tun hat«, ergänzte Annette Weiss.

»Vielleicht, vielleicht, vielleicht.« Finsinger atmete tief durch und schüttelte den Kopf. »Womöglich ist das Ganze auch nur ein schlechter Scherz, und wir zerbrechen uns umsonst den Kopf. Den Absender werden wir jedenfalls nicht herausbekommen. Oder sieht das einer von euch anders?«

Der Text war in einer Allerweltstype mit dem Computer geschrieben und offensichtlich per Laser gedruckt, daraus ließ sich also nicht das Geringste zu seiner Herkunft oder zu seinem Verfasser ableiten.

»DNA-Spuren?«, warf Özkan ein.

»Klar«, sagte Finsinger. »Die werden wir auf jeden Fall sichern lassen, aber das wird uns kaum weiterbringen. Womit sollen wir sie denn abgleichen? Diesen Wisch hat uns ja wohl niemand geschickt, der polizeibekannt ist.«

»Hmm.« Kling befühlte, drehte und wendete das weiße DIN-A4-Blatt. »Anonymer geht's wirklich nicht. Aber Sherlock Holmes würde trotzdem sagen, da stecken ein paar Fingerzeige drin.«

»Aha?« Finsinger verzog sarkastisch die Mundwinkel. »Und was kombiniert der Meisterdetektiv?«

»Zum einen schätze ich, dass der Briefschreiber oder die Schreiberin ziemlich alt ist, sonst hätte er oder sie uns nicht nur als sehr geehrte Herren adressiert, sondern auch als Damen.«

»Okay, das klingt plausibel.«

»Außerdem schreibt man ›Tipp‹ seit mindestens zwanzig Jahren mit doppeltem p. Und das Doppel-s könnte auf einen Franzosen oder Schweizer hindeuten. Bekanntlich gibt es den Buchstaben ß weder in Frankreich noch in der Schweiz.«

»Mag sein«, sagte Finsinger. »Aufgegeben wurde der Brief jedenfalls in Deutschland. Ich hab eher das Gefühl, dass der Briefschreiber die Fehler absichtlich eingebaut hat, um falsche Spuren zu legen. Vermutlich ist es einer von den Mitgereisten.«

»Von der Logik her würde ich das auch sagen«, bestätigte Kling. »Aber wenn, würde er uns das wohl kaum verraten. Übrigens ist mir etwas am Inhalt aufgefallen. Für meine Begriffe sind da moralische Skrupel im Spiel.«

»Wieso das?«

»Na ja, lies den Text doch mal Wort für Wort. Der Absender oder die Absenderin hat zwar ein Interesse daran, Menzl anzuschwärzen, möchte aber vor sich selber nicht als Denunziant dastehen. Deswegen dieser schwammige Hinweis ›Fragen Sie mal nach‹. Warum sagt er oder sie nicht klipp und klar, was Sache ist? Ich glaube, da will jemand den Schwarzen Peter der Polizei zuspielen, weil er sich selber schäbig vorkäme.«

»Donnerwetter, deine Rückschlüsse sind wirklich bestechend«, sagte Finsinger. »Nur hilft uns im Moment nichts davon weiter. Wo in aller Welt sollen wir fragen und wen?«

»Am besten fangen wir bei Menzl selber an.«

»Was?«

»Ja. Wenn er wirklich in der Bredouille steckt, ist es doch sehr naheliegend, dass er sich hat bestechen lassen.«

»Darauf spielt der Brief ja ziemlich eindeutig an.«

»Und dass sein ganzes aufgelöstes Getue neulich nur gespielt war. Krokodilstränen sozusagen. In Wirklichkeit hat er den warmen Abriss selber organisiert, und dahinter steckt eine milde Gabe von Ralf Eggebrecht, den er angeblich unsympathisch findet. So eine Ahnung hatte ich schon bei unserer ersten Begegnung.«

»Genau!«, rief Murad Özkan und schnippte mit den Fingern. »Das passt doch ziemlich gut zusammen, oder?«

»Augenblick mal«, bremste Finsinger. »Nicht so eilig. Ahnung schön und gut, aber was wir brauchen, sind konkrete Verdachtsmomente. Wir können Menzl doch nicht mit so einer vagen Andeutung kommen!«

»Klar, das hatte ich auch nicht gemeint«, sagte Kling. »Und im Übrigen, Markus, was macht dich so sicher, dass Eggebrecht der große Unbekannte ist? Woher willst du wissen, ob van Dooren nicht nur eine Show abzieht mit seinem Gutmenschen-Getue?«

»Na, also wirklich …!«, protestierte Kling. »Da müsste ich ja ganz schön naiv sein.«

»Wieso? Überleg doch, was du gerade über Menzl gesagt hast. Wenn der schauspielern kann, können es andere auch. Und solange wir keine Fakten haben, ist im Grunde jeder verdächtig.«

»Aber darum geht es doch gerade! Ich will versuchen, die Fakten herauszukriegen.«

»Also gut, dann lass uns Punkt für Punkt vorgehen. Was genau schlägst du vor?«

»Punkt eins: Wir müssen ermitteln, was hinter diesen angeblichen Finanzproblemen steckt.«

»Klar, wunderbar. Und wie willst du das anstellen?«

»Nun ja …«, Kling zögerte und fuhr sich ausgiebig mit den Fingern durch die Haare. Es half beim Nachdenken, und dank des vereinfachten Stylings konnte inzwischen auch die Frisur damit leben. »Auf die legale Tour wird es schwierig sein. Ich denke mal, kein Richter würde uns einen Lauschangriff auf Menzl genehmigen, nur weil uns jemand einen dubiosen anonymen Wisch zugeschickt hat.«

»Natürlich nicht.« Eine Pause entstand. Murad Özkan und Annette Weiss sahen ihren Kollegen mit halb zweifelnden, halb gespannten Gesichtern an.

Schließlich ergriff Finsinger wieder das Wort. »Du denkst also daran, hintenherum etwas zu tricksen. Mit nicht ganz sauberen Mitteln.«

»Ja. Man könnte zum Beispiel einen Hacker einspannen, der seine private E-Mail-Korrespondenz ausspioniert. Vielleicht ergibt sich daraus ein Hinweis.«

Finsinger verzog das Gesicht zu einer schmerzhaften Grimasse. »Markus, dein Ermittlungseifer in allen Ehren, aber da geht der Gaul mit dir durch. Das können wir nicht machen.«

»Wir machen es ja auch gar nicht. Jemand anders tut es und spielt uns die Informationen zu, was ist dabei? Ich habe zum Beispiel einen alten Freund, der sich in Hackerkreisen ganz gut auskennt.«

»Aha? Das ist mir ja völlig neu.«

»Er hat ein paar Jahre in der Großkundenabteilung einer Versicherungsfirma gearbeitet. Die setzen hin und wieder Detektive ein, wenn ihnen eine Schadenmeldung spanisch vorkommt, schließlich geht es da oft um Millionenbeträge. Und Privatdetektive sind bekanntlich weniger zimperlich, was Informationsbeschaffung betrifft.«

»Mit solchen Fällen war dein Freund also befasst.«

»Genau. Und auch mit Leuten, die wissen, wie man Firewalls und Passwörter knackt. Vielleicht gibt es in der Szene ja einen, der ihm einen Gefallen schuldet. Oder der das einfach als sportliche Herausforderung sieht. Ich könnte zumindest mal fragen.«

Finsinger wiegte zweifelnd den Kopf. Er legte den Brief auf dem Schreibtisch ab, schlenderte wortlos zur Fensterfront und blickte in den herbstlichen Nachmittag hinaus. Das Kaiserwetter der letzten Tage war auf dem Rückzug, es sah nach grauer Tristesse und aufkommendem Sprühregen aus.

»Was ist?«, hakte Kling nach.

Finsinger drehte sich zu ihm um. »Markus, du weißt, wir bewegen uns da auf sehr dünnem Eis. Und mach dir bitte klar: Wenn das auffliegt, sitzt *du* in der Scheiße, niemand sonst. Vom Präsidium kannst du keine Hilfe erwarten, die lassen dich fallen wie eine heiße Kartoffel. Den Rest kannst du dir denken. Suspendierung, Disziplinarverfahren und so weiter. Überleg dir, ob du das riskieren willst.«

»Mir geht es um die Wahrheit, nicht um mich.«

»Wahrheit!«, wiederholte Finsinger mit leisem Spott. »Was bedeutet das schon? Egal, was bei so einer Aktion herauskommt, man kann nichts davon als Beweis verwerten. Und selbst wenn es wirklich so sein sollte, dass Menzl finanziell in der Patsche steckt – das wäre ein mögliches Indiz, nichts weiter.« Er verstummte, drehte sich erneut zum Fenster und fuhr dann fort: »Ich sehe nur einen einzigen gangbaren Weg.«

»Und der wäre?«

»Menzl mit den Fakten zu konfrontieren – falls dein Hacker überhaupt welche findet – und zu hoffen, dass er sich selber verrät.«

»Also im Idealfall zusammenbricht und alles gesteht. Klar, natürlich. So was in der Art schwebt mir eigentlich auch vor. Ich werde mich hüten, die Quelle anzugeben. Nur die nackten Tatsachen.«

»Na schön.« Lorenz Finsinger nahm den Brief zwischen zwei Finger und wedelte damit, ohne hinzusehen. »Mach was du willst, aber ich weiß offiziell nichts davon.«

»Logo«, sagte Kling. »Übrigens ist mir vorhin aufgefallen, dass Menzl auf dem alten Foto vollkommen anders aussah als heute. Viel schlanker, weniger Falten, dunkleres Haar …«

»Na ja, sieben Jahre hinterlassen halt ihre Spuren«, meinte Annette.

»Nein.« Kling schüttelte energisch den Kopf. »Mir kommt es so vor, als wäre er seitdem vorzeitig gealtert. Bei unserem Treffen sah er aus wie über sechzig, dabei ist er erst achtundvierzig Jahre alt. So was soll ja vorkommen, wenn jemand ständig von einer seelischen Last bedrückt wird.«

»Da spricht wieder Sherlock Holmes«, kommentierte Finsinger. »Aber wenn deine Rechnung wirklich aufgehen sollte, ziehe ich meinen Hut.«

»Das kriege ich schon hin«, sagte Kling. Er fieberte förmlich vor Erwartung, den gordischen Knoten seines ersten großen Falls zu entwirren.

In welcher Tragödie sein Plan enden würde, konnte zu diesem Zeitpunkt niemand auch nur ahnen.

11

Es dauerte keine zwei Tage, bis Leo Kroneder einen Erfolg melden konnte.

»Ich bin zwar seit ein paar Jahren aus der Zentrale raus, aber auf meine alten Kontakte kann ich mich trotzdem verlassen«, verkündete er aufgekratzt am Telefon. »Mein Spezl hat es tatsächlich geschafft, sich in Menzls E-Mail-Korrespondenz einzuloggen. Den kompletten Ordner hat er mir auf einen USB-Stick kopiert. Na, was sagst du?«

»Wow. Super!« Kling spürte, wie sein Herzschlag einen Gang hochschaltete. Endlich kamen die Dinge ins Rollen. »Und wie komme ich an die Daten?«

»Vielleicht sollte ich dir das Ding persönlich übergeben. Nur zur Sicherheit. Können wir uns heute gegen dreizehn Uhr in Rosenheim treffen? Im Gasthaus zum Stockhammer?«

»Ja klar, passt. Das ist in der Stadtmitte, oder?«

»Genau, direkt am Max-Josefs-Platz.«

»Perfekt«, sagte Kling. Den Max-Josefs-Platz kannte er aus der Schulzeit; es war so ziemlich der einzige Ort der Stadt, an dem sich Rosenheim halbwegs ertragen ließ.

»Ich denke, wir können da gemütlich im Freien sitzen«, ergänzte Leo Kroneder. »Es ist ja wieder Föhn vorhergesagt, mit zweiundzwanzig Grad oder so.«

Das war typisch Leo. Gemütlichkeit, weißblauer Himmel und ein frisch gezapftes Bier, damit war die Welt für ihn in Ordnung. Markus Kling schüttelte unwillkürlich den Kopf. Als ginge es um einen harmlosen Plausch unter alten Freunden und nicht um eine hoch brisante Bespitzelungsaktion. Aber vermutlich war es genau diese Einstellung, die Leos Erfolg bei seinen Versicherungskunden ausmachte: Beschwöre keine Schicksalsschläge oder Komplikationen herauf, versprich stattdessen ein sorgenfreies Leben. Er hatte ein angeborenes Talent, Menschen mit seiner positiven Denkweise anzustecken.

Kaum hatte Kling aufgelegt, kam ein weiterer Anruf. Es war Staatsanwalt Dr. Wolfgang Lamparter, dessen Münchner Kripo-Kollegen inzwischen eine Unterredung mit Ralf Eggebrecht geführt hatten.

»Hat leider gar nichts gebracht«, sagte er hörbar missgelaunt. »Außer einem wasserdichten Alibi, was sonst. Eggebrecht war geschäftlich in Florida und ist erst vorgestern zurückgekommen. Aber geschenkt, er hätte ja genügend Mittelsmänner zur Verfügung.«

»Also keinerlei konkrete Verdachtsmomente.«

»Konkret – nein. Allerdings ist der Mann kein unbeschriebenes Blatt. An seinem früheren Firmensitz in Frankfurt war er mal in eine Korruptionsaffäre verwickelt, auch wenn man ihm letztlich nichts nachweisen konnte.«

»Tatsächlich?«, fragte Kling elektrisiert. »Woher wissen Sie das? Im Polizeiauskunftssystem steht nichts über ihn.«

»Ganz einfach, ich habe bei Kollegen von der Frankfurter Staatsanwaltschaft herumgefragt.«

»Und um was ging es da?«

»Er soll einen einflussreichen Amtsträger bestochen haben, um zum Schnäppchenpreis an ein städtisches Grundstück zu kommen.«

Das passte ja wie die Faust aufs Auge.

»Es wurde zwar ein Verfahren gegen beide Beteiligte eingeleitet«, fuhr Lamparter fort, »aber das musste letztlich ergebnislos eingestellt werden. In dubio pro suspectis, im Zweifel für die Verdächtigen. Hat aber natürlich nichts zu sagen. – Und? Was haben *Sie* bis jetzt herausbekommen?«

»Nichts Verwertbares«, lavierte sich Kling an der Wahrheit vorbei.

»Herrschaftszeiten!«, entfuhr es Lamparter. »Mit anderen Worten, wir sind nicht einen einzigen Schritt weiter.« Das Kräuseln seiner Mundwinkel war förmlich zu hören.

»Bei Menzl werde ich auf jeden Fall nachfassen«, sagte Kling betont beiläufig. »Van Dooren allerdings … der erscheint mir vollkommen unverdächtig. So wie ich ihn kennengelernt habe, ist er das Gegenteil eines ›eiskalten Geschäftsmanns‹.«

»Weil Sie Jungspund ja auch über die nötige Menschenkenntnis verfügen«, gab Lamparter sarkastisch zurück.

Jetzt auch noch der. Klugscheißer, dachte Kling. Verbal blieb er verbindlich und knüpfte an Lamparters Information über Ralf Eggebrecht an. »Na ja, was heißt Menschenkenntnis? Sie haben mir gerade Tatsachen genannt. Und Fakt ist: Wer einmal Schmiergeld zahlt, tut es auch wieder.«

In seinem Kopf fügten sich die Mosaiksteine zu einem immer stimmigeren Bild zusammen. Ludwig

Menzl, laut anonymem Hinweis in großen Geldnöten. Ralf Eggebrecht, schwerreich und offenbar in keiner Weise zimperlich, wenn es um seinen Vorteil ging. Man konnte eins und eins zusammenzählen, es fehlte nur ein Geständnis.

»Ich behaupte ja nicht, dass Eggebrecht unverdächtig ist«, stellte Lamparter klar. »Aber von diesem einen Fleck abgesehen hat er eine völlig reine Weste. Also zusammengefasst, im Moment wissen wir gar nichts. Und wie Sie selber schon mal anmerkten, sollten Sie sich auch diesen Gerassimow mal zur Brust nehmen, bevor er wieder nach Moskau zurückfliegt. Er hat ja meines Wissens seine Russlandreise abgebrochen und ist seit einigen Tagen wieder in Bayern.«

»Die Theorie mit dem Racheakt haben Sie also nicht verworfen.«

»Ich verwerfe nie etwas, solange nicht das Gegenteil bewiesen ist«, erwiderte Lamparter unwirsch.

»Also gut, ich setze es auf meine Agenda«, sagte Kling. In Wahrheit hielt er einen Racheakt für abwegig; sein Gefühl sagte ihm deutlich, dass er mit dem Bürgermeister die richtige Spur verfolgte. Aber meinetwegen, dachte er, nachdem das Telefonat mit Lamparter beendet war. Bringen wir's hinter uns.

Seufzend klickte er die E-Mail mit Gerassimows Kontaktdaten an, die ihm Ludwig Menzl geschickt hatte, und wählte die angegebene Mobiltelefonnummer.

Ja?«, meldete sich eine mürrische Stimme. Nur eine Silbe, aber deren Betonung drückte einen ganzen Satz aus: Müssen Sie mich unbedingt belästigen?

»Herr Gerassimow?«

»Ja.«

»Grüß Gott, Hauptkommissar Kling hier von der Polizeiinspektion Miesbach.«

»Polizei? Woher haben Sie meine Handynummer?«, fragte Gerassimow mit unüberhörbarem Misstrauen.

»Herr Menzl war so freundlich, uns ihre Kontaktdaten zukommen zu lassen.«

»Ach, der Menzl! Mit dem bin ich fertig. Erst legt er sich dauernd quer, und jetzt macht er auf todunglücklich, dieser Stinker. *Mudak!*«

Kling ließ sich nicht auf den Anwurf ein. »Lassen wir Herrn Menzl mal aus dem Spiel, es geht hier ja um etwas anderes. Sie können sich ja denken, dass es im Zusammenhang mit dem Hotelbrand ein paar Fragen gibt.«

»Ach so, ja klar.« Die Stimme klang jetzt weniger schroff. »Und was wollen Sie von mir wissen?«

»Im Grunde interessiert uns nur eins, weil das Motiv nicht ganz eindeutig ist. Könnte es sein, dass Sie hier irgendwelche Feinde haben … dass es also ein Racheakt war?«

Sekundenlanges Schweigen.

»Hallo? Hören Sie mich?«

»Ja. Ich habe nur nachgedacht.« Plötzlich lachte Gerassimow, ein selbstbewusstes, wegwerfendes Lachen. »In Moskau habe ich ein paar Feinde, stimmt. Da muss ich aufpassen. Zwei oder drei Leute würden mir sicher gern ans Schienbein treten. *Idioti!* Aber die sind weit weg. Nein … was glauben Sie, warum ich mich am Tegernsee niedergelassen habe?«

»Verraten Sie's mir.«

»Weil ich hier meine Ruhe habe. Weil es eine wunderschöne, friedliche Gegend ist. Oder zumindest war, bis …«

»Das meine ich ja«, unterbrach ihn Kling. »Irgendjemand hat Unfrieden gestiftet, in diesem Fall einen Brand. Und dafür muss es einen Grund geben. Der naheliegende Verdacht ist natürlich, dass dieser Jemand Ihnen einen Strich durch die Rechnung machen wollte. Also den Kauf in letzter Minute vereiteln, weil er selber scharf auf das Grundstück war.«

»Das sehe ich genauso. Also bitte, finden Sie raus, wer dahintersteckt.«

»Trotzdem müssen wir aber auch andere Möglichkeiten in Betracht ziehen. Ich meine, vielleicht war das Ganze ein einmaliger Vergeltungsakt. Zum Beispiel, weil sich jemand von Ihnen geschäftlich übervorteilt fühlte. Könnte das nicht sein?«

Gerassimows Kopfschütteln war förmlich zu hören. »Nein, nein, nein. Ausgeschlossen. Ich habe hier niemandem etwas getan. Da kann ich Ihnen nicht weiterhelfen. Wirklich nicht.«

Kling machte einen tiefen Atemzug. Es war offensichtlich so, wie er vermutet hatte. Die Rachetheorie führte in eine Sackgasse. Wenn nicht mal Gerassimow selbst einen Verdacht in diese Richtung hegte, wie sollte die Polizei einen möglichen Täter ausfindig machen?

»Okay«, sagte er. »Trotzdem vielen Dank für Ihre Auskunft.«

»Nitschewo. Gern geschehen.«

Kling wollte das Gespräch schon beenden, als ihm etwas einfiel. »Ach übrigens … was außerdem interessant wäre: Werden Sie Ihre Kaufpläne jetzt aufgeben? Herr Menzl hat so was angedeutet.«

Eine weitere Pause entstand. »Ich überlege noch«, antwortete Gerassimow schließlich. »Wie heißt dieses schöne deutsche Wort? Wiederaufbau. Das könnte man in Betracht ziehen. Hängt von der Versicherung ab.«

»Und dann wäre die ganze Aktion, ich meine die Brandstiftung, umsonst gewesen.«

Wieder dieses geringschätzige, fast siegesgewisse Lachen. »So sieht es aus«, bekräftigte Gerassimow. »Ich sag Ihnen eins: Mich kriegt man nicht so schnell klein.«

Davon war Markus Kling überzeugt. Er verabschiedete sich, legte das Telefon ab und lehnte sich in seinem Schreibtischstuhl zurück, die Hände im Nacken verschränkt. Auch wenn das Gespräch nichts wirklich Greifbares gebracht hatte – zumindest konnte er Lamparter jetzt guten Gewissens die Rachetheorie ausreden. Der Lösungsweg war vorgegeben. Und damit konnte man sich dem Ziel, wenn auch in zäher Kleinarbeit, schrittweise weiter nähern.

12

Der Föhn hatte sich eingestellt wie vorhergesagt. Markus Kling und Leo Kroneder saßen unter einem der ausladenden Sonnenschirme vor dem Gasthaus zum Stockhammer und genossen bei Bier und Brotzeit das mediterrane Klima, das der warme Fallwind aus Norditalien mitgebracht hatte.

»So könnte man den ganzen Nachmittag dahocken«, sagte Leo seufzend. »Aber leider bist du im Dienst, und ich muss mich wieder um meine Kunden kümmern. Hier«, er reichte Kling einen kleinen weißen USB-Stick, »das sind die E-Mails, die du haben wolltest.«

»Super! Herzlichen Dank. Ich hoffe ja inständig, dass uns das weiterbringt.«

»Der Dateiordner ist allerdings mit einem Passwort geschützt. Mein Spezl wollte es mir per SMS schicken, sobald die Übergabe erfolgt ist. Also mit anderen Worten, jetzt.«

Leo tippte etwas in sein iPhone, und keine dreißig Sekunden später hatte er die Antwort im Display.

»Hier. Das ist es.«

»TSV1860«, las Kling amüsiert ab. »Da schau her, ein Löwenfan!«

»So was muss es ja auch geben«, meinte Leo feixend. »Die Leidensfähigkeit dieser Leute verdient jedenfalls Bewunderung.«

»Zumindest kann man sich das Passwort leicht merken«, antwortete Kling. »Dann drück uns mal die Daumen, dass sich der ganze Aufwand gelohnt hat. Und wenn ich mich bei dir irgendwie revanchieren kann …«

»Gut möglich. Zum Beispiel, indem du mein nächstes Knöllchen wegen Falschparken verschwinden lässt.«

Kling grinste. »Sorry, würde ich ja gern machen, aber das fällt nicht in meine Zuständigkeit.«

»War auch mehr ein frommer Wunsch.« Leo sah sich prüfend um und senkte die Stimme. »Aber im Ernst, eins muss klar sein: Versprich mir hoch und heilig, dass diese Aktion absolut unter uns bleibt. Wenn irgendjemand davon erfährt, komme ich in Teufels Küche.«

»Ich genauso, das ist doch logisch. Sobald ich etwas Beweiskräftiges gefunden habe, mache ich Späne aus dem Stick.«

»Ach was, löschen reicht doch. Übrigens …«, Leo Kroneder machte eine Kunstpause, »was ich dich fragen wollte – wie geht's eigentlich mit deiner neuen Eroberung voran?«

»Ach … du meinst diese Veronika im Kreuther Rathaus.«

»Ja. Du warst doch neulich so begeistert von ihr.«

»Bin ich immer noch, aber von Eroberung kann bisher nicht Rede sein. Vielleicht geht auch gar nichts voran, sondern nur den Bach runter. Hängt ganz davon ab, was ich in diesen E-Mails finde.«

»Wieso? Was hat sie damit zu tun?«

»Na, das liegt doch auf der Hand. Schließlich ist sie eine enge Mitarbeiterin von Menzl. Wenn sie ihm persönlich nahesteht und sich mein Verdacht bestätigt, dürfte das nicht gerade die Stimmung heben. Dann bin ich für sie nur der böse Kripo-Ermittler, der ihrem Chef eine Falle gestellt hat.«

»Au. Das wäre allerdings echt schade.«

»Klar, wem sagst du das! Aber andererseits will und muss ich den Fall ja lösen, da wohnen zwei Seelen in meiner Brust. Im Moment ist die Ermittlerseele stärker.«

Dass sich auch seine Ermittlerseele in einem Zwiespalt befand, wurde Markus Kling bewusst, als er an seinem Schreibtisch saß und das Ergebnis des Hackerangriffs auf dem Bildschirm sah. Es handelte sich um Menzls gesamte private Korrespondenz der letzten zwei Jahre, säuberlich in vier Ordner unterteilt: Empfangen, Gesendet, Papierkorb und Spam. Die E-Mails waren chronologisch mit absteigendem Datum katalogisiert. Während Kling die Ordner nacheinander öffnete, spürte er ein wachsendes Unbehagen in sich aufsteigen; es war ein Gefühl, als hätte er sich Zugang zu Menzls Schlafzimmer verschafft und würde in seinem Kleiderschrank herumwühlen. Ach was, beruhigte er sich, von seinen Privatangelegenheiten will ich ja gar nichts wissen. Es geht nur um Betreffzeilen, die auf etwaige Finanzprobleme hindeuten könnten, alles andere wird ignoriert.

Eine der letzten Mails vom Oktober weckte sein Interesse. Sie war in Französisch abgefasst und an die Adresse jeannethibert88@googlemail.com abgeschickt worden. Die Zahl 88 hatte wohl nichts mit Nazi-Symbolik zu tun, sondern war vermutlich das Geburtsjahr der Dame. Er klickte sie an und las; das heißt, er kopierte notgedrungen den Text und gab sie in den Google-Übersetzer ein. In der Schule hatte er zwar Französisch als Wahlfach gehabt, aber inzwischen war es so eingerostet, dass er schon beim zweiten Satz ins Stocken kam.

Liebe Jeanne, ich bin nach wie vor in einer sehr schwierigen Situation. Ob mit dem Geld alles so läuft wie geplant, ist immer noch ungewiss. Ich muss sehr überlegt vorgehen und darf mir keine Fehler erlauben. In ein paar Tagen weiß ich hoffentlich mehr.

So nebulös das formuliert war, es fügte sich nahtlos in das Puzzle ein. Kling scrollte in die Vergangenheit zurück und stieß auf eine Mail, die Menzl vor einem Dreivierteljahr abgeschickt hatte. Betreffzeile: *L'argent est arrivé, das Geld ist eingetroffen.*

Liebe Jeanne, wie kürzlich angedeutet, habe ich inzwischen eine größere außerplanmäßige Zahlung erhalten.

Außerplanmäßige Zahlung. Bingo.

Wenn alles gutgeht, kommt demnächst wesentlich mehr dazu. Auf jeden Fall werde ich dir die ausstehenden Beträge so schnell wie möglich per Barüberweisung zukommen lassen. Bitte gib mir noch ein paar Tage, spätestens Montag ist die Sache erledigt. Und sonst? Wie geht es Danielle? Wie macht sie sich in der Schule?

Das klang nicht gerade so, als würde es sich bei der ominösen Jeanne Thibert um einen weiblichen Finanzhai handeln, ganz im Gegenteil. Klar war aber, dass Menzl ihr gegenüber in der Schuld stand, aus welchem Grund auch immer.

Beim Lesen weiterer Mails verdichteten sich die Botschaften und Antworten zu einer bittersüßen Liebesgeschichte, die alles erklärte. Menzl hatte während der Delegationsreise vor sieben Jahren eine kurze Affäre mit der jungen Dame gehabt, und die war offensichtlich nicht ohne Folgen geblieben. Danielle war die gemeinsame Tochter, für die er seit über sechs Jahren regelmäßig Alimente zahlte. Ohne Wissen seiner Familie natürlich, denn das hätte wohl zu einem massiven Knall geführt.

Kling überschlug im Kopf, wie Menzls finanzielle Lage aussehen mochte. Das Bürgermeistergehalt lag bei vielleicht fünftausend Euro brutto im Monat, davon galt es vier Personen zu ernähren und ein Darlehen abzuzahlen. Laut Personenstandsregister, das Kling inzwischen eingesehen hatte, war Menzl seit dreizehn Jahren verheiratet. Aus dieser Ehe waren zwei Kinder hervorgegangen, ein Mädchen und ein Junge. Und laut Grundbuchauszug – auch den hatte Kling angefordert – hatte Menzl vor zehn Jahren ein Einfamilienhaus in Kreuth erworben, auf das eine Hypothek von zweihunderttausend Euro eingetragen war. Womöglich bestanden auch andere Kreditschulden; an solche Auskünfte war mit polizeilichen Mitteln nicht heranzukommen. Wenn sich dazu regelmäßige Alimentezahlungen addierten, ergab das unterm Strich eine ordentliche Stange Geld. So eine Dauerbelastung machte sicherlich verführbar, dachte Kling. Aber ob Menzl für einen finanziellen Vorteil wirklich »jede Schweinerei« begehen würde, wie der anonyme Briefschreiber behauptet hatte, bis hin zu einem kriminellen Delikt? Die Mitteilung über »eine größere außerplanmäßige Zahlung« war zumindest ein Indiz dafür. Das konnte Bestechungsgeld sein.

Und doch hatte die Sache einen Haken. Denn wie passte die erste Zahlung, die Menzl vor über neun Monaten erhalten hatte, mit dem Zeitpunkt der Brandstiftung zusammen? Würde sich ein knallharter Geschäftsmann wie Eggebrecht, dem an einem schnellen Erfolg gelegen war, derartig lange hinhalten lassen und nicht stattdessen seine Anzahlung zurückfordern? Alles sehr seltsam, auf der einen Seite stimmig, auf der anderen doch wieder nicht.

Er druckte die beiden E-Mails aus, in denen es um Geld ging, hob die betreffenden Zeilen mit einem Leuchtmarker hervor und erstattete seinem Chef ausführlich Bericht.

»Der Briefschreiber hatte also recht«, resümierte Lorenz Finsinger, als Kling seinen Rapport beendet hatte. »Und wie es aussieht, hat Menzl tatsächlich irgendwas auf dem Kerbholz.«

»Jedenfalls brauchte er Geld«, bestätigte Kling. »Und wenn er sich das nicht legal beschaffen konnte … also, nach der jetzigen Faktenlage sieht es für ihn nicht gut aus; wer auch immer hinter der Zahlung steckt. Ich frag mich nur, warum er sich da überhaupt reingeritten hat. Ein Schwangerschaftsabbruch war offenbar keine Option.«

»Vielleicht *wollte* sie ja das Kind?«, mutmaßte Finsinger. »Sicher keine einfache Entscheidung, aber durchaus nachvollziehbar. Wie Menzl dazu stand, lässt sich aus den Mails leider nicht ableiten.« Er nahm seine Lesebrille ab und sah Kling halb anerkennend, halb kritisch an. »Auf jeden Fall – eins zu null für dich, Markus. Ich würde sagen, hier heiligt der Zweck die Mittel, aber lass das bitte eine einmalige Ausnahme bleiben.«

»Klar. Versprochen. Aber was sagst du zu diesem merkwürdigen Zahlungseingang und Menzls Andeutung in der letzten Mail? ›Ob mit dem Geld alles so läuft wie geplant‹? Ich kann mir keinen Reim darauf machen, jedenfalls nicht in Bezug auf den Brand.«

»Ich auch nicht«, antwortete Finsinger schulterzuckend. »Aber wir haben ja sonst nichts in der Hand. Also gut, versuch es mit deiner Überrumpelungstaktik. Fahr zusammen mit Murad hin und tu so, als wüssten wir alles. Es gibt drei Möglichkeiten, was passieren könnte.«

»Nämlich?«

»Entweder Menzl tippt sich an die Stirn und liefert eine harmlose Erklärung. Oder er explodiert und droht mit rechtlichen Konsequenzen. In beiden Fällen sähen wir ziemlich alt aus. Oder …«

»Er reagiert so, wie ich mir das vorstelle. Zusammenbruch, Geständnis, Beschuldigung des Komplizen.«

»Genau. Das berühmte Los mit sechs Richtigen. Ich wünsch dir jedenfalls viel Erfolg. Oder vielmehr uns allen.« Finsinger klopfte dreimal mit dem Fingerknöchel auf die Schreibtischplatte.

12

Es ist die Nummer eins auf seiner persönlichen Liste. Nummer eins von drei Projekten. Das Vorhaben ist präzise durchgeplant, und er hat alles beisammen, was er dafür braucht. Diesmal muss er entschieden vorsichtiger sein. Bei dem abgelegenen Hotelgebäude war es einfach, unbemerkt in der Dunkelheit zu verschwinden, aber hier liegen die Dinge anders. Das Angriffsziel befindet sich nahe der Nördlichen Hauptstraße, mitten im Ortszentrum von Rottach-Egern. Viel zu riskant, hier einen Brand zu legen und dann zu Fuß das Weite zu suchen, egal zu welcher Uhrzeit. Selbst mit dem Fahrrad hätte er Bedenken. Er braucht Zeit, um genügend Abstand zwischen sich und dem Feuer zu schaffen. Zeit, die ihm die Sicherheit gibt, unentdeckt zu bleiben.

Mit einem Online-Video hat er sich schlau gemacht, wie sich mit wenig Aufwand und primitiven Mitteln ein Zeitzünder zusammenbasteln lässt. Den Internetanschluss bezahlt zum Glück die Arbeitsagentur, allerdings ist sein alter Rechner ein Fossil; er läuft mit Windows XP, arbeitet quälend langsam, gibt Videos nur selten ruckfrei wieder und verweigert sich seit einiger Zeit den Updates auf aktuellere Browser-Versionen. Wenigstens lässt sich die vorhandene so einstellen, dass von den Sitzungen kein

Verlaufsprotokoll erstellt wird. Es wird also nie jemand von dieser Recherche erfahren.

Die Bauanleitung hat sich als verblüffend einfach erwiesen. Wer wie er über ein bisschen handwerkliches Geschick verfügt, kommt problemlos damit zurecht. Auch die nötigen Utensilien waren leicht zu bekommen: ein elektrischer Wecker, zwei Krokodilklemmen, ein paar Kabel, ein Lötkolben, ein Relaisschalter, eine Blockbatterie und ein wenig feine Stahlwolle. Um keinen Verdacht zu erregen, hat er sich alles in unterschiedlichen Münchner Kaufhäusern und Elektronikmärkten besorgt. Bis auf den Lötkolben und den Wecker gleich in mehrfacher Ausfertigung.

Das wirr aussehende Gebilde aus Wecker, Kabeln, Relais und Batterie liegt auf dem Küchentisch, bereit zum Testen. Fast nicht zu glauben, dass es funktionieren wird, so unfertig und amateurhaft wirkt das Ganze. Er macht die Probe aufs Exempel. Der Minutenzeiger des Weckers rückt vor, der Stromkreis schließt sich, ein Kurzschluss entsteht – und tatsächlich, in dem Stahlwollebausch knistern und glühen elektrische Funken. Später, wenn der Zeitzünder im Verkaufsraum platziert ist, werden diese Funken eine Kettenreaktion auslösen. Sie werden einen mit Brennspiritus getränkten Lappen entzünden, die Flamme wird eine volle Spiritusflasche erfassen, von dort aus auf die nächste überspringen, dann auf die übernächste und so fort. So einfach und doch so wirkungsvoll.

Diesmal winkt kein Geld als Belohnung. Egal, er hat schon mehr als genug bekommen. Was dieser Brand anrichten wird, hat für ihn fast genauso viel Wert, und im Gegensatz zu Geld befriedigt es auch seinen Rachedurst. Für den Seelenfrieden ist das eine harte Währung, handfest und inflationssicher.

Er blickt auf die Uhr. Kurz vor vier, Zeit für die Nachmittags-Rundschau des BR-Fernsehens. Er greift nach der Fernbedienung und drückt die Programmtaste drei. Die Fanfare ertönt, es folgt ein Bericht über diverses Parteiengezänk über Fragen der bayerischen Innenpolitik. Langweilig. Doch was die Nachrichtensprecherin als Nächstes verliest, klingt äußerst verheißungsvoll.

»Im Fall des durch Brandstiftung zerstörten Hotels am Tegernsee tappen die Ermittler weiter im Dunkeln. Ein Sprecher des Rosenheimer Polizeipräsidiums teilte heute lediglich mit, man befrage zwei Investoren, die an dem Grundstück interessiert gewesen seien. Ob hier ein mögliches Tatmotiv zu suchen ist, bleibt jedoch unklar. Der prospektive Käufer des Hotels, der russische Unternehmer Ilja Gerassimow, war für eine Stellungnahme bislang nicht zu erreichen.«

Man ist also keinen Schritt weitergekommen. Großartig. Wer immer der ominöse Lehmann sein mag, er bleibt ein Phantom. Für die Ermittler nicht existent. Und damit auch er, Karl Lauterwasser.

Er holt eine Flasche Bier aus dem Kühlschrank, köpft sie mit seinem Feuerzeug und trinkt sie in einem Zug leer. Prost, meine Herrschaften, auf eure gerechte Strafe. Morgen früh, lange vor Sonnenaufgang, wird es so weit sein. X minus elf Stunden.

13

Das Kreuther Rathaus war zwar offiziell schon geschlossen, aber Menzl hatte am Telefon gesagt, er stehe zwischen sechzehn und achtzehn Uhr in seinem Büro zur Verfügung. Markus Kling drückte auf den Klingelknopf, und zu seiner freudigen Überraschung öffnete nicht der Bürgermeister die Tür, sondern Veronika Sommer. Auch jetzt sah sie wieder umwerfend aus; ihre dunklen Haare kontrastierten in geradezu frivoler Weise mit einer leuchtend roten, weiten Kurzarmbluse. Dass er nur in dienstlicher Mission hier war, versetzte Kling einen schmerzlichen kleinen Stich.

»Oh, diesmal zu zweit?« Sie musterte Kling und Özkan mit einem fragenden Blick.

Özkan nickte. »Ja, ich arbeite auch an dem Fall. – Murad Özkan«, stellte er sich vor und gab Veronika Sommer die Hand. »Ich und Hauptkommissar Kling sind Kollegen.«

»Herr Özkan ist Fachmann für Brandursachen«, ergänzte Kling.

»Ah, interessant.«

»Ach übrigens, an Sie hätte ich auch ein paar Fragen«, warf Kling geistesgegenwärtig ein. Das war zwar gelogen, aber ein passenderes Intro zum Anbandeln fiel ihm in diesem Moment nicht ein.

»Zuerst würden wir aber gern mit Herrn Menzl sprechen«, sagte Özkan mit einem anzüglichen Seitenblick.

»Ja, selbstverständlich. Kommen Sie mit.«

Ludwig Menzl schien nichts Böses zu ahnen, als er die beiden in seinem Büro empfing.

»Bitte, was kann ich für Sie tun? Ich dachte eigentlich, dass ich Ihnen alles erzählt habe, was ich weiß.«

»Möglicherweise wissen Sie doch ein bisschen mehr.« Kling entschloss sich, ohne lange Vorrede das erste Geschoss abzufeuern. »Vielleicht irren wir uns auch, aber seit Kurzem gibt es einen neuen Hinweis, dem wir nachgehen müssen.«

»Aha? Und das wäre?«

»Ein anonymer Informant behauptet, dass Sie in Frankreich eine uneheliche Tochter haben. Und dass Sie an die Mutter regelmäßig Alimente zahlen. Er denkt, das könnte Sie bestechlich machen, vielleicht auch erpressbar.«

»Was?!« Menzl sprang mit einem solchen Ruck auf, dass sein Drehstuhl gegen die Wand prallte, und blickte mit einem Ausdruck erstarrten Unglaubens zwischen den beiden Beamten hin und her. Der Mund stand ihm offen, als wollte er nach Luft schnappen. »Woher … wer erzählt so was?«, stieß er schließlich wutentbrannt hervor.

»Das wissen wir nicht«, antwortete Kling und erhob sich ebenfalls. »Wie gesagt, es gab einen anonymen Hinweis, der Urheber war nicht zu ermitteln.«

»So?«, schäumte Menzl, während seine Gesichtsfarbe ins Rötliche wechselte. »Na schön, Dann sag *ich* es Ihnen. Das war der Kofler! Kann ja nur der gewesen sein!«

»Wer?«

»Christian Kofler. Der Wirt vom Angerhof in Reitrain. So ein Arschloch, so ein –«

»Na, na!«, unterbrach ihn Özkan.

»Was Sie denken, ist Ihre Sache«, sagte Kling. »Aber behalten Sie das besser für sich und –«

»Wieso? Ich hab doch recht! Außer mir wissen nur zwei Leute davon, und dem Kofler hab ich's leider voreilig anvertraut. Damals, als er noch mit im Gemeinderat saß.«

»Und der andere?«

»Egal. Spielt keine Rolle. Das ist ein väterlicher Freund von mir, für den lege ich die Hand ins Feuer. Und außerdem –«

»Was?«

»Ach nichts. Jedenfalls, den Kofler hab ich auch für einen Freund gehalten, aber das war ein Riesenirrtum.«

»Ihre Freundschaft besteht also nicht mehr.«

»Haha! Das ist aber sehr nett ausgedrückt. Wir grüßen uns nicht mal mehr.«

»Und darf man fragen, wieso?«

»Weil er ein Arschloch ist, Sie sehen's ja selber! Anonymer Hinweis, das schlägt doch dem Fass den Boden aus! Aber das zahl ich ihm heim.«

»Können Sie nicht etwas konkreter werden?«, fragte Kling ungeduldig.

»Natürlich. Der Kofler hat vor Jahren angefangen, gegen mich zu intrigieren, als ich Bürgermeister wurde. Und als es darum ging, was aus dem Seeblick wird, war endgültig Schluss. Da hat er meiner Fraktion fleißig Knüppel zwischen die Beine geworfen, mit einem Häufchen von Gleichgesinnten: ›Rettet die Heimat‹, ›Keine Verschandelung des Tegernseer Tals‹ und solche Parolen. Der hätte hier am liebsten eine oberbayerische Puppenstube. Zwiebeltürme, Lüftlmalerei, Herrgottswinkel, Balkons mit Geranien, aber um Himmels willen nichts Modernes. Bloß nichts verändern! Der ist rückwärtsgewandt bis zum Geht-nicht-mehr.«

»Und Sie sind bekanntlich *für* Veränderungen.«

»Ja klar, warum denn nicht, wenn sie Gewinn bringen? Sehen Sie sich doch nur das Hotel Überfahrt in Rottach an. Das ist Architektur! Aber nicht für den Kofler mit seinem verzopften Gasthof, der würde so was sofort abreißen lassen, wenn er könnte.«

»So wie Sie das Seeblick, was sich ja inzwischen erledigt hat.«

»Was wollen Sie damit andeuten?«, fragte Menzl. Sein Gesichtsausdruck verriet Argwohn und Angst zugleich. Zeit, das zweite Geschoss abzufeuern.

»Dass Herr Kofler mit seiner Vermutung recht haben könnte«, sagte Kling. »Ich meine, in punkto Bestechlichkeit. Wir wurden nämlich auch informiert, dass Sie vor einiger Zeit von einer bislang unbekannten Person eine größere Geldsumme kassiert haben.«

Menzls Gesichtsfarbe wechselte augenblicklich von Rot zu Aschfahl.

»Und wie es scheint, war das nicht alles, sondern Sie sollten noch mehr Geld bekommen. Vielleicht als kleine Gefälligkeit, damit Sie den warmen Abriss organisieren?«

»Nein – nein, nein –«, stammelte Menzl. Volltreffer. Es war mehr als offensichtlich, dass er sich mit dem Rücken zur Wand gedrängt fühlte. »So war das nicht, wirklich nicht!«

»Sondern?«

»Ich sollte nur dafür sorgen, dass der Denkmalschutz aufgehoben wird … und dass –«

»*Wer* hat Ihnen gesagt, Sie sollen dafür sorgen?«, unterbrach ihn Kling. Er sah sich wenige Millimeter vor dem Ziel.

»Herr Eggebrecht.«

Von wegen keine Menschenkenntnis, dachte Kling mit grimmiger Genugtuung. Jetzt war endgültig klar, dass van Dooren nichts mit dem Fall zu tun hatte.

»Sieh mal an«, sagte er. »Ralf Eggebrecht, den Sie nach eigenen Worten unsympathisch finden.«

»Schwer zu glauben, wenn Sie sich von ihm bestechen lassen«, ergänzte Özkan.

»Aber das ist doch keine Bestechung!«

»*Wie viel*?«, fragte Kling unnachgiebig.

»Das waren … achttausend«, antwortete Menzl kleinlaut und widerstrebend.

»Als Anzahlung, wie ich annehme.«

»Ja. Bei … bei erfolgreichem Abschluss wollte er noch mal die gleiche Summe zahlen.«

»Abschluss heißt Baugenehmigung und Kaufvertrag?«

»Ja.«

»Danke, genau das wollte ich wissen. Ich frag mich nur, wie Eggebrecht auf so eine Idee gekommen ist. Wenn das Amt sich gegen den Abriss sperrt, können Sie schließlich auch nichts machen. Oder haben Sie da einen Maulwurf?«

»Ach was, Unsinn! Ich hätte das auch so hingekriegt. Das Gutachten, auf das sich der Schutzstatus begründet, ist inzwischen fast dreißig Jahre alt. Seitdem ist der alte Kasten doch völlig heruntergekommen. Schutzwürdig sieht für mich anders aus.«

»Sie wollten das Seeblick also neu bewerten lassen. Als nicht schutzwürdig.«

»Ja. Ist das etwa illegal? Ich habe einen alten Parteifreund in Tegernsee, der ist öffentlich bestellter Fachgutachter im Ruhestand.«

»Ich nehme an, das ist die andere Person, der Sie Ihren Seitensprung gebeichtet haben?«

»Dazu sage ich nichts. Jedenfalls hätte der mir eine neue Expertise zum Freundschaftspreis erstellt.«

»Gefaked, meinen Sie«, warf Özkan sarkastisch ein.

»*Erstellt!* Das ist doch alles eine Frage der Interpretation! Jessasmaria, Denkmalschutz ist doch nicht gottgegeben!« Menzls Stimme war kurz vor dem Überkippen.

»Na gut«, sagte Kling. »Das können wir nicht beurteilen. Aber hat er nun das Gutachten erstellt oder nicht?«

»Nein, leider.« Menzl beruhigte sich ein wenig. »Da kam aus heiterem Himmel ein Schlaganfall dazwischen. Halbseitige Lähmung. Er ist seit Monaten in der Reha und nicht arbeitsfähig.«

»Aha.« Kling war einen Moment unsicher, ob er sein Bedauern äußern sollte; schließlich hatte er es nicht mit einem Angehörigen zu tun. Vor seinem inneren Auge sah er den Aktendeckel zuklappen. Das Tatmosaik war so gut wie komplett.

»Mit dem Freundschaftsdienst ist es also erst mal nichts geworden«, fuhr er sachlich fort. »Und da lief Ihnen langsam die Zeit weg. Deshalb haben Sie sich irgendwann entschlossen, die Sache selbst in die Hand zu nehmen und vollendete Tatsachen zu schaffen. Spätestens, als Gerassimow Ihnen mit seinem Kaufangebot dazwischenkam.«

»Nein, nein, nein! Bitte! Ja, zugegeben, ich hab den

Kaufabschluss hinausgezögert, aber Herr Gerassimow hat sich auch nicht gerade beeilt. Und wer das Feuer gelegt hat, weiß ich beim besten Willen nicht. Das müssen Sie mir glauben!«

»Ob wir Ihnen glauben, spielt jetzt eigentlich keine große Rolle mehr«, sagte Kling lakonisch. »Da werden Sie den Haftrichter überzeugen müssen.«

»Haftrichter? Was heißt das?«, fragte Menzl angstvoll.

»Dass wir den Fall der Staatsanwaltschaft melden, und die wird vermutlich einen Haftbefehl beantragen. Denn erstens haben Sie gerade zugegeben, Bestechungsgeld –«

»Nein! Herrgott, ich hab's doch erklärt … das ist doch nicht illegal!«

»Wenn Sie sich als Amtsträger für Dienstleistung bezahlen lassen, *ist* das illegal. Zweitens bleibt ein dringender Verdacht, dass Sie auch in die Brandstiftung verwickelt sind. Und drittens nehme ich Sie vorläufig fest.«

»Was? Wieso das denn?« Menzl ließ sich in seinen Drehstuhl fallen und umkrallte die Armlehnen, als wären es Rettungsanker. Schweißperlen traten auf seine Stirn.

»Verdunkelungsgefahr«, erklärte Kling. »Und dasselbe gilt auch für Herrn Eggebrecht. Können Sie mir sagen, wo er sich momentan aufhält?«

»Nein. Woher soll ich das wissen? Wahrscheinlich in München.«

»Umso besser. Also, ich gehe davon aus, dass Sie freiwillig mitkommen und wir uns Handschellen sparen können.«

»Um Gottes willen, nein, keine Handschellen!«, wehrte Menzl hyperventilierend ab. »Ich komm ja mit –«

An der Stelle des wutschnaubenden Anklägers, den er anfangs gegeben hatte, saß da jetzt ein bedripstes Häufchen Elend. Fast hatte Kling Mitleid mit Menzl, zumindest wenn er an seine Familie dachte.

»Gut, also gehen wir«, sagte er. »Als Beschuldigter brauchen Sie natürlich ab sofort keine Aussage mehr zu machen.«

»Ich mache trotzdem eine«, schnaufte Menzl. »Und die kann ich sogar unter Eid wiederholen: *Mit – dem – Brand – habe – ich – nichts – zu – tun*!« Bei jedem Wort schlug er zur Bekräftigung mit der flachen Hand auf die Armlehne.

»Das erklären Sie besser bei der richterlichen Vernehmung«, entgegnete Kling. »Möchten Sie vorher Ihren Anwalt verständigen … oder Ihre Frau?«

»Nein, nein … später. Tut mir leid, ich muss das erst mal alles im Kopf sortieren. Ich sag nur Frau Sommer Bescheid.«

Menzl atmete einige Male tief durch und drückte eine Taste an seiner Sprechanlage. Seine Stimme klang wieder halbwegs gefasst. »Frau Sommer, die Herren von der Kripo haben eine Reihe von Detailfragen, das dauert doch etwas länger. Ich fahre jetzt mit ihnen aufs Revier, da können wir das hoffentlich alles klären. Und Sie sollten auch langsam Feierabend machen.«

»Ja, ist in Ordnung«, kam Veronika Sommers junge Stimme aus dem Lautsprecher. »Ich weiß nur nicht … Herr Kling meinte vorhin, dass er von mir auch noch etwas wissen wollte.«

Menzl sah Kling fragend an.

Der schüttelte den Kopf. In dieser Situation war Smalltalk fehl am Platz, und Flirten erst recht. »Später. Ist jetzt nicht so wichtig.«

Trotzdem quälte ihn weiter der Gedanke, den er seit zwei Tagen mit sich herumtrug. Konnte er mit diesem

Traum von einer Frau jetzt überhaupt unbefangen reden? Oder würde sie in ihm, wie befürchtet, nur den Ermittler sehen, der ihren Chef der Staatsanwaltschaft ausgeliefert hatte?

Im selben Moment, als die Gruppe auf den Korridor hinaustrat, öffnete sich die Tür des Vorzimmers, und Veronika Sommer erschien im Türrahmen. »Also dann servus«, sagte sie und warf zuerst Ludwig Menzl, dann den beiden Begleitern an seiner Seite einen fragenden Blick zu. Doch plötzlich, als hätte sie begriffen, trat ein Ausdruck in ihr Gesicht, der eine Art stille Genugtuung erkennen ließ. Was hatte das zu bedeuten? Wusste oder ahnte sie womöglich etwas?

Aber das war jetzt unwichtig. »Ja, servus, bis später«, antwortete Markus Kling und bemühte sich, so gut es ging, um ein charmantes Lächeln. Die zwei Seelen in seiner Brust lieferten sich einen erneuten Disput. Du kannst dir auf die Schulter klopfen, sagte die eine. Dumm gelaufen, sagte die andere. Kling hoffte inständig, dass nur die erste Recht behalten würde.

Bevor sie die Rückfahrt antraten, wollte er seinen Chef über den neuen Erkenntnisstand und die Festnahme des Bürgermeisters informieren. Er gab Özkan ein Zeichen, mit Menzl schon mal zum Auto vorzugehen, und rief in der Inspektion an.

»Okay, alles klar«, resümierte Lenz Finsinger knapp, als Kling seinen Bericht beendet hatte. »Dann sag ich den Kollegen in München entsprechend Bescheid. Dringender Tatverdacht gegen Ralf Eggebrecht, möglichst sofortige Festnahme.«

»Korrekt. Viel Erfolg.«

Während der Fahrt zur Polizeiinspektion ließ er sich Menzls Geständnis noch einmal durch den Kopf gehen. Ein Gefühl, das er vergeblich zu verdrängen versuchte, sagte ihm, dass der Fall so einfach nicht gelöst war. Ludwig Menzl als Brandstifter? Nein, eher nicht. Ralf Eggebrecht als Hintermann, und ein bislang Unbekannter als Täter? Vielleicht. Und dann gab es diesen Christian Kofler, einen weiteren Akteur im undurchsichtigen Geschehen; allerdings konnte man den wohl als unverdächtig abhaken. Es sei denn … war es nicht möglich, dass auch er, immerhin Großgastronom, ein doppeltes Spiel betrieb? Dass er nach außen hin den eisernen Bewahrer gab, in Wirklichkeit aber ganz andere Pläne verfolgte? In diesem von Habgier und Missgunst befeuerten Intrigantenstadl schien mittlerweile nichts mehr undenkbar.

14

Der Elektropick hat auch diesmal keine Mühe. Leise ertönt das bekannte Surren, sanft dringt die Metallspitze in den Schließmechanismus ein und überwindet die Stifte, als wären sie aus Butter. Wenige Sekunden später steht die Tür des Lieferanteneingangs offen.

Karl Lauterwasser hält inne und nimmt mit einem tiefen Atemzug den eigentümlichen Duft der Textilien auf, der aus den Verkaufsräumen dringt. Diese Ausdünstungen haben ihn jahrzehntelang begleitet, sie waren Teil seines Lebens und Vorzeichen seiner Zukunft. Heute riechen sie nur nach einer verhassten Vergangenheit. Ja, dieses Haus hat seine Zerstörung verdient. Es auszulöschen, ist nicht mehr als ein später Akt der Gerechtigkeit. Er, Karl Lauterwasser, kommt als Luzifer, der heute Vergeltung übt. Fahr zur Hölle, verdammter Plunder!

Mit verhaltenen Schritten pirscht er sich in den halbdunklen Verkaufsraum vor. Er braucht keine Angst zu haben, entdeckt zu werden. Der Blick in die Schaufenster ist durch Dekorationen verstellt, und Überwachungskameras gibt es hier nicht, das weiß er. Der Geschäftsinhaber vertraut seinen Kunden, denn hier verkehren nicht Hinz und Kunz, sondern die gehobene Gesellschaft. Leute, die für einen Trachtenjanker locker tausend Euro hinblättern. Und die zum alljährlichen Oktoberfest einen Tisch in der Käferschänke buchen, wo nicht Maßkrüge, sondern Champagnerkühler vor ihnen stehen.

Plötzlich überkommt ihn leichter Schwindel. Der Boden scheint unter seinen Füßen zu schwanken, im Kopf spürt er ein schmerzhaftes Pochen. Er muss sich mit einer Hand an der Wand abstützen, um das Gleichgewicht zu behalten. War es vielleicht doch übertrieben, sich vor dem Aufbruch mit einer halben Flasche Obstler in Stimmung zu bringen? Aber das Schlüsselloch hat er schließlich exakt getroffen, da war kein Zittern und Herumstochern. Vielleicht ist es einfach die Aufregung, die ihm zu schaffen macht. Ruhig bleiben, versucht er sich selber zuzureden. Du bist allein, und es ist mitten in der Nacht. Nichts kann passieren.

Er kramt in der Jackentasche nach seinen Tabletten und wirft zwei davon ein, nur zur Sicherheit. Dann setzt er seinen Rucksack auf dem Boden ab und packt den Inhalt aus, Wecker, Kabel, Klemmen, Relaisschalter und Batterie. Alles ist bereits fertig verkabelt, er muss nur noch die Batterie anschließen. Und dann kommt das Wichtigste – ein Stahlwollebausch, ein paar Baumwolllappen und der Brennspiritus, fünf Literflaschen diesmal, um ganz sicherzugehen. Eine hoch feuergefährliche Mischung.

Jetzt gilt es, das Ganze mit äußerster Sorgfalt zu installieren, denn auf den Ablauf der Kettenreaktion wird er später keinen Einfluss mehr haben. An brennbarem Material mangelt es jedenfalls nicht. Dieses Gebäude ist vor etlichen Jahrzehnten im alpenländischen Stil mit sehr viel Holz erbaut worden; zudem hängen ringsumher Janker, Westen und Hemden in Reih und Glied an Kleiderstangen. Einmal entflammt, werden sie sich in eine Feuerhölle verwandeln, die –

Ein Geräusch von der Ladenfront her unterbricht seinen Gedankenfluss und lässt ihm das Blut in den Adern gefrieren. Jemand hat die Eingangstür geöffnet. Schlüssel klirren, die Tür fällt wieder ins Schloss. Bedächtige Schritte kommen über die Diele näher. Schlagartig begreift er, was er außer Acht gelassen hat. Er hätte wissen oder wenigstens ins Kalkül ziehen müssen, dass hier ein Überwachungsdienst für die Sicherheit sorgt. Es ist drei Uhr morgens, offenbar die Zeit für eine planmäßige Kontrollrunde.

Jetzt bloß keinen Fehler machen. Hastig kramt er seine Utensilien wieder zusammen und stopft sie in den Rucksack zurück. Eine Spiritusflasche fällt ihm aus der Hand und kullert über den Boden. Verdammt!

»Hallo? Ist da jemand?«

Mit angehaltenem Atem schleicht er über den Teppichboden, der ihn zum Glück wie auf Katzenpfoten trägt, auf die Umkleidekabinen zu. Es ist die einzige Möglichkeit, sich zu verstecken. Vier Schritte. Zwei. Geschafft. Seine Finger zittern, als er den Vorhang leise hinter sich zuzieht. Nicht bewegen. Ganz ruhig und flach atmen.

Im Verkaufsraum irrlichtert der Schein einer starken Taschenlampe herum.

»Halloo?« Die Stimme des Wachmanns ist laut, mit einem Ton zwischen Fragen und Drohen. Er steht jetzt direkt vor der Kabine. Er muss etwas merken. Bei allen anderen sind die Vorhänge geöffnet, nur bei dieser einen ist er zugezogen. Gleich wird der Mann sich umdrehen, den Vorhang zur Seite ziehen, und alles ist aus.

Ein offener Kampf wäre aussichtslos. Sein Widersacher ist sicher bewaffnet, und er selber hat nur ein kleines Taschenmesser bei sich. Ihm bleibt nur ein Ausweg: ein Überraschungsangriff. Er muss den Kerl blitzschnell überrumpeln und kampfunfähig machen. Alles oder nichts. Jetzt oder nie. Wenn es schiefgeht – –

Mit einem verzweifelten, wütenden Satz, in dem er die ganze Restenergie seines ausgemergelten Körpers zusammenballt, springt er dem Wachmann in den Rücken. Er hat Glück, der andere ist schmal gebaut und kleiner als er selbst. Der Mann stolpert, fällt, prallt mit dem Kopf gegen die Kante eines Verkaufstresens und bleibt benommen liegen. Eine Pistole schliddert über den Fußboden. Schnell danach greifen, schießen? Nein, Unsinn, einen Schuss würde man womöglich in der Nachbarschaft hören. Hektisch sieht Lauterwasser sich um – verdammt, es muss doch etwas geben, das als Schlagwaffe taugt! Da, ein gedrechselter Stuhl, solides Hartholz. In nackter Panik greift er nach dem Möbelstück und schlägt es mit voller Wucht gegen die Wand; krachend brechen zwei Beine heraus, er greift sich eins und drischt damit auf den Kopf des Wachmanns ein, immer wieder, bis dessen Körper reglos wie eine Gliederpuppe vor ihm liegt. Blut sickert aus einer Schädelwunde und aus dem rechten Ohr. Ist er tot oder nur bewusstlos? Egal, von dem Feuer wird er so oder so nichts mitbekommen. Er verbrennt einfach zu Asche. Warum musste er sich auch genau im falschen Moment einmischen?

Erst jetzt bemerkt er zu seinem Schrecken, dass sein Opfer ein Funkgerät am Gürtel trägt. Auch das noch. Wird man in der Einsatzzentrale nicht misstrauisch werden, wenn nicht in bestimmten Zeitabständen Meldung gemacht wird? Wie auch immer, er darf keine Zeit verlieren. In größerer Eile als geplant packt er seine Gerätschaften wieder aus und stellt den Zeitzündermechanismus zusammen. Alles klar zum Start.

Aber dann schleicht sich plötzlich eine diabolische Idee in seinen Kopf. Er greift in die Hosentasche, zieht das Taschenmesser heraus und klappt es auf. Mit der kleineren Klinge schneidet er entschlossen und kraftvoll in den rechten Handrücken des leblosen Wachmanns. Es tritt kein Blut aus. Ein Schnitt, zwei, drei … sechs. KIL. Karl Ingolf Lauterwasser, seine vollen Initialen. Der Höllenkünstler signiert sein Werk, und niemand wird sich einen Reim darauf machen können. Seine Eltern sind tot, seine Exfrau lebt in Heidelberg und sein Patenonkel Ingolf ist vor Jahrzehnten nach Kanada ausgewandert.

Er stellt den elektrischen Wecker ein und prüft ein letztes Mal die Anordnung der Komponenten. Zehn Minuten Vorlaufzeit. Das muss reichen, um weit genug weg zu sein, wenn das Feuer ausbricht. Die Pistole des Wachmanns steckt er ein und nimmt sie mit. Im Hinterhof setzt er sich auf sein Fahrrad und macht sich in moderatem Tempo auf den Heimweg.

Nach genau zehn Minuten hält er inne, steigt ab und beobachtet gebannt das gegenüberliegende Seeufer. Eine weitere Minute vergeht. Zwei Minuten. Fünf Minuten. Vor Ungeduld und Anspannung beißt er sich auf die Lippen, bis er Blut schmeckt. Was hat er erwartet? Einen Feuerball, eine donnernde Explosion? Du hast zu viel Fantasie, sagt er zu sich selber und schüttelt ärgerlich den Kopf.

Es ist zu riskant, länger zu warten. Er steigt wieder auf sein Fahrrad und tritt in die Pedale. Der Zeitzünder muss funktioniert haben, ja, ganz sicher, und im Laden muss es bereits lichterloh brennen. Morgen früh werden nur verkohlte Trümmer übrig sein. Die Rache nimmt ihren Lauf.

15

Als Markus Kling von den Tongirlanden seines Smartphones aus dem Schlaf gerissen wurde, war es vier Uhr morgens. Benommen drehte er sich zum Nachttisch um und fingerte nach dem Störenfried. Im Display leuchtete weiß auf blau der Name Lorenz Finsinger.

»Hallo Lenz?«, meldete sich Kling mit verklebter Stimme. »Gibt es was Neues?«

»Ja. Tut mir leid, Markus, dass ich dich so früh rausklingeln muss, aber es hat wieder ein Großfeuer gegeben. Diesmal mit einem Toten.«

»Ach du Scheiße!« Kling war schlagartig hellwach, sprang aus dem Bett und redete im Stehen weiter. »Und wo hat es gebrannt?«

»In der Trachtenboutique Loibl in Rottach-Egern. Vermutlich Brandstiftung. Und wir gehen davon aus, dass derselbe Täter am Werk gewesen ist wie beim Hotel Seeblick. Zwei so verheerende Brände so kurz hintereinander, das kann kein Zufall sein.«

»Auch das noch.« Kling ließ die Hiobsbotschaft ein paar Sekunden sacken, erst dann begriff er ihre ganze Brisanz. »Sag mal … wenn es wirklich so ist, das wäre ja … das würde ja bedeuten …«

Finsinger brachte den Satz für ihn zu Ende. »Dass wir die ganze Zeit auf der falschen Fährte waren, genau.«

»Und die Leiche, ist die schon identifiziert?«

»Ja. Hundertprozentig wird sich das erst per Autopsie feststellen lassen, aber mit ziemlicher Sicherheit ist es ein junger Wachmann. Der hat zur fraglichen Zeit seine Runde gedreht.«

»Verdammt. Jetzt suchen wir also einen Mörder.«

»Ja.« Finsinger zögerte, bevor er weitersprach. »Und … leider gibt es noch eine andere schlechte Nachricht. Hab ich gerade erst bekommen.« Finsinger zögerte.

»Na los, raus damit.«

»Ludwig Menzl ist tot. Suizid.«

»Was?!« Kling spürte, dass seine Knie nachgaben. Er musste sich auf den Bettrand setzen.

»Ja, leider. Sehr tragisch. Er hat sich in seiner Haftzelle erhängt.«

»Erhängt? Wie zum Teufel ist das möglich?«

»Er hat Gürtel und Unterhemd zu einer Schlinge verknotet und das andere Ende am Fenstergitter befestigt. Muss unfassbar schnell gegangen sein. Einen Kontrollgang zuvor war alles in Ordnung, und dann hing er plötzlich da. Die diensthabenden Kollegen haben Mund-zu-Mund-Beatmung versucht und sofort einen Notarzt gerufen, aber da war nichts mehr zu machen.«

»Oh nein … oh nein …«

Kling konnte nicht weiterreden. In seinem Kopf tobte ein Strudel von Emotionen. Er hatte sich nicht das Geringste zuschulden kommen lassen und trotzdem einen Familienvater in den Tod getrieben, genau genommen sogar einen zweifachen. Da waren die Ehefrau und zwei Kinder in Kreuth, da waren eine Geliebte und eine kleine Tochter in Prunay-en-Yvelines, die nun ohne Versorger dastanden. Das war zu viel. Es fühlte sich an wie ein dumpfer Schlag, der den ganzen Körper lähmte.

»Bist du noch dran?«, fragte Finsinger.

»Ja … ja«, Kling räusperte sich mühsam, »ich bin dran. Mir hat's nur für einen Moment die Sprache verschlagen.«

»Kann ich dir nachfühlen. So was muss man erst mal verdauen. Also, ich mach mich jetzt auf den Weg zur Inspektion. Und du komm bitte auch so schnell wie möglich. Wir fahren nach Rottach-Egern, frühstücken kannst du später.«

»Klar. Natürlich. In zwanzig Minuten bin ich da.«

Markus Kling fuhr wie in Trance. Auch unterwegs hörte der Strudel in seinem Kopf nicht auf, sich zu drehen. War es falsch gewesen, Menzl festzunehmen? Nein, die Verdunkelungsgefahr bestand ja ohne Zweifel; man konnte ihn nicht auf freiem Fuß lassen und riskieren, dass er sich mit Ralf Eggebrecht absprach. Lamparter hatte das bestätigt und Eggebrecht ebenfalls festnehmen lassen. Wahrscheinlich lag inzwischen auch ein richterlicher Haftbefehl vor. Sicher, das war für Menzl eine mehr als üble Situation; vielleicht wäre er mit einer Bewährungsstrafe davongekommen, aber seine Reputation und seine politische Karriere hätten einen solchen Einschnitt kaum überstanden. Aber wirft man deswegen gleich sein Leben weg?

Ein Lichtbündel von rechts riss Kling jäh aus seiner Grübelei, reflexartig trat er das Bremspedal durch, aber um Millisekunden zu spät. Mit einem dumpfen Knall rammte der rechte Kotflügel seines Toyota den schwarzen Mercedes, der unversehens aus einer Seitenstraße heraus in seine Fahrtroute einbog. Einer Seitenstraße mit Vorfahrt. Auch das noch, heilige Scheiße! Zwei von den paar Autos, die man zu dieser frühen Stunde an einer Hand abzählen konnte, und ausgerechnet hier mussten sich ihre Wege kreuzen.

Kling stieg aus und besah sich das Malheur. Halb so wild, stellte er erleichtert fest. Zwei eingebeulte Karosserien, ein gesplitterter Scheinwerfer, das fiel in die Kategorie Bagatellschaden.

Der Fahrer des Mercedes, ein kahlköpfiger Fettkloß in einem ausgeleierten Jogginganzug, war offenbar anderer Ansicht. Mit bebendem Zeigefinger deutete er auf das deformierte Blech und fluchte: »Jetzt schauns' Eahna des an! Und so was hat an Führerschein, so was depperts! Ich ruf die Polizei!«

»Jetzt kriegen Sie sich mal ein«, gab Kling ärgerlich zurück. »Erstens bin ich nicht deppert und zweitens selber Polizeibeamter.« Er zückte seinen Dienstausweis und hielt ihn dem Mann unter die Nase. »Überlegen Sie sich also vorher, was Sie sagen.«

Der Ausweis tat seine Wirkung sofort. »Ach so, äh –«, stammelte der Kloß, ohne sich das Papier näher anzusehen. »Ja, dann, also, entschuldigen Sie vielmals, Herr Wachtmeister. «

»Herr Hauptkommissar, wenn Sie Wert auf einen Titel legen.«

»Ach du liebe Zeit.« Der Kloß klang noch eine Spur kleinlauter. »San Sie a Kriminaler?«

»Ja, bin ich. Und die Kollegen im Revier erwarten mich dringend, also machen wir's kurz, wenn ich bitten darf. Die Schuldfrage ist klar, Sie hatten Vorfahrt. Tut mir leid. Hier ist meine Versicherungskarte.«

Als Kling ihm das Kärtchen reichte, merkte er, dass seine Hand leicht zitterte.

Während der restlichen Strecke bot er alle Kraft auf, um nicht an die Tragödie mit Ludwig Menzl zu denken. Schieb das weg, hämmerte er sich ein, konzentriere dich aufs Fahren. Ganz gelang es ihm nicht. Er spürte aufkommenden Schüttelfrost und drehte die Heizung hoch, um nicht die Kontrolle über seinen Körper zu verlieren.

Lorenz Finsinger war bereits eingetroffen, als er mit viertelstündiger Verspätung in der Polizeiinspektion ankam. »Ich hatte unterwegs einen Blechschaden«, erklärte er mit bedauerndem Schulterzucken. »Diese zwei Nackenschläge heute Morgen haben mir einfach dermaßen zugesetzt …«

Finsinger sah ihn prüfend an. »Und du machst dir Vorwürfe wegen Menzl, oder?«

»Ich … ja, meine Güte, der Mann ist tot und … wenn ich ihn nicht festgenommen hätte …« Kling bemühte sich um eine feste Stimme, konnte aber nicht verhindern, dass ihm ein Kloß die Kehle zuzuschnüren begann.

»Was dann? Würde er noch leben? Weiß man nicht. Und würde der Wachmann noch leben, wenn wir den richtigen Täter gefasst hätten? Höchstwahrscheinlich, aber wir sind nun mal keine Übermenschen. Hätte, würde, wäre, was soll das bringen?«

»Na ja … beide Todesfälle wären schließlich vermeidbar gewesen. Ich meine, wir hätten …«

»Du sollst nicht im Konjunktiv reden«, unterbrach Finsinger kopfschüttelnd. »*Jeder* Todesfall ist vermeidbar, verrenn dich doch deswegen nicht in Schuldgefühle! Ich hab das Gefühl, du bist ziemlich durch den Wind.«

»Ach Unsinn!«, protestierte Kling. Der Kloß in seinem Hals ließ die Entgegnung eher hilflos klingen.

»Doch, bist du. Kann ich auch verstehen. Du hast kein so dickes Fell wie ich, das entwickelt sich erst im Lauf der Zeit. Und du wirst es auf jeden Fall brauchen. Ich hab in meinen dreiunddreißig Dienstjahren ganz andere Sachen erlebt, aber da muss man halt durch.«

»Klar. Du hast ja recht. Es ist nur verdammt schwierig.«

»Ja, zugegeben. In diesem Fall ganz sicher.« Finsinger nickte. »Aber versuch es und hör bitte auf, den Fehler bei dir zu suchen. Ich würde sagen, fahr nach Hause, nimm einen Tag Urlaub und komm erst mal runter, dann sehen wir weiter.«

»Heißt das, ich bin von den Ermittlungen entbunden?«, fragte Kling entgeistert.

»Nein, natürlich nicht. Ich verordne dir lediglich einen Tag Pause. Merkst du nicht, wie du zitterst? In diesem Zustand kann ich dich nicht gebrauchen.« Wieder der prüfende Blick, lange und intensiv. »Falls du psychologische Hilfe …«

»Quatsch!«, unterbrach ihn Kling trotzig und wusste zugleich, dass er log. »Ich komm alleine klar.«

»Gut, wie du meinst. Um den Brandmord kümmere ich mich einstweilen selber. Im Moment könntest du sowieso noch nicht viel machen. Tatbestandsaufnahme, Zeugenermittlung, das Übliche. Ansonsten müssen wir erst den LKA-Bericht und das Obduktionsergebnis abwarten.«

Kling sah ein, dass Widerspruch zwecklos war. »Also schön, dann fahre ich jetzt nach Hause und komme morgen wieder.«

»Sehr vernünftig. Morgen sieht die Welt wieder anders aus. Und mach dir bitte eines klar: Menzl hat sich das alles selber eingebrockt. Wenn er nicht den Mumm hat, den Seitensprung seiner Frau zu beichten, stattdessen lieber Schmiergeld annimmt und keinen anderen Ausweg sieht, als sich umzubringen, dann ist das sein Problem, nicht deins.«

»Problem!«, wiederholte Kling kopfschüttelnd. »Ich würde es eher Katastrophe nennen. Eine menschliche Tragödie, erst recht für seine Familie.«

»Alles richtig.« Finsinger legte seinem jungen Kollegen begütigend eine Hand auf die Schulter. »Dein Mitgefühl ehrt dich, aber wir sind nun mal Polizisten und keine Seelsorger. Tut mir leid, wenn ich das so hart sage. Und ab morgen konzentrieren wir uns voll auf die Ermittlungen in der neuen Brandsache. Das wird nicht gerade ein Zuckerschlecken, schon wegen Lamparter. Wenn der erfährt, was passiert ist, macht er uns die Hölle heiß.«

»Ach, Lamparter!« Kling fasste sich an die Stirn. »Ich kann mir vorstellen, wie ihm zumute sein wird.«

»Eben. Wir brauchen jetzt dringend eine brauchbare Spur. Alles andere ist Nebensache.«

16

Und nun?

Markus Kling war allein mit seinen selbstquälerischen Gedanken. Wie mochte Menzls Ehefrau die Todesnachricht aufgenommen haben? Seine zwei Kinder? Seine französische Geliebte, wenn sie überhaupt schon informiert war? Und nicht zu vergessen – Veronika Sommer?

All diese Fragen wären vermutlich weniger präsent und bedrückend gewesen, wenn er sich sofort in die Arbeit gestürzt hätte. Urlaub nehmen und runterkommen, leicht gesagt. Was das betraf, lag der Chef trotz seiner fast zwanzig Jahre mehr Lebenserfahrung daneben. Er brauchte jetzt jemanden, mit dem er sich aussprechen konnte, nicht zwischen Tür und Angel, sondern ausgiebig und in aller Ruhe. Leo? Nein. Den Gedanken verwarf er sofort wieder. Es widerstrebte ihm, seinen Freund mit so persönlichen Problemen zu belasten; ohnehin stand er bei ihm in der Schuld wegen des illegal beschafften E-Mail-Verkehrs.

Blieben nur seine Eltern. Sebastian und Sandra Kling hatten immer ein offenes Ohr für ihn gehabt, wenn es um Zukunftsfragen, berufliche Zweifel und Sorgen oder auch – gelegentlich – um finanzielle Engpässe ging. Letztere gehörten zum Glück der Vergangenheit an, seit Markus Kling seine solide bezahlte Beamtenstelle angetreten hatte; gute Ratschläge dagegen nahm er jederzeit gerne an. Bei seinem Vater waren sie meist von analytischer Schärfe und rationalen Schlüssen geprägt, bei seiner Mutter dagegen überwogen emotionale Regungen. War das bei Frauen nicht typisch?, überlegte Kling. Klischee oder nicht, es ließ sich nicht abstreiten. Vielleicht kam darin ein weiblicher Urinstinkt zum Ausdruck, der sich seit der Frühzeit des Menschen stetig weitervererbt hatte. Auf jeden Fall ergänzten sich seine Eltern gut mit dieser Mischung. Kein Aspekt kam zu kurz, und Markus Kling hatte im Lauf seines Lebens immer wieder Nutzen daraus gezogen.

Es traf sich gut, dass die Zahnarztpraxis an diesem Nachmittag geschlossen hatte. Das bedeutete für seine Eltern nicht unbedingt freie Zeit, aber wenigstens würden sie nicht bis zum Hals in der täglichen Routine stecken. Elf Uhr. Kling griff zum Telefon und rief die Nummer der Praxis an.

»Zahnarztpraxis Dr. Kling, guten Tag«, hörte er die Stimme seiner Mutter.

»Hallo, ich bin's, Markus.«

»Oh.« Es klang überrascht. »Schön, dass du dich mal wieder meldest. Hast du Zahnprobleme? Hoffentlich nicht.«

»Nein, nein, die Zähne sind alle in Ordnung. Ich rufe an, weil … es geht um …« Er hatte sich seine Worte nicht zurechtgelegt; jetzt fehlten sie ihm, und er holte weit aus, um den Faden zu seinem Thema zu knüpfen.

»Habt ihr von dem Brand letzte Nacht in Rottach-Egern gehört?«, fragte er.

»Ja, die Nachricht kam heute im Radio. Ein Toter, schrecklich! Bist du damit auch befasst?«

»Nicht direkt, aber das wird auf mich zukommen. Und das Schlimme ist, dass wir mit einem weiteren Brand rechnen müssen, weil womöglich ein Serientäter dahintersteckt. Nach dem Hotelbrand neulich haben wir in eine ganz andere Richtung ermittelt. Es gab auch zwei Verdächtige, das hat sich ja nun erledigt. Und einer von den beiden …« Er zögerte, bevor er das Unabänderliche aussprach. »Einer von denen ist jetzt tot. Er hat sich umgebracht.«

»Was?!« Es war die gleiche Reaktion wie bei ihm selber, so verstört wie kurz, geballte Fassungslosigkeit in einer einzigen Silbe.

»Ja. Es wird heute eine Pressekonferenz geben, und dann wissen alle Bescheid. Um es gleich zu sagen: Ich habe den Mann festgenommen, und in der Nacht darauf hat er sich in seiner Zelle erhängt. Kannst du dir vorstellen, wie mir zumute ist?«

Die Reaktion kam mit einigen Sekunden Verzögerung, ohne seine Frage zu beantworten. »Ach du großer Gott.«

»So was Ähnliches ging mir auch durch den Kopf, als ich's erfahren habe. Mein Chef meinte, ich soll halt einen Tag Urlaub nehmen, dann wäre ich drüber weg, aber das stellt er sich ein bisschen zu einfach vor. – Sag mal, habt ihr heute im Lauf des Nachmittags Zeit? Dann würde ich gern mal wieder vorbeikommen.«

»Ja, natürlich. Wenn du willst, richte ich dir dein Zimmer, dann kannst du über Nacht bei uns bleiben.«

So weit hatte Kling gar nicht gedacht, aber warum nicht? Obwohl zwischen Miesbach und Stephanskirchen nur knapp vierzig Kilometer lagen, war es ein paar

Monate her, dass er seine Eltern das letzte Mal besucht hatte. Dabei war er durchaus gern dort, in dem Haus seiner Kindheit mit Obstgarten auf der Rückseite und freiem Blick auf die Alpenkette vorn. Es hatte etwas von einem Refugium. Und wahrscheinlich wäre es das Beste, eine Diskussion mit offenem Ende zu führen, ohne Blick auf die Uhr und den Gedanken an die Heimfahrt. Er beschloss, die Einladung anzunehmen. »Wenn es euch nichts ausmacht, gerne.«

»Ach was, wir freuen uns«, sagte seine Mutter. »Hätte ich früher Bescheid gewusst, dann hätte ich dir Mititei machen können. Du musst halt mal wieder am Wochenende kommen, wenn wir alle mehr Zeit haben.«

Mititei! Markus Kling spürte, wie ihm unwillkürlich das Wasser im Mund zusammenlief. Die pikant gewürzten Hackfleischröllchen gehörten neben Kaiserschmarrn zu seinen erklärten Lieblingsgerichten. Seine Mutter hatte dafür ein aufwendiges Rezept mit dreierlei Fleischsorten und einer Unmenge von Zutaten, das sie aus ihrer deutsch-rumänischen Heimat vor Jahrzehnten nach Bayern mitgebracht hatte. Rührend, dass sie daran dachte, aber das war jetzt wirklich Nebensache.

»Die laufen uns ja nicht weg«, sagte Kling. »Hauptsache, ich kann in Ruhe mit euch reden.«

Es wurde tatsächlich eine lange Diskussion; sie zog sich vom Nachmittagskaffee bis zum Abendessen mit Mămăliga, dem traditionellen rumänischen Maisbrei, und Gulasch, bei dem keiner die legendären Mititei vermisste. Markus Kling empfand es als wohltuend, dass sie über alle möglichen Aspekte und Probleme des Berufs- und Privatlebens sprachen, selbst über seine neue Frisur, und nicht nur über das tragische Ende von Ludwig Menzl. Trotzdem, der Fall stand im Mittelpunkt. Es ging darum, die richtige Einordnung für das Geschehen zu finden und die Gedanken wieder in normale Bahnen zu lenken.

»Eins ist doch klar«, konstatierte Sebastian Kling, während die drei auf der Terrasse am Kaffeetisch saßen. »Ob Kurzschlusshandlung oder nicht, sich in so einer Situation umzubringen, ist feige. Verantwortungslos. Nach mir die Sintflut, oder siehst du das anders?«

»Klar, nach moralischen Maßstäben … Aber ich glaube, er konnte einfach die Scham nicht ertragen, die juristischen Folgen wären ja gar nicht so dramatisch gewesen. Sein Anwalt hätte ihn mit ziemlicher Sicherheit nach ein paar Tagen aus der U-Haft herausgepaukt, und seine Strafe wäre zur Bewährung ausgesetzt worden. Aber wenn man sich vorstellt, wie die Öffentlichkeit reagiert hätte, wie die Presse über ihn hergezogen wäre … so was ist schrecklich.«

»Tut er dir etwa mehr leid als seine Familie?«

»Nein. Natürlich nicht.«

»Die ist doch doppelt und dreifach gestraft«, ergänzte Sandra Kling. »Allein die Lügen und Intrigen, die jetzt herauskommen! Und als wäre das nicht schlimm genug, macht er einfach Schluss und überlässt Frau und Kinder ihrem Schicksal.«

»Aber davon mal ganz abgesehen«, wendete ihr Mann das Gespräch, »glaubst du, es wäre anders ausgegangen, wenn du ihn nicht verhaftet hättest?«

»Festgenommen«, berichtigte Markus Kling. »Einen Haftbefehl gab es noch nicht.«

»Also gut, festgenommen. Jetzt denk die Geschichte mal logisch zu Ende.« Er nahm seine Goldrandbrille ab und spielte gedankenverloren mit den Bügeln herum. »Der Mann hat seine Straftat zugegeben, in Ordnung. Also hätte man ihn angeklagt und verurteilt, meinetwegen auf Bewährung. Aber politisch wäre er am Ende gewesen, und seine Ehe hätte er womöglich auch vergessen können. Wie ich ihn deiner Beschreibung nach einschätze, hätte er bei solchen Aussichten so oder so Schluss gemacht, ob Festnahme oder nicht. In Freiheit hätte er doch ganz andere Möglichkeiten gehabt, als sich aus Unterwäsche mühsam einen Strick zu drehen.«

»Ja. Kann gut sein.«

»Und ist es nicht ohnehin so, dass du ihn einsperren *musstest*?«

Markus nickte. »Klar, bei Verdunkelungsgefahr kann man niemanden einfach laufen lassen. Menzl hätte sich sofort mit seinem Spezl Eggebrecht abgesprochen. Es ist nur merkwürdig – ich habe mir oft überlegt, was wäre, wenn ich mal in Notwehr auf jemanden schießen müsste und ihn tödlich verletzen würde. Hoffentlich komme ich nie in so eine Extremsituation, aber darauf war ich … wie soll ich sagen, innerlich vorbereitet. Wir sind darauf geschult worden, und ich habe sie als Möglichkeit durchgespielt. Und jetzt ist ein Mensch tot, ohne dass auch nur eine Spur von Gewalt im Spiel war.«

»Schicksal«, sagte Sandra Kling. »Ich verstehe, dass es dich aufwühlt, aber man kann eben nicht auf alles vorbereitet sein. Denk an den Brandstifter, mit dem hat ja auch niemand rechnen können. Wer ist nun schuld an dem Toten? Ihr bei der Polizei doch bestimmt nicht.«

»Nein, nein. Keiner kann sich etwas vorwerfen.«

In der Tat, sie hatten fehlerfrei gearbeitet. Alle Indizien waren berücksichtigt, alle denkbaren Motive ausgelotet worden, und nichts hatte bei dem Hotelbrand auf einen Feuerteufel hingedeutet. Dennoch blieben die Selbstzweifel. Für Markus Kling war klarer denn je, dass Untätigkeit sie nur steigerte. Um wieder einen klaren Kopf zu kommen, würde er sich mit aller Kraft auf seinen Dienstalltag konzentrieren müssen. Die unerwartete Wende in diesem Fall bot dafür Rätselstoff genug.

»Deine Gedanken kreisen dauernd um die Arbeit, oder?« Seine Mutter und sah ihn prüfend an. »Das ist nicht gut. Du frisst zu viel in dich hinein.«

»Ach was. Das ist nur eine momentane Stresssituation.«

»Aber die nimmt dich so sehr mit, dass du bei uns unterkriechen musst«, insistierte seine Mutter. »Und dann die Beule in deinem Auto … ich glaube, was dir fehlt, ist einfach eine Frau. Du solltest langsam mal daran denken zu heiraten.«

Heiraten! Markus Kling verzog das Gesicht. Das Thema bewohnte bestenfalls ein winziges Plätzchen in seinem Hinterkopf. Zwar gab es Momente, in denen er Leo um seine Ehe beneidete, um die Möglichkeit, sich jederzeit mit seiner Frau über alles Mögliche auszusprechen. Davon abgesehen zog er es aber dennoch vor, frei und unabhängig zu sein. In ein paar Jahren würde sich das vielleicht ändern, aber in der Gegenwart hatte eine feste Bindung keinen Platz.

»Immerhin bist du vierunddreißig«, sagte Sebastian Kling mit leisem Lächeln. »In dem Alter hatte ich mit deiner Mutter schon einen sechsjährigen Sohn.«

Jetzt schnitt er auch noch das Thema Nachwuchs an. Markus Kling fühlte sich an seine Diskussion mit Murad Özkan erinnert. »Ja, mal sehen«, wich er aus. »Es muss halt jeder seinen eigenen Weg finden. Lass uns das beim nächsten Mal abhandeln, im Moment hab ich keinen Nerv dafür.«

Er spürte, dass seine Abwehr halbherzig und nicht gerade überzeugend klang. Vielleicht war sie Selbstbetrug; jedenfalls begannen sich die Tischgespräche beim gemeinsamen Abendessen erneut um die Lebensplanung zu drehen. Auf einmal empfand Markus Kling das Thema sogar als angenehm. Es wurde zum beherrschenden Diskussionsstoff und half damit, die Erinnerung an die beiden Toten der letzten Nacht beiseite zu schieben.

Als Kling spät abends im Bett seines Jugendzimmers lag, spürte er einen Anflug von Heimeligkeit und Fremdheit zugleich. Alles war so wie früher, der frische Geruch der Bettdecke, das Rascheln des Windes im Laub der Obstbäume, der ferne Schein einer Straßenlaterne, die durch die Jalousie ein blassblaues rautenförmiges Muster an die Decke warf. Aber im Grunde, dachte er, hatten seine Eltern recht: Dies war nicht mehr sein wirkliches Zuhause, und einen gleichwertigen Ersatz dafür gab es nicht. Seine Zwei-Zimmer-Junggesellenwohnung in Miesbach, die er gelegentlich mit einer Freundin geteilt hatte, konnte nur eine Zwischenstation sein. Vielleicht war dauerhafte Nestwärme doch etwas, worüber er ernsthaft nachdenken sollte. Irgendwann würde er sich mit der Idee anfreunden müssen, eine feste Partnerschaft einzugehen, sich ein echtes Zuhause jenseits von Kindheit und Elternhaus zu schaffen. Wenn Murad und Leo es schafften, mit ihren Frauen trotz aller Differenzen glücklich zu sein, warum sollte ihm das nicht auch gelingen?

Kurz bevor er einschlief, huschte das Bild von Veronika Sommer durch seinen Kopf. Ob sie Skifahrerin war? Sehr wahrscheinlich. Mountainbikerin? Eher weniger. Aber das war letztlich kein entscheidendes Kriterium.

17

Das Wiedereintauchen in den Polizeialltag hätte motivierender ausfallen dürfen. Statt in die Spur zu kommen und Fahrt aufzunehmen, sah sich Markus Kling nur Sackgassen gegenüber. Der Fall Ludwig Menzl war praktisch abgeschlossen, und das ergebnislos. Menzls Exfreund Christian Kofler hatte bei Gott und allen Heiligen beteuert, weder den anonymen Brief geschrieben noch irgendjemandem von der Liaison des Bürgermeisters erzählt zu haben. Wenn das stimmte, gab es nur eine Erklärung: Eine weitere Person hatte in dessen Privatleben herumgeschnüffelt, vermutlich ebenfalls ein Hacker. Aber wer? Unmöglich, das herauszufinden.

Ralf Eggebrecht mauerte ebenfalls und bestritt kategorisch, dem Bürgermeister jemals Geld zugesteckt zu haben. Auch ein Auskunftsersuchen bei den Hausbanken der beiden hatte keinerlei Hinweis auf ungewöhnliche Transaktionen ergeben. Damit lag kein dringender Verdacht mehr vor, was für Eggebrecht die umgehende Entlassung aus der Untersuchungshaft bedeutete. Als Einziges stand fest, dass Jeanne Thibert tatsächlich eine Barüberweisung über 3.500 Euro von Menzl erhalten hatte; Geld, das weder stank noch seine Herkunft verriet. Somit gab es keinen Beweis für die Bestechungstheorie, was eine Anklageerhebung sehr unwahrscheinlich machte.

Und nun der mysteriöse neue Brandfall. Die Frustration im Team der Kripo war förmlich greifbar. Diesmal bot die Tat keinen Anhaltspunkt für konkrete Ermittlungen, nur eines schien außer Zweifel zu stehen: Hier war jemand mit skrupellosem Charakter am Werk. Und alles deutete darauf hin, dass es sich tatsächlich um denselben Täter handelte wie beim Grand Hotel Seeblick. Die Parallelen waren unübersehbar: In beiden Fällen hatte sich der Täter Zugang durch eine Hintertür verschafft, ohne sie aufzubrechen oder Spuren am Schloss zu hinterlassen. Auch die Tatzeit war identisch, zwischen drei und vier Uhr morgens. Außerdem hatte die Analyse der verschmorten Plastikklumpen in den Trümmern der Boutique gezeigt, dass sie dieselbe chemische Zusammensetzung aufwiesen wie die Überbleibsel im Seeblick. Nur die Zeitzündervorrichtung, deren Reste in den Trümmern gefunden worden waren, wich vom Schema ab. Allerdings gab es dafür eine plausible Erklärung: Bei einem Brandanschlag mitten in Rottach-Egern musste sich der Täter einen zeitlichen Vorsprung verschaffen, anders als in dem abgelegenen Geisterhaus, bei dem er ohne Hast im Bergwald untertauchen konnte.

Rätselhaft dagegen blieb der Mord. Erfahrungsgemäß ging es Brandstiftern um das Feuer selbst und nicht darum, Menschen umzubringen. Dieser dagegen hatte in blinder Wut oder Panik auf sein Opfer eingeschlagen, bei Weitem zu brutal, um es nur kampfunfähig zu machen – und mehr noch, er hatte es verhöhnt. Der Obduktionsbericht enthielt ein Foto von drei rätselhaften Buchstaben, die offenbar frisch in die Hand des Toten eingeritzt worden waren: ein K, ein I, ein L. Markus Kling und seine Kollegen, aber auch Wolfgang Lamparter waren überzeugt, dass ein zweites »L« nur fehlte, weil irgendetwas den Mann gestört oder in Alarmbereitschaft versetzt hatte. Er hatte den Tatort also vermutlich überstürzt verlassen. Das war alles, was an Indizien vorlag, und leider war es ziemlich nutzlos.

Lamparter sah das offenbar genauso. Für sachdienliche Hinweise, die zur Ergreifung des Täters führten, hatte die Staatsanwaltschaft München II eine Belohnung von zehntausend Euro ausgesetzt. Sie war der Aufmacher in der Lokalpresse, begleitet von der unheilverkündenden Schlagzeile »Angst um das Bergfilm-Festival«. In der Tat war nicht auszuschließen, dass der Feuerteufel auch das seit zwei Tagen laufende Internationale Bergfilm-Festival in Tegernsee ins Visier genommen hatte. Falls es ihm um prominente Anschlagsziele ging, hier gab es einige davon. Und wer konnte sicher sein, dass er in seinem Zerstörungswahn nicht einen Kinosaal in Brand setzte und das gesamte Festival im Chaos enden ließ?

»Blinder Aktionismus«, urteilte Lenz Finsinger über die Belohnung. »Für die Öffentlichkeit macht sich das vielleicht gut, aber ich habe noch nie erlebt, dass so ein Kopfgeld wirklich etwas gebracht hätte. Wahrscheinlich werden wir in den nächsten Tagen mit jeder Menge unbrauchbarer Hinweisen eingedeckt. Ich setze eher auf verstärkte Schutzmaßnahmen. Und auf nächtliche Zivilstreifen. Mit einiger Sicherheit wird der Brandstifter ein drittes Mal zuschlagen, vielleicht auch ein viertes Mal, was ich nicht hoffe, aber er wird unvorsichtiger, und irgendwann hinterlässt er verräterische Spuren. Vielleicht erwischen wir ihn sogar in flagranti.«

»Außerdem gibt es ja eine weitere Möglichkeit«, gab Markus Kling zu bedenken, »zumindest theoretisch.«

»Was meinst du?«

»Lamparter hat neulich mal angedeutet, dass sich der Täter eventuell selbst verraten könnte. Einfach, weil er ein Ventil braucht, um nicht zu platzen.«

»Ach so. Du meinst, er macht vielleicht irgendwelche unvorsichtigen Andeutungen vor anderen Leuten.«

»So was wäre ja nicht das erste Mal.«

»Durchaus nicht, nein. Trotzdem ist es reines Wunschdenken, das bringt uns keinen Schritt weiter.«

»Aber irgendwo müssen wir doch ansetzen«, sagte Annette Weiss. In ihrem Tonfall schwang ein leiser Hauch Verzweiflung mit.

»Die zivilen Streifenfahrten sind ja ein Ansatz«, antwortete Finsinger. »Seit gestern Nacht herrscht verschärfte Wachsamkeit. Die Kollegen in Gmund und Bad Wiessee haben dafür extra Verstärkung bekommen.«

»Und wenn wir mal das Strafregister durchsehen?«, schlug Kling vor. »Wir könnten alle Personen überprüfen, die in den letzten fünf oder zehn Jahren wegen Brandstiftung verurteilt wurden und ihre Strafe abgebüßt haben.«

»So schlau war ich auch schon«, sagte Finsinger. »Ist abgehakt. Rate mal, wie viele Leute das im einschlägigen Umkreis sind.«

Kling zuckte mit den Schultern.

»Genau vier. Einer davon verbringt seine Freiheit inzwischen im Familiengrab, einer ist nach Augsburg umgezogen, und einer hat vor acht Jahren ein paar Autos angezündet. Aus Wut, weil man ihm wegen einer Trunkenheitsfahrt den Führerschein entzogen hat. Fiel unter Jugendstrafrecht.«

»Und der vierte?«

»Da war es grobe Fahrlässigkeit. Dem ist ein Einweggrill außer Kontrolle geraten, mehrere Hektar Wald sind abgebrannt. Schlimm genug, aber das passt alles nicht zu unserem Feuerteufel.«

Wieder eine Idee verpufft. Sie drehten sich im Kreis. Markus Kling stieß einen Seufzer aus. Sich mit neuem Elan auf die Arbeit zu stürzen, hatte er sich gänzlich anders vorgestellt.

18

Die Besatzung des Streifenwagens Chiemsee 20 hatte gerade einen Verkehrsunfall bei Fischhausen aufgenommen und war zurück auf dem Weg ins Revier, als über Funk die neue Meldung hereinkam.

»Notruf aus Hausham, wahrscheinlich ein Todesfall. Eine Frau hat die 110 angerufen, weil sie meinte, aus der Nachbarwohnung einen Verwesungsgeruch wahrgenommen zu haben. Auf ihr Klingeln und Klopfen hat niemand geöffnet. Das klingt nicht gut, also seht mal nach. Ein Arzt und ein Schlüsseldienst sind verständigt.«

Nein, das klang wahrhaftig nicht gut. Polizeiobermeisterin Tanja Bauer und ihr jüngerer Kollege Martin Brandl machten sich auf ein Schockerlebnis gefasst. Zwar waren beide schon bei ähnlichen Leichenfunden involviert gewesen, aber der Anblick eines halb verwesten Menschen würde auch diesmal schwer erträglich sein. Wenn es denn so war, wie die Nachbarin argwöhnte.

»Ich fass es einfach nicht«, sagte Tanja Bauer kopfschüttelnd, während sie wendete und das Blaulicht einschaltete. »So was vermutet man vielleicht in München-Neuperlach, in einer fünfzehnstöckigen Mietskaserne, wo keiner den anderen kennt, aber ausgerechnet Hausham?«

»Ist ja auch nicht mehr gerade klein«, bemerkte Brandl. »Wie viele Einwohner mag es inzwischen haben?«

»Jedenfalls weniger als Miesbach. Irgendwas zwischen achttausend und zehntausend, schätze ich.«

»Und wahrscheinlich mit steigender Tendenz. Es ziehen immer mehr Menschen her, und es geht immer anonymer zu. Irgendwann ist das alles Großraum München, wart's ab.«

»Das werde ich hoffentlich nicht mehr erleben.« Tanja Bauer schüttelte sich.

Nach wenigen Minuten hatten sie Hausham erreicht und parkten vor dem Wohnblock, den die Anruferin genannt hatte. Das Haus hatte nur vier Stockwerke, wirkte aber kaum anheimelnder als die gesichtslosen Klötze in den Schlafstädten des Münchner Speckgürtels. Augenblicke später trafen auch der Notarztwagen und das Fahrzeug des Schlüsseldienstes ein.

»Dr. Ernst Huber«, stellte sich der Arzt vor. »Wenn ich es richtig verstanden habe, kann ich hier nicht mehr viel tun.«

»Wir werden sehen«, antwortete Tanja Bauer.

Inzwischen war auch die Nachbarin, die ihren Verdacht der Polizei gemeldet hatte, auf die Straße heruntergekommen. Sie trug eine blassblaue Kittelschürze, hatte die Haare hochgesteckt und sah aus, als würde sie mitten im Hausputz stecken.

»Sie haben also angerufen«, stellte Tanja Bauer fest. »Und die Person, um die es geht, heißt Hubert Voggenreiter.«

»Ja … wissen Sie, der Herr Voggenreiter lebt …« Sie stockte und sah die Gruppe hilfesuchend an, »der Herr Voggenreiter lebte sehr zurückgezogen. Manchmal hat man ihn tagelang nicht gesehen, der hat auch gar keinen Kontakt gesucht. Ein richtiger Eigenbrötler, immer grantig und verbissen. Also haben wir ihn halt alle in Ruhe gelassen.«

»Und seit wann wohnt er hier?«

Die Nachbarin zuckte mit den Schultern. »Ich glaube, vor vier oder fünf Jahren ist er eingezogen. Und heute habe ich gemerkt, dass sein Briefkasten überläuft, das meiste davon Reklamezeug, und dann war da dieser komische Geruch im Treppenhaus …«

»Ist denn auch anderen Bewohnern etwas aufgefallen?«

»Ja, die Frau Selmair meinte gestern, da stimmt doch etwas nicht, der ist ja wie vom Erdboden verschluckt, ob er womöglich tot ist? Da wurde mir erst klar, dass ich den Herrn Voggenreiter seit fast zwei Wochen nicht mehr gesehen habe.«

Die beiden Beamten, der Arzt und der Mann vom Schlüsseldienst sahen sich vielsagend an. »Man kann es auch übertreiben mit dem In-Ruhe-lassen«, sagte Martin Brandl. »Es sind schon Gewaltverbrechen vorgekommen, die nur durch Zufall und viel zu spät bemerkt wurden.«

Die Nachbarin wurde blass. »Sie meinen doch nicht, dass jemand den Herrn Voggenreiter umgebracht hat?«

»Ich meine gar nichts. Wir werden jetzt die Wohnung öffnen, dann sehen wir ja, was los ist.«

Tanja Bauer verständigte per Funk die Polizeiinspektion und ließ sich das Plazet für die Notfalltüröffnung geben. Die Wohnung befand sich im dritten Stock, und mit jedem Treppenabsatz wuchs der Verdacht, dass man hinter der Tür einen Toten finden würde. Der süßlich-modrige Geruch nahm zu. Er deutete unverkennbar auf einen fortgeschrittenen Verwesungsprozess hin.

Der Mann vom Schlüsseldienst brauchte nur wenige Sekunden, um das Schloss zu öffnen. Als die Wohnungstür aufschwang, verdichtete sich der Geruch und legte sich mit beißender Penetranz auf die Schleimhäute. Die beiden Beamten hielten sich die Nase zu.

Im Wohnzimmer fanden sie ihn. Hubert Voggenreiters Leiche lag verkrümmt auf dem Teppich vor dem Esstisch, das Gesicht nach unten, die mumienhaft eingetrockneten Hände in den Flor gekrallt. In Höhe des Kopfes lagen ein Brieföffner, ein aufgeschlitztes Kuvert und ein weißes DIN-A4-Blatt. Tanja Bauer streifte sich Einmalhandschuhe über und hob das Stück Papier mit spitzen Fingern vom Boden auf.

»Aha«, sagte sie nur, nachdem sie einen kurzen Blick darauf geworfen hatte.

»Was ist das?«, fragte Martin Brandl.

»Ein Brief von der Wohnungsgesellschaft. Die Miete soll um zehn Prozent erhöht werden.«

Sie wandte sich zu Dr. Huber um und sah ihn fragend an. »Sieht ganz nach Herzinfarkt aus, oder?« Im Hintergrund hörte sie die Nachbarin laut aufschluchzen.

Dr. Huber nickte. »Nach Lage der Dinge würde ich das auch vermuten. Ein plötzlicher Blutdruckanstieg, da kann so etwas schnell passieren.«

Er streifte sich ebenfalls Handschuhe über, kniete sich neben die Leiche und drehte sie vorsichtig auf den Rücken.

»Keine äußere Verletzung zu erkennen. Also mit größter Wahrscheinlichkeit kein Fremdverschulden. Mehr kann ich im Moment nicht sagen, die Verwesung ist zu weit fortgeschritten. So wie es aussieht, muss er mindestens eine Woche hier gelegen haben. In der

Todesbescheinigung wird also vorläufig einiges offenbleiben.«

»Okay«, sagte Tanja Bauer. »Dann gebe ich jetzt den Kollegen von der Kripo Bescheid, dass sie den Fall übernehmen und gegebenenfalls eine Obduktion veranlassen sollen.«

Wieder hörte sie die Nachbarin im Hintergrund schluchzen. Was für ein verlogenes Geflenne, dachte sie unwillkürlich; als ob dieser Voggenreiter ihr irgendetwas bedeutet hätte.

Der Geruch wurde langsam unerträglich. Es wurde Zeit, die Wohnung zu versiegeln und wieder frische Luft zu atmen.

»Ich würde jetzt gern ein Protokoll aufnehmen«, wandte sie sich an die Nachbarin. »Also Name, Adresse, wann und wie haben Sie Verdacht geschöpft und so weiter. Und die andere Dame, die Sie erwähnt haben … wie hieß sie gleich?«

»Selmair.«

»Genau. Die würde ich auch gern befragen.«

»Aber wir haben doch keine Schuld, oder?«, schniefte die Frau.

Tanja Bauer schüttelte den Kopf. »Sie sind beide Zeuginnen. Mehr kann ich dazu nicht sagen.«

Als Markus Kling den Fall auf den Tisch bekam, war er dankbar, sich einer leicht lösbaren Aufgabe zuwenden zu können. Routine, klar, aber Routine mit Hand und Fuß.

Lenz Finsingers Ahnung hatte nicht getrogen; die in der Brandsache ausgesetzte Belohnung war ein Flop. Zehn Hinweise waren bis jetzt eingegangen. Davon bezogen sich neun auf längst abgehakte Fälle; den jugendlichen Autozündler, inzwischen gereifter und geläuterter Familienvater, und den Unglücksraben, der vor Jahren den Waldbrand verursacht hatte. Eine weitere Meldung entpuppte sich als Versuch, einen missliebigen Nachbarn anzuschwärzen, und würde eine Anklage wegen übler Nachrede zur Folge haben. Die Akte zu dem neuen Todesfall in Hausham war dagegen handfest und bot keinen Platz für Spekulationen.

Oder doch? Als sich Kling in die Lebensumstände des Toten vertiefte, weckten mehrere Punkte seine Aufmerksamkeit. In den letzten Tagen hatte er eine Reihe von aufgeklärten Serienbrandstiftungen innerhalb und außerhalb Bayerns untersucht. Es zeigte sich, dass dabei ein bestimmter Tätertyp deutlich überwog – der des klassischen Pyromanen, der aus seinen Brandlegungen einen perversen Lustgewinn zieht. Interessant war in diesem Zusammenhang ein kriminologischer Fachaufsatz, der die statistischen Fakten benannte:

»Ein Großteil der Serienbrandstifter ist im klinischen Sinn nicht psychisch krank. Trotzdem weisen 90 % der Brandstifter eine psychische bzw. geistige Störung auf. 36 % dieser Störungen sind dem schizophrenen Formenkreis zuzurechnen.«

Als mögliche Motive wurden auch Neid, Enttäuschung und Eifersucht genannt. Und ein weiteres: krankhafte Rachsucht. Einige der Täter hatten ihre Brände gelegt, um ... ja was eigentlich? Es waren keine gezielten Vergeltungsakte, sondern die Taten entsprangen einem diffusen Hass auf die Gesellschaft, dem Gefühl, unfair behandelt worden zu sein und ohne eigenes Verschulden zu den Verlierern zu gehören. Und genau da war die Parallele zu Hubert Voggenreiter. Ein Frührentner, einsam und verbittert, ohne Angehörige und in prekären Verhältnissen lebend. Erst sein tragischer Tod hatte seinen Nachbarn bewusst gemacht, dass es ihn überhaupt noch gab. Was, wenn diese oder ähnliche Merkmale auch auf den mysteriösen Feuerteufel zutrafen? Konnte es nicht jemand sein, der genauso wie Voggenreiter von der Welt vergessen worden war und mit seinen Taten einfach ein Fanal setzen wollte? Dann hätte man ein mögliches Täterprofil – eines, nach dem man gezielter suchen konnte als nach einem Irren, dessen Verhalten und Lebensführung nach außen hin nichts von seiner Besessenheit verrieten.

»Das Durchschnittsalter ist relativ niedrig«, las Kling weiter, *»d.h. eine Brandstiftung erfolgt in der Regel in den ersten Lebensjahrzehnten.«*

Das würde in diesem Fall zwar nicht passen, aber wo Regeln sind, gibt es auch Ausnahmen. Markus Kling nahm ein Blatt Papier und begann, die Persönlichkeit des möglichen Täters in Stichworten zu skizzieren. Als reale Vorlage diente Voggenreiter, weitere Begleitumstände fügte er intuitiv hinzu. Als die Liste aus seiner Sicht vollständig war, ging er in Lenz Finsingers Büro und zeigte sie ihm.

»Hier. Sieh dir das mal an. Hubert Voggenreiter, der Tote von Hausham. Ich meine nicht ihn persönlich, aber er könnte eine Blaupause für die Art Feuerteufel sein, nach der wir suchen.«

Finsinger nahm die Liste, warf einen Blick darauf

und beäugte Kling dann mit einem Gesichtsausdruck, der Skepsis verriet. »Wie kommst du denn auf so was?«, fragte er.

»Kurzschluss«, entgegnete Kling lakonisch. »Siehst du nicht die Parallele? Bei Voggenreiter ist die Sicherung der Pumpe durchgeknallt, als er die Mieterhöhung bekam. Unserem Mann ist vielleicht etwas Ähnliches passiert, nur war es bei ihm eine Sicherung im Kopf.«

»Verstehe … verstehe …« Finsinger rieb sich nachdenklich das Kinn. »Du meinst, da führt vielleicht jemand einen Rachefeldzug gegen die Allgemeinheit.«

»Ja. Könnte doch sein. Bis jetzt haben wir uns nur auf das Täterbild eines Psychopathen konzentriert, aber sieh doch mal …«, er tippte energisch mit dem Finger auf seine Liste, die Finsinger auf dem Schreibtisch abgelegt hatte, »das Rachemotiv wäre für mich mindestens genauso plausibel.«

»Du versuchst es also mit einer Art soziografischem Phantombild. Ja, zugegeben, nicht schlecht, wenn wir sonst nichts in der Hand haben.«

Finsingers verhaltene Zustimmung war Oberwasser für Kling.

»Eben. Ich hab mir einfach überlegt, wer macht so etwas, wenn man das klassische Tätermuster mal ausklammert? Und da ist es mir bei Voggenreiter wie Schuppen von den Augen gefallen. Stell dir vor: ein einsamer, perspektivloser Mann Mitte sechzig oder so, die Frau ist früh gestorben, der einzige Sohn hat sich mit ihm zerstritten oder ist ins Drogenmilieu abgerutscht …«

Finsinger nickte. »Das entspricht zu achtzig Prozent dem realen Fall.«

»Und beim Rest des Puzzles muss man halt improvisieren. Nimm an, er ist seit einem Betriebsunfall arbeitsunfähig, lebt von einer mageren Rente und …«

»Okay. Kapiert. Eine ganz arme Sau.«

»Genau das. Er hat eine Menge Schicksalsschläge weggesteckt, womöglich nimmt er sie als göttliche Fügung hin, zumindest ein paar Jahre lang …«

»Wie der biblische Hiob.«

»Du sagst es.« Markus Kling redete sich zunehmend warm. »Nur dass unserem Mann im Gegensatz zu Hiob eben irgendwann die Galle hochkommt und er durchdreht. Ein Schicksalsschlag mehr, vielleicht gar nichts besonders Schlimmes, aber er ist der Tropfen, der das Fass zum Überlaufen bringt. Lass es wie bei Voggenreiter eine Mieterhöhung sein, die er sich nicht leisten kann. Oder eine drohende Räumungsklage. Aber statt einen Herzinfarkt zu kriegen, schwört er Rache. Die ganze aufgestaute Frustration bricht aus ihm heraus, er beschließt, es der Welt und der Gesellschaft heimzuzahlen, und hält eine Art jüngstes Gericht.«

»Moment mal«, wandte Finsinger ein, »wegen einer Mieterhöhung würde doch wohl niemand wahllos irgendwelche Gebäude in Brand stecken. Logisch erklärbar wäre es, wenn er das im Büro der Wohnungsgesellschaft täte.«

»Ach, was heißt schon logisch? Unser Mann denkt und handelt nicht logisch, sondern vollkommen irrational. Er fühlt sich von der ganzen Welt verraten und schlägt einfach blindlings um sich. Andere laufen Amok, er legt Brände. Was in diesem Fall ja kein großer Unterschied ist.«

»Hmmm. Ja.« Finsingers Interesse stieg sichtbar. »Kein schlechtes Psychogramm, da könnte was dran sein. Also kein Hiob, sondern ein Herostratos, wenn du dich um solche Vergleiche bemühen willst.«

»Herostratos?«

»Das war der Mann, der den Artemistempel von Ephesos abgefackelt hat, eins der sieben Weltwunder der Antike. Nur um seinen Namen unsterblich zu machen.«

»Donnerwetter, du kennst dich ja gut aus.«

»Hat mit meiner Schulzeit zu tun. Unser Geschichtslehrer war ein großer Altertumsfan. Ich glaube, die Sache hat sich ein paar Jahrhunderte vor Christus ereignet.«

»Aha! Da kannst du mal sehen, wie weit die Kriminalgeschichte zurückreicht. Aber der Vergleich ist gut. Das würde auch erklären, warum unser Täter sich scheinbar so plump anstellt. Die zurückgelassenen Spiritusflaschen, die offenstehenden Türen, die eingeritzten Buchstaben … Vielleicht ist das alles Absicht. Er will Spuren hinterlassen, damit wir ihn finden und die Welt endlich Notiz von ihm nimmt. Damit er einmal in seinem Leben groß rauskommt, selbst wenn er dafür ins Gefängnis wandert.«

»Gut kombiniert«, sagte Finsinger anerkennend. »Alles passt und klingt plausibel. Aber dir ist hoffentlich klar, dass du da eine reine Hypothese zusammengezimmert hast. Es braucht nur ein widersprüchliches Indiz, und sie bricht sehr schnell in sich zusammen.«

»Natürlich weiß ich das.«

»Im Übrigen wird das eine verdammt mühsame Suche.«

»Weiß ich auch.«

Markus Kling nahm das Blatt mit seinen Notizen und faltete es zusammen. Trotz allem Wenn und Aber war er überzeugt, auf der richtigen Spur zu sein. Und sein

Instinkt hatte ihn tatsächlich nicht getrogen. Ohne es zu ahnen, hatte er ein Täterprofil entworfen, das ziemlich genau der Realität entsprach. Nur eine Kleinigkeit hatte er nicht ins Kalkül gezogen: dass der Mann, den er beschrieb, sehr viel jünger sein könnte.

19

In gut zwei Wochen wird er fünfundvierzig. Eine Zahl, weiter nichts, und kein Anlass, den man groß feiern müsste. Mit wem auch? Wahrscheinlich wird er seinen Geburtstag wieder allein verbringen, wenngleich – so viel steht fest – in wesentlich angenehmerer Umgebung. Aber noch ist die Zeit zur Abreise nicht gekommen. Ein letzter Vergeltungsschlag, dann kann er sich endlich von der Vergangenheit abwenden und ein neues Leben beginnen.

Und dieser Schlag muss sein. Kein anderes Objekt hat die Zerstörung so sehr verdient wie die Spielbank in Bad Wiessee. Die Stätte seiner schlimmsten Niederlage. Der Ort, an dem ihm klar wurde, dass alles verloren war; nicht nur sein Einsatz an jenem Abend, sondern auch jegliche Chance, seinen Absturz ins Bodenlose wenigstens hinauszuzögern. Diese Mistkerle haben ihn endgültig ruiniert.

Niemand ahnt, was er vorhat; er ist einer von vielen Namenlosen, die heute Abend ihr Glück versuchen.

»Ihre Einsätze, bitte.« Die gedämpfte, gleichmütige Stimme des Croupiers leitet ein neues Spiel ein. Lässig tritt Lauterwasser an den grün bezogenen Tisch und platziert seine Jetons auf dem Tableau. Einmal Transversale pleine, zweimal Carré, genau wie früher. Andere Spieler setzen ihre Stapel daneben, verschieben sie hierhin und dorthin, solange die Kugel im Kessel kreist. Lauterwasser beobachtet scheinbar beiläufig, aber innerlich gebannt ihren Lauf.

Wie oft hat er sich hier verzockt, jedes Mal beim französischen Roulette, anfangs mit hohen Beträgen, dann mit immer kleineren. Hunderte, Tausende Male hat er mit zusammengepressten Lippen auf diese kleine Teflonkugel gestarrt, wie sie am Rand des Holzkessels gemächlich ihre Bahnen zog, bis die Schwerkraft sie zum Verlassen des Orbits und in eines der Zahlenfächer zwang. Den elektronischen Spielautomaten mit ihren Zufallsalgorithmen hat er nie getraut; beim Roulette konnte man wenigstens sehen, was passierte, und sichergehen, dass alles mit rechten Dingen zuging. Sein Spielmuster war fast immer eine Kombination von Transversale und Carré, drei Zahlen und vier Zahlen auf einmal. Ein gesundes Gleichgewicht von Chance und Risiko, wie er meinte. Das war es aber nicht. Bei jedem Spiel überwog das Risiko deutlich die Chance, und irgendwann war er am Tiefpunkt angelangt. Es war jener Abend, als er, abgefüllt mit Drinks aus der Bar, die Beherrschung verloren und sich zu wüsten Schimpftiraden verstiegen hatte.

Seine letzten fünfzig Euro hatte er damals auf Plein gesetzt, ganz gegen seine Gewohnheit; eine einzige Zahl, die siebzehn. Er musste es wagen, alles oder nichts. Eintausendachthundert Euro waren im Gewinnfall drin. Ob man das Glück mit bloßer Suggestivkraft erzwingen konnte? Lauterwasser versuchte es, konzentrierte sein ganzes Denken auf diese eine Zahl, obwohl er wusste, dass es idiotisch war. Siebzehn, siebzehn, siebzehn, siebzehn! Schweißperlen traten auf seine Stirn. Siebzehn, siebzehn, siebzehn, verdammt noch mal!

Die Kugel verlangsamte ihren Lauf, stürzte aus der Kreisbahn, sprang klackernd über mehrere Fächer und kam schließlich in einem von ihnen zur Ruhe. Achtzehn. Totalverlust.

Der Alkohol bremste Lauterwassers Begriffsvermögen. Dumpf starrte er auf die Zahl, auf die Jetonstapel, die das Rateau mit geräuschloser Routine von den Zahlenfeldern entfernte. Als ihm klar wurde, was passiert war, brannte bei ihm eine Sicherung durch. Er stürzte sich auf den Spieltisch, fegte mit beiden Armen die gesetzten Jetons vom Tableau und schleuderte sie auf den Teppichboden. »Betrüger! Verdammte Schweine!«, schrie er mit sich überschlagender Stimme. Dann stürmte er zu den anderen Tischen, räumte sie ebenfalls ab und brüllte weitere Verwünschungen in den Saal, bis ihn zwei Sicherheitsleute energisch an den Schultern packten und hinausschleiften, bis vor die Eingangstür. Seit diesem Vorfall ist er für alle Casinos des Landes gesperrt.

Eigenartig, wieso hat man ihn dann überhaupt hereingelassen? Kein Mensch hat ihn nach seinem Ausweis gefragt, keiner hat überhaupt Notiz von ihm genommen. Eigentlich hätte man ihm den Einlass doch strikt verwehren müssen. Auch die ausgebeulten Taschen seines Sakkos, in denen er zwei Handgranaten mit sich trägt, sind anscheinend niemandem aufgefallen.

»Nichts geht mehr.« Die Teflonkugel kreist. Fünf Sekunden, zehn Sekunden, fünfzehn Sekunden. Klack-klack-klack. Die einundzwanzig gewinnt. Keiner der Spieler hat diese Zahl in seinem Satzmuster, alle Einsätze gehen an die Bank. Der Croupier schiebt die Jetons mit seinem Rateau beiseite. Es ist ein Déjà-vu.

»Ich hab's ja gewusst!«, ruft Lauterwasser wütend aus

und zieht eine der Handgranaten aus der Tasche. »Schon wieder Betrug! Jetzt hab ich die Schnauze endgültig voll! Ich jage den ganzen Scheißladen in die Luft!«

Er betätigt den Abzugshebel, holt aus und bringt die Granate in Wurfstellung. Starr vor Entsetzen weichen die Umstehenden zurück, einige werfen sich auf den Boden und bedecken ihren Kopf mit den Händen.

»Aber das ist die falsche Reihenfolge!«, schreit der Croupier.

»Wieso?«, fragt Lauterwasser konsterniert und hält in seiner Bewegung inne.

»Wir sind als Letzte dran!«, entgegnet der Croupier aufgeregt. »Das war doch ihr Plan, erinnern Sie sich nicht? Der ganz große Coup! Und die Spiritusflaschen, haben Sie die ganz vergessen?«

Lauterwasser greift verwirrt nach seinen nicht vorhandenen Schulterriemen. Die Handgranate fällt ihm aus der Hand und kullert auf den Boden. Kein Rucksack? Wollte er denn nicht sechs Liter Spiritus mitbringen?

»Das wird nichts mehr, geben Sie auf!«, ruft jemand aus der Menge.

Die Handgranate rollt weiter und weiter, beginnt Funken zu sprühen und gibt ein zischendes Geräusch von sich. Gleich muss sie explodieren –

»Vorsicht!«, brüllt der Croupier und drängt mit beiden Armen die übrigen Spieler zurück. »Alarm!«

Plötzlich hat er ein Signalhorn in der Hand, hebt es zum Mund und bläst mit vollen Backen hinein, immer denselben schrillen, markerschütternden Ton; er bläst und bläst, Lauterwasser hält sich die schmerzenden Ohren zu –

02:00 Uhr zeigen die blauen Leuchtziffern des Weckers an. Das anschwellende Piepen hat seine maximale Lautstärke erreicht. Fahrig und schlaftrunken, noch halb in seinem Alptraum gefangen, greift Lauterwasser nach der Abschalttaste und beendet die Ohrenfolter. Als er sein waches Bewusstsein wiedergefunden hat, denkt er an den Traum zurück, und ein Schauer läuft ihm über den Rücken. Zu viel Alkohol vor dem Schlafengehen, wieder mal; kein Wunder, wenn das Gehirn danach verrücktspielt. Was für einen Blödsinn hat er da halluziniert? Die Spielbank ist eine uneinnehmbare Festung, rundum alarmgesichert und mit Überwachungskameras gespickt. Handgranaten, so was Verrücktes! In das Gebäude käme man allenfalls mit einer Nachfülldose Feuerzeugbenzin, vielleicht genug, um ein Loch in den Teppichboden zu sengen. Sonst gibt es ohnehin nichts, was brennen könnte, nur Beton, Stahl, Glas und hochglanzpolierten Kunststein. Nein, die ganze Vorstellung ist dermaßen abstrus, dass es ihn auch jetzt noch schüttelt. Er muss den wahren Schuldigen treffen, den Direktor der Spielbank. Der hat ihm den Schlamassel doch eingebrockt; mit der Sperre war ihm die letzte Chance verbaut, sich aus dem finanziellen Abgrund freizuschaufeln. Der Kerl ist als Nächster dran.

Für heute Nacht hat Lauterwasser einen anderen Plan. Es ist ein Vorhaben, bei dem kaum etwas schiefgehen kann. Diesmal hat er es nicht weit. Das Einfamilienhaus am südwestlichen Ortsrand von Bad Wiessee lässt sich in einer Viertelstunde zu Fuß erreichen, wenn er den direkten Weg über eine Wiese und durch ein Waldstück nimmt. Er hat das Gebäude und seine Umgebung mehrmals unauffällig ausgespäht. Ein Eckgrundstück in einer verkehrsberuhigten Zone; hier verirrt sich nachts kein Lebewesen auf die Straße außer streunenden Katzen. Das Haus stammt aus den 1980er Jahren und ist zu einem Großteil aus Holz erbaut, wie viele Häuser hier im Tegernseer Tal. Einmal angezündet, wird es niederbrennen wie trockenes Stroh. Das Einzige, was ein bisschen stört, ist der Halogenscheinwerfer mit Bewegungsmelder neben der Haustür. Er taucht nach Einbruch der Dämmerung jeden, der sich frontal dem Eingang nähert, in einen gleißenden Lichtkegel. Aber darauf ist gepfiffen. Wer immer das Ding montiert hat, er muss kurzsichtig oder beschränkt gewesen sein. Es ist überhaupt kein Problem, seitlich über den niedrigen Gartenzaun zu steigen und sich im Schutz der Dunkelheit anzuschleichen. Auch hier gibt es eine Schwachstelle, über die sich mit dem passenden Werkzeug mühelos Zugang zum Haus verschaffen lässt: eine Seitentür, die vom Garten direkt in den Keller führt. Und sollte er wider Erwarten im Haus überrascht werden – diesmal hat er eine Schusswaffe dabei. Nur zur Sicherheit. Es ist eine Heckler & Koch, Modell P7. Eine gute Idee, sie mitzunehmen und nicht in dem Trachtengeschäft liegenzulassen. Vielleicht wird er sie heute Nacht brauchen.

20

Na also, es funktioniert wie immer. In wenigen Sekunden gibt das Schloss den Zugang frei. Lauterwasser drückt vorsichtig die Türklinke nieder. Seine Schuhe hat er sicherheitshalber ausgezogen und auf dem Plattenweg stehen lassen. Auf Socken tappt er durch das Kellergeschoss, bedachtsam jeden Schritt vor den anderen setzend, während er den Boden mit der Taschenlampe ausleuchtet. Nur nicht stolpern oder irgendwo anstoßen. Offensichtlich ist er in einem lange vernachlässigten Hobbyraum gelandet; eine staubige Tischtennisplatte, ein altes Sofa und ein Hometrainer sind die einzigen Einrichtungsgegenstände. An der Wand gegenüber türmt sich ein Stapel leerer Kartons. Daneben eine offenstehende Tür, die auf eine schmale Diele führt, und dann sieht er im Lichtkegel der Lampe eine Treppe, die nach oben führt. Die Stufen bestehen aus Kunststein; sehr gut, da kann nichts knarren, er muss nur aufpassen, dass er auf der glatten Oberfläche nicht ausrutscht.

Jetzt ist er im Wohnzimmer. Eine ausladende Eichenschrankwand, Polstermöbel mit vielen Kissen, geraffte Vorhänge und eine geschwungene Holztreppe zum ersten Stock. Ebenfalls sehr gut. Bevor irgendein Rauchmelder anschlägt, wird alles in hellen Flammen stehen und den Fluchtweg nach unten abschneiden. Ein Zeitzünder kommt diesmal nicht in Frage, die Idee hat er von vornherein verworfen. Zu zeitraubend, jede Minute erhöht das Risiko, dass die Bewohner aufwachen und etwas bemerken. Aber dafür ist der Fluchtweg einfach und sicher. Schuhe an, über den Gartenzaun springen und im dichten Wald untertauchen, das dauert kaum länger, als das Haus in Flammen zu setzen.

Sechs Liter Brennspiritus. Von null auf Feuersbrunst in wenigen Sekunden. Keine Chance, hier auf die Schnelle etwas zu löschen. Karl Lauterwasser zückt sein Stabfeuerzeug und entzündet den reich benetzten Fenstervorhang. Wusch, eine Wand aus Flammen. Dann die durchtränkte Couch, die Sessel, den Orientteppich. Wusch. Gelbrot und heiß lodert es auf, beißender Rauch erfüllt das Zimmer. Mission erledigt. Nichts wie weg.

Er durchquert das Waldstück und nimmt den gleichen Weg zurück über die Wiese. Nur ein halber Kilometer, dann ist er zu Hause. Die dunkelgraue Limousine, die auf der Straße entlang patrouilliert, bemerkt er zunächst nicht. Erst als sie fast zu nah ist, schreckt ihn der Lichtschein auf. Das ist nicht einfach ein vorbeifahrendes Auto. Das Licht wandert zu langsam, das Fahrgeräusch wird kaum leiser. Eine Polizeistreife!, durchläuft es ihn siedend heiß. Haben die den Feuerschein gesehen? Haben sie *ihn* gesehen?

Die zwei Scheinwerferkegel wechseln die Richtung. Das Fahrgeräusch kommt näher. In panischem Entsetzen rennt Lauterwasser los, erreicht keuchend den Rand der Wiese, schlägt sich in einen dunklen Seitenweg. Hinter dem Waldstück stieben jetzt prasselnde, qualmende Funkengarben in den Nachthimmel. Egal, er muss zurück, an dem brennenden Haus vorbei und dann in entgegengesetzter Richtung das Weite suchen. Dort beginnt der Bergwald, ein ausgedehnter Forst mit dicht stehenden Bäumen, der sich weit über die Hänge hinaufzieht und ihm Schutz bieten wird.

Also weiter, schnell, nicht nachdenken, nur rennen! Jetzt ist er der Gejagte. Weit hinter sich hört er eine harte, schneidende Männerstimme: »Halt! Polizei! Bleiben Sie stehen!«

Ganz kurz durchzuckt ihn der Gedanke an die Pistole, die er dabeihat, aber was nützt die ihm jetzt? Die Bullen sind zu zweit, und wie soll er in der Dunkelheit überhaupt zielen und treffen? Eher hat er selber ein Loch im Körper. Also weiter, weiter, weiter. Nur noch zwanzig Meter, ein paar weite Sätze, und es ist geschafft. Schnaufend und ausgepumpt erreicht Lauterwasser den Waldrand, bleibt mit dem Fuß an einer Baumwurzel hängen, fällt hin und reißt sich die rechte Hand auf. Verdammt, es blutet, so ein Mist! Hoffentlich kommen sie nicht mit einer Hundestaffel, mit Bestien, die ihn wittern und hetzen wie ein waidwundes Stück Wild.

Vor ihm liegt ein schmaler Pfad, kaum als solcher zu erkennen, in der Dunkelheit erst recht nicht, und das Gelände wird steiler. Aber es hilft nichts, er muss weiter bergauf. In jeder anderen Richtung riskiert er, der Polizei direkt in die Arme zu laufen. Es ist mehr Stolpern als Steigen, weil er sich nicht traut, die Taschenlampe einzuschalten. Lange hält er diese Gangart nicht mehr durch, das spürt er. Schweiß rinnt ihm über die Stirn, die rechte Hand schmerzt, und die Fußknöchel drohen bei jedem Schritt umzuknicken. Von Norden her gellt die schrille Kakophonie von zwei Martinshörnern durch die Nacht, dann gesellt sich ein drittes hinzu. Die Feuerwehr. Zu spät.

Endlich nimmt die Steigung ab, der Wald wird lichter und das Gehen einfacher. Aber plötzlich ist ein neues Geräusch in der Luft, ein fernes Vibrieren, dann ein Brummen, das näherkommt und schließlich zu einem donnernden Dröhnen anschwillt. Ein Helikopter! Diese Schweine haben einen Suchhubschrauber losgeschickt, und er ist schon fast über ihm. Jetzt flammt sogar ein Lichtfinger auf, der sich langsam und systematisch über die Bäume tastet. Lauterwasser hastet zurück ins Gehölz, und er hat Glück. Das herbstliche Blätterdach des Mischwalds ist noch so dicht, dass der Scheinwerfer es nicht durchdringt, nur gelegentlich flirren Lichtsplitter durch die dunklen Kronen. Aber ist das schon Grund zur Entwarnung? Was mögen die sonst alles an Bord haben, Radar, Wärmebildkameras und ähnliches Zeug?

Das Geräusch und der Scheinwerfer entfernen sich, aber nur, um Sekunden später wieder zurückzukehren. Scheiße, verfluchte Scheiße. Irgendwann werden sie merken, dass da unten ein Mensch läuft. Lauterwasser stolpert weiter und sieht sich panisch um. Da, ein Forstweg, direkt vor ihm. Ganz schlecht, da wird er zum Freiwild. Aber am Wegrand steht ein baufälliger kleiner Holzschuppen, versteckt unter hohen Fichten. Sehr gut. Die Tür ist mit einem Vorhängeschloss gesichert, egal. Es sieht alles andere als stabil aus. Mit brachialer Gewalt reißt Lauterwasser am Griff, das Schloss bricht knirschend aus der morschen Holzwand, und die Tür schwingt auf. Hastig flüchtet er sich ins Innere des Schuppens, zieht die Tür wieder zu, keuchend, schwitzend und bemüht, seine Atmung unter Kontrolle zu bekommen. Das Dröhnen des Rotors schwillt nicht ab. Lauterwasser wartet in der modrigen Dunkelheit, zehn Minuten, zwanzig Minuten, eine halbe Stunde. Der Helikopter dreht immer wieder ab, kommt wenig später aber mit wütendem Brüllen zurück. Wie eine Hundemeute, die nicht aufgibt, bis sie ihr Opfer aufgespürt hat und sich in ihm verbeißt. Was nützt ihm jetzt die Pistole? Gegen die Übermacht der Verfolger hätte er keine Chance.

Nach einer gefühlten Ewigkeit in panischer Starre nimmt Lauterwasser endlich ein Abflauen des Geräuschpegels wahr. Das Dröhnen schwebt in nördlicher Richtung davon, wird immer leiser und ist schließlich nicht mehr zu hören. Haben sie die Suche eingestellt? Lieber abwarten und sich ruhig verhalten, und wenn es Stunden dauert.

Es ist fast fünf Uhr morgens, als Karl Lauterwasser, geduckt und alle paar Sekunden sichernd, über einen weiten Umweg seine Behausung erreicht. Aufatmend nimmt er den Rucksack ab, lässt sich aufs Bett fallen und streckt seine Glieder von sich. Geschafft, auf ganzer Linie. Das Zielobjekt zerstört, die Verfolger genarrt. Er ist ein Phantom geblieben. Und dieses Phantom wird ein weiteres Mal zuschlagen, ein allerletztes Mal. Aber Lauterwasser ist gewarnt. Wenn er nicht den Rest seines Lebens hinter Gittern verbringen will, muss er es noch vorsichtiger anfangen. Und noch eine Spur cleverer.

20

Wieder ein Leben ausgelöscht. Und wieder war der Täter entkommen, trotz Suchhubschrauber und obwohl die Kollegen aus Bad Wiessee so dicht dran gewesen waren. Immerhin, mit den verstärkten Streifenfahrten hatte Lenz Finsinger die richtige Idee gehabt. Vielleicht würden sie den Täter von weiteren Anschlägen abhalten; allerdings schwand damit auch die Hoffnung, ihn jemals zu fassen. Im Übrigen waren die Tatumstände fast dieselben wie die beiden Male zuvor: Es war Brandbeschleuniger in PET-Flaschen verwendet worden, diesmal eine deutlich größere Menge. Und es gab kein erkennbares Motiv außer blinder Zerstörungswut. Oder womöglich doch?

Das Brandopfer war die Ehefrau von Reinhard Zelisko, ehemals Leiter der Kreditabteilung bei der Kreissparkasse Miesbach. Markus Kling erwog nun ernsthaft einen gezielten Racheakt. Kredit gekündigt, Schuldner ruiniert und auf Vergeltung sinnend, so etwas war ja nicht allzu weit hergeholt. Andererseits passten die Puzzleteile auch dieses Mal nicht zusammen: Zelisko war vor über einem Jahr einem Krebsleiden erlegen, und was hatte seine Witwe mit den Krediten seines Instituts zu schaffen? Vor allem aber: Wo war der Zusammenhang mit der Trachtenboutique Loibl in Rottach-Egern und dem Grand Hotel Seeblick? Der Fall blieb verworren, die Frustration unaufgelöst.

Anna Zelisko hinterließ zwei erwachsene Kinder; einen Sohn, der als Automanager in den USA lebte, und eine verheiratete Tochter in München. Kling beschloss, die Tochter anzurufen, um etwaige aufschlussreiche Details in Erfahrung zu bringen. Angesichts der Familientragödie fielen ihm die Worte schwer.

»Als Erstes möchte ich Ihnen mein aufrichtiges Beileid aussprechen«, sagte er. »Glauben Sie mir, wir sind alle erschüttert.«

»Danke«, antwortete sie gefasst. »Es ist so sinnlos, so verrückt … wenn ich Ihnen irgendwie helfen kann … aber ich wüsste nicht, wie.«

»Sie sagten sinnlos und verrückt, das scheint uns bislang auch so. Wir gehen davon aus, dass da eine Art Amokläufer am Werk ist. Jemand, der wahllos Häuser in Brand steckt, um einen pauschalen Hass auf die Gesellschaft abzureagieren. Es sei denn, Sie hätten einen Hinweis auf ein anderes Motiv. Irgendetwas Persönliches.«

Sekundenlanges Schweigen. Sie schien zu überlegen. »Nein«, antwortete sie schließlich. »Nein … beim besten Willen nicht. Das Tragische ist, dass unser Haus eigentlich verkauft werden sollte. Meine Mutter hatte eine schwere Hüftoperation und konnte seitdem nicht mehr richtig laufen, deshalb wollte sie in eine Seniorenresidenz umziehen. Da hätte sie es gutgehabt.« Sie schluchzte auf. »Und jetzt …«

»Das war also bereits in die Wege geleitet, wenn ich Sie richtig verstehe.« Trotz des sachlichen Nachhakens bemühte sich Kling um einen tröstenden Tonfall.

»Ja, ich habe alles für sie organisiert und ein Maklerbüro mit dem Verkauf beauftragt. Die haben mir auch schon signalisiert, dass einer ihrer Kunden Interesse gezeigt hat. Ein sehr solventer Kunde, sagten sie. Der Rest wäre eigentlich nur Formsache gewesen.«

Genau wie beim Seeblick, dachte Kling. Eigenartig, so gut wie verkauft, und dann brennt es unversehens ab.

»Vielleicht bekomme ich über diese Maklerfirma etwas heraus«, sagte er, »wenn Sie mir den Namen sagen könnten? Das wäre sehr freundlich.«

»Natürlich. Es ist die Firma Brandner und Sohn in Tegernsee.«

Nächster Anruf, nächste Befragung. Nachdem Kling im Sekretariat nach dem Geschäftsführer verlangt hatte, meldete sich ein Michael Brandner am Telefon.

»Ich bin der Junior«, erklärte er in einem Tonfall, dem der routinierte Verkäufer anzumerken war. »Ich nehme an, es geht um die Brandstiftung bei diesem Objekt in Bad Wiessee. Schreckliche Sache.« Das klang nicht nach echtem Mitgefühl, sondern pflichtschuldig nachgeschoben.

»Ja, schrecklich«, stimmte Kling dennoch zu. »Ich hab Frau Zeliskos Tochter gerade mein Beileid ausgesprochen. Und sie erzählte mir, dass Sie schon einen möglichen Käufer für das Haus gefunden hätten. Stimmt das?«

»Ja.«

»Und wer ist dieser Interessent?«, fragte Kling ungeduldig.

»Ein guter Kunde von uns. Den Namen kann ich Ihnen leider nicht nennen, das gebietet die Diskretion unseres Hauses.«

Widerlich, diese geölte Floskelsprache. »Diskretion!«, wiederholte Kling mit aufsteigender Wut. »Meine Güte! Es geht hier um Brandstiftung und Mord, ist Ihnen das eigentlich klar? Wenn Sie es darauf anlegen, kann ich Ihnen auch eine offizielle Zeugenladung schicken lassen, dafür reicht ein Anruf bei der Staatsanwaltschaft.«

»Na und? Deswegen sage ich trotzdem nichts.«

»Dann hören Sie mal gut zu: Wenn Sie die Aussage verweigern, behindern Sie unsere Ermittlungen, und dann kommen Sie notfalls in Beugehaft. Wollen Sie das riskieren?«

Die Drohung wirkte. Brandner klang plötzlich kleinlaut.

»Also gut, bevor wir Ärger mit der Justiz bekommen … der Herr heißt Wieland van Dooren.«

Kling fiel aus allen Wolken. »Wieland van Dooren? Der Heilpraktiker?«

»Ja sicher, wer sonst? Ich glaube kaum, dass es den Namen in der Gegend zweimal gibt.«

»Nein … sicher nicht«, antwortete Kling perplex. Ein Zufall mehr, oder gab es da wieder einen Zusammenhang? »Danke jedenfalls«, sagte er und beendete das Gespräch mit einem eher förmlich gemeinten »Servus«.

Also weiter, dritter Anlauf. Kling musste die Zeit zwischen zwei Patienten abwarten, bis er van Dooren erreichte. Wieder einmal wähnte er sich in einem endlosen Kreisverkehr, so wie bei den Ermittlungen zuvor. Irgendwann musste sich doch etwas Verwertbares ergeben!

»Ja, Herr Kling?«, meldete sich van Dooren, als er es erneut versuchte. »Wir hatten ja kürzlich schon einmal das Vergnügen …«

»Richtig«, sagte Kling. »So schnell spricht man sich wieder. Und zum zweiten Mal wegen einer Brandstiftung.«

»Wie meinen Sie das?« Van Doorens Tonfall hörte sich indigniert an.

»Sie wissen doch wohl, dass das Haus der Familie Zelisko abgebrannt ist.«

»Ja, ich hab's gehört.«

»Ein Objekt, das Sie nach meinen Informationen kaufen wollten.«

»Und woher haben Sie diese Informationen, wenn ich fragen darf?« Es klang noch eine Spur ärgerlicher.

»Von Herrn Brandner junior. Und kommen Sie mir jetzt nicht mit Vertrauensbruch oder so. Ich habe ihm klargemacht, dass es um Mord geht und er nicht einfach die Aussage verweigern kann.«

»Kann er nicht?«

»Nein. Es sei denn, er will eine Haftstrafe riskieren.«

»Ach so. Hmm.« Van Dooren schien um eine Antwort verlegen. »Na gut«, sagte er schließlich, »wenn das so ist ... aber was habe ich mit dem Ganzen zu tun?«

»Weiß ich nicht. Nur dass Ihr Name wieder im Zusammenhang mit einer abgebrannten Immobilie auftaucht. Vielleicht ist es reiner Zufall, aber ...«

»Sie sagen es. Reiner Zufall. Obwohl man nie ausschließen kann, dass über den Zufall hinaus gewisse Schicksalskräfte ...«

»Ach, hören Sie doch auf mit diesem esoterischen –«

»Blödsinn, ja?«, fiel ihm van Dooren ins Wort. Darauf wollen Sie doch hinaus, oder?« Wenn es um seine Standesehre ging, schien er ziemlich dünnhäutig zu sein.

»Nein, ich wollte ›Zeug‹ sagen. Meinetwegen können

Sie gerne über das Schicksal meditieren, aber schweifen wir doch bitte nicht ab, sondern reden über die Fakten.«

»Die da wären?«

»Rein zufällig oder aus welchem Grund auch immer sind drei Gebäude eingeäschert worden, jedes Mal durch Brandstiftung, und in zwei Fällen waren Sie an einem Kauf interessiert.«

»Stimmt. Und der dritte? Soviel ich weiß, handelte es sich da um ein Modegeschäft. Das kannte ich nicht mal.«

»Die Trachtenboutique Loibl.«

»Ja, eben. Trachten sind mir vollkommen wurscht.« Das kam so brüsk, dass van Dooren über sich selbst erschrocken schien, jedenfalls ergänzte er schnell: »Halten Sie mich jetzt bitte nicht für kaltschnäuzig.«

»Tue ich nicht. Ich kenne Sie ja inzwischen einigermaßen.«

»Die Opfer tun mir wirklich leid. Furchtbar, auf diese Weise ums Leben zu kommen, aber ich habe mit all dem nicht das Geringste zu tun.«

»Können Sie mir wenigstens sagen, *warum* Sie das Haus der Zeliskos kaufen wollten?«, insistierte Kling.

»Ganz einfach, als Kapitalanlage. Die Brandners haben mir schon einige gute Objekte vermittelt, auch das Grundstück für meine Praxis hier. Und dieses Haus war zwar relativ alt, aber ein alpenländisches Juwel. Ich hätte es energetisch saniert und alles auf den neuesten Stand gebracht. Da wäre eine schöne Rendite drin gewesen.«

»Alpenländisches Juwel, sagen Sie? Das Seeblick war auch eins, und das wollten Sie abreißen.«

»Da vergleichen Sie aber Äpfel mit Birnen. Bei dem Hotel war der ganze Grundriss nicht mehr zeitgemäß, da hätte eine Renovierung überhaupt nichts gebracht.

Entweder Abriss oder Totalumbau, alles andere wäre Quatsch gewesen. So sehe ich das jedenfalls.«

Wieder ein ergebnisloses Gespräch. Kling lehnte sich in seinem Arbeitsstuhl zurück, verschränkte die Hände hinter dem Nacken und entließ einen tiefen Seufzer aus seiner Kehle. Auf dem Schreibtisch lag die aktuelle Lokalzeitung, die Schlagzeile schrie ihn förmlich an:

Tegernseer Tal in Angst – wer ist der unheimliche Feuerteufel?

Ja, wer?

Nach wie vor stehen die Ermittler vor einem Rätsel. Es wird aber davon ausgegangen, dass es sich um einen geistig gestörten Täter mit krankhafter Zerstörungswut handelt.

Alles richtig, und leider alles nutzlos. Kling schlug die Zeitung auf und stieß auf einen weiteren Artikel, der sich direkt an den Feuerteufel-Aufmacher anschloss:

Phönix aus der Asche? Neue Hoffnung für das Hotel Seeblick

Wenigstens eine positive Nachricht, was die Brandserie betraf. Der Vergleich mit dem Phönix traf es gut, allerdings war es ein Phönix mit vergoldeten Flügeln:

Für das ebenfalls abgebrannte Traditionshotel Seeblick am Tegernsee scheint es jetzt wieder einen Lichtblick zu geben. Wie aus der Gemeindeverwaltung verlautet, hat sich der russische Investor Ilja Gerassimow trotz der Brandkatastrophe zu seinen Kaufabsichten bekannt. Sein Faible für das Hotel sei »Liebe auf den ersten Blick« gewesen, wurde Gerassimow zitiert. Demnach hat er fest vor, das zerstörte Gebäude originalgetreu wieder aufbauen zu lassen. Hinter der rekonstruierten historischen Fassade soll es jedoch weit luxuriöser zugehen als zuvor. Zwar gibt es nach so kurzer Zeit noch keine konkreten Baupläne, aber das Konzept soll bereits fest umrissen sein. Die Rede ist von der Kategorie fünf Sterne Superior, was dem Seehotel Überfahrt in Rottach-Egern entspricht.

Sollten diese Pläne Realität werden, würde der Tegernsee ein weiteres Hotel der internationalen Spitzenklasse erhalten. Einziger Wermutstropfen: Im Gegensatz zu seinem abgewirtschafteten Vorgänger werden sich das neue »Seeblick« nur sehr gut betuchte Gäste leisten können. Ein Gemeindesprecher betonte, dass es in den Glanzjahren des Hauses nicht anders gewesen sei. Man hoffe, mit dem geplanten Neubau an diese große Zeit anknüpfen zu können; Gerassimow sei der beste Garant dafür. Auch ein neuer Interessent mit Firmensitz in Malta, der inzwischen ein noch höheres Angebot abgegeben haben soll, scheint damit aus dem Rennen zu sein.

Wer immer hinter dem Hotelbrand steckte, er schien sich gründlich verrechnet zu haben. Dieser Gerassimow zog sein Ding unbeirrbar durch. Sicher kannte er auch genügend reiche Leute, die sich so eine Luxusherberge leisten konnten. Aber ob sich das Seeblick wirklich wieder als Treffpunkt des europäischen Adels etablieren würde, so wie zur Zeit des Prinzregenten? Markus Kling sah das eher skeptisch. Trotzdem, irgendwie war ihm der Mann sympathisch, auch wenn er ihn nie persönlich getroffen hatte. Liebe auf den ersten Blick! Vielleicht hatte das etwas mit der russischen Volksseele zu tun.

Aber wer mochte der ungenannte maltesische Interessent sein? War da nicht etwas gewesen? Eine unvollendete Gedankenkette … Mittelsmann … Kollaboration …

Das Schrillen des Telefons riss Kling aus seinen Überlegungen. Staatsanwalt Dr. Lamparter war am Apparat, der ewige Störenfried.

»Ich wollte Ihnen nur mitteilen, dass ich beschlossen habe, die Belohnung auf zwanzigtausend Euro zu erhöhen«, sagte er. »Außerdem habe ich den Fall bei ›Aktenzeichen XY ungelöst‹ eingereicht. Er wird in der nächsten Sendung vorgestellt. Da erreichen wir wesentlich mehr Leute.«

»Gut«, sagte Kling und meinte es auch so. »Vielleicht bekommen wir dann endlich ein paar brauchbare Tipps. Und die Streifenfahrten gehen auch parallel weiter. Diesmal hätten wir den Kerl ja fast erwischt.«

»Ihn *fast* erwischt zu haben, ist dasselbe wie ihn *nicht* erwischt zu haben!«, versetzte Lamparter grimmig. »Was soll ich mit solchen Konjunktiven? Fakt ist, es gibt ein weiteres Todesopfer, und wir sind keinen Schritt weiter.«

Wozu muss er mir das jetzt hinreiben?, dachte Markus Kling entnervt. Er fühlte sich erschöpft, entmutigt und an der Grenze seines Denkvermögens.

Zur gleichen Zeit bahnte sich im Arbeitszimmer eines noblen Anwesens eine grundlegende Wende an. Der Mann, der sich Lehmann nannte, trat an seinen Mahagoni-Sekretär, öffnete eine Schublade und entnahm ihr eine mattglänzende schwarze Pistole. Mit leisem Kopfschütteln und einem Gesichtsausdruck, der fast so etwas wie Mitleid verriet, drückte er auf den Entriegelungsknopf und öffnete den Magazinschacht. Dann nahm er ein bereitliegendes Magazin mit acht Patronen und schob es von unten in das Griffstück. Klack. Zehn Stunden noch, dann konnte es losgehen.

Nachdenklich strich er mit den Fingern über das kühle Metall. Bis jetzt hatte er die Waffe erst wenige Male zu Übungszwecken abgefeuert, aber es war ein bewährtes Modell mit hoher Durchschlagskraft; ein präziser Schuss würde reichen. Er wusste genau, wohin er zielen musste, um mitten ins Herz zu treffen. Eigentlich ging ihm diese Maßnahme entschieden gegen den Strich, aber solche Skrupel konnte er sich jetzt nicht mehr leisten. Es stand zu viel auf dem Spiel. Genau genommen alles.

21

Er hat sich die Gegend genau angesehen. Das Zielobjekt liegt nicht am Waldrand, es gibt nicht einmal viele Bäume, aber dafür einen langen, dunklen, beidseitig eingezäunten Weg, der nur für Fußgänger passierbar ist. Wenn er schnell genug aus dem brennenden Gebäude herauskommt und diesen Weg nimmt, hat er eine gute Chance, das Seeufer zu erreichen. Dort kommt kein Streifenwagen hin. Er muss nur stur und konsequent am Ufer entlanggehen, um unbemerkt nach Hause zu kommen. So kann es funktionieren. Andererseits … was macht er, wenn das Haus alarmgesichert ist? Bei einem Spielbankdirektor wäre das nicht gerade unwahrscheinlich, aber er hat keine Ahnung, wie er das herausbekommen soll. Womöglich gibt es eine verborgene Sirene, die bei einem Einbruchsversuch sofort loströtet und den halben Ort aufweckt. Er muss sich das wirklich sehr gut überlegen. Deswegen wird er frühestens in einer Woche zuschlagen, vielleicht auch erst in zehn Tagen. Das wird sie einlullen. Wenn so lange nichts passiert, werden sie hoffentlich denken, es sei vorbei mit der Brandserie, und die nächtlichen Kontrollfahrten reduzieren oder ganz einstellen.

Heute also wieder eine ereignislose Nacht; er freut sich darauf, durchschlafen zu können und am Morgen wach zu werden, ohne dass es ihm ein piepender Wecker befiehlt. Nur ein paar von den hellgrünen Tabletten, dann wird er selig schlummern. Zwei Flaschen Bier und eine Flasche Obstler hat er zwar schon intus, aber egal. Und sollte sich der Alptraum wiederholen, bitte. Vernichtungsfantasien können ja ganz befriedigend sein, selbst wenn sie sich in dieser Form nie verwirklichen lassen.

Was er geträumt hat, weiß er nicht mehr. Ihm wird nur klar, dass da ein Geräusch ist, das nicht in seinem Kopf stattfindet. Es ist real. Ein heftiges, hartes Klopfen. Verwirrt öffnet er die Augen und versucht, seine Sinne zu sortieren. Im selben Moment wird er von einem grellen Licht geblendet, das ihm direkt in die Augen scheint. Mit jäh einsetzendem Herzrasen schreckt er hoch.

»Wer ist da?«

Die dunkle Gestalt hinter dem Lichtschein kann er nicht sehen, nur erahnen. Dann knickt der Strahl der Lampe plötzlich nach hinten weg, beleuchtet das Gesicht des Fremden schräg von unten, ein unheimlicher Schattenwurf gibt ihm fast dämonische Züge. Aber was am erschreckendsten ist: Beim Zurückwandern streift das Licht kurz seine rechte Hand. Die steckt in einem Handschuh und umklammert eine schussbereite Pistole. Lauterwasser nimmt reflexartig die Hände hoch. Ein heftiges Zittern überfällt seinen Körper und dringt bis in die Fingerspitzen.

Der Eindringling scheint sich an seinem Entsetzen zu weiden. Erst nach sekundenlanger Pause beginnt er zu reden, in einem beißenden, zynischen Tonfall.

»Mein Name ist Lehmann. Schön, Sie wiederzusehen, Herr Lauterwasser.«

»Herr – Herr –«, stammelt Lauterwasser mit trockener Kehle. Panik überflutet ihn wie ein Sturzbach. Das ist mit Sicherheit kein freundlicher Besuch. Das ist todernst.

»Lehmann«, wiederholt der Eindringling. Diesmal ist seine Stimme nicht mehr verstellt wie bei ihren früheren Zusammentreffen. »Und jetzt reden wir mal Tacheles, Herr Lauterwasser. Wie lautete unsere Vereinbarung?«

»Vereinbarung? Was meinen Sie?«

»Wir waren übereingekommen, dass Sie fünfzigtausend Euro von mir erhalten. Als Gegenleistung sollten Sie ein bestimmtes Gebäude in Brand setzen.«

»Aber das hab ich doch getan!« Lauterwasser spürt, wie kalter Schweiß auf seine Stirn tritt. Er ist schutz- und wehrlos; die Pistole, die er dem Wachmann abgenommen hat, liegt unerreichbar in einer Küchenschublade.

»Und welches Gebäude war das?«, insistiert Lehmann. »Los, sagen Sie's.«

»Das Grand Hotel Seeblick.«

»Genau. Aber statt es dabei zu belassen, haben Sie auf eigene Faust zwei weitere Häuser angezündet und zwei Menschen umgebracht.«

»Ja – nein –« Lauterwasser zermartert sich fieberhaft das Hirn: Er kennt doch diese Stimme?! Wo nur hat er sie zum ersten Mal gehört? War das nicht in irgendeiner Nachrichtensendung? Und plötzlich weiß er es. Das ist –

»Also, wie nun?«, insistiert Lehmann. »Warum machen Sie so was? Es ist ohnehin einiges schiefgelaufen, und Sie haben nichts Besseres zu tun, als mir alles zu vermasseln.«

»Woher wollen Sie denn wissen, dass ich das war?«, fragt Lauterwasser mit schwach aufglimmender Hoffnung.

»Wer denn sonst? Glauben Sie, ich hätte das nicht alles in der Presse verfolgt? Immer dasselbe Muster. Aber jetzt ist Schluss damit.«

»Ja, natürlich, klar«, beeilt sich Lauterwasser. »Ich mach auch nichts mehr –« Dann soll der verdammte Spielbankdirektor eben an etwas anderem krepieren. Hauptsache, er, Karl Lauterwasser, kommt mit heiler Haut davon. »Ganz bestimmt!«, beteuert er flehentlich. »Ich verspreche es hoch und heilig!«

»Das glaube ich Ihnen gern. Ich sorge nämlich dafür.«

Ein leises Klicken im Dunkeln verrät das Entsichern der Pistole.

»Sie werden doch hier nicht schießen«, sagt Lauterwasser mit zitternder Stimme. »Damit würden Sie ja die halbe Nachbarschaft aufwecken.«

Von Lehmann ist ein verächtliches Schnauben zu hören. »Allenfalls die Mäuse in Ihrem Kabuff hier«, entgegnet er spöttisch. Der Lichtstrahl wandert wieder kurz zurück, und Lauterwasser sieht, wie Lehmann mit dem Zeigefinger auf den Lauf der Pistole tippt. Erst jetzt bemerkt er, wie lang dieser Lauf ist. Ein Schalldämpfer. Die Erkenntnis schnürt ihm die Luft ab.

Lehmann hebt die Waffe in Augenhöhe und zielt. Direkt auf Lauterwassers Herz.

»Nein … nein, bitte! Herr Lehmann, bitte, ich sage nichts, ich mache auch wirklich nichts mehr, morgen bin ich hier weg!«

»Da haben Sie vollkommen recht. Sie machen garantiert nichts mehr, und Sie werden sogar schon heute Nacht weg sein.«

Lauterwasser hat seine Panik nicht mehr unter Kontrolle. Er spürt, wie seine Blase nachgibt und sich ein warmer Strom in seine Schlafanzughose ergießt. Die Mündung des Schalldämpfers ist jetzt ganz nah.

»Nein!«, wimmert er und hebt reflexartig die Arme. Eine letzte, vergebliche Unterwerfungsgeste.

»Zu spät.« Lehmann drückt ab.

Der Knall ist nicht lauter, als würde man mit einem Hammer gegen eine Holzwand schlagen. Lauterwasser hört ihn wie ein Echo der Explosion in seinem eigenen Körper. Dann fällt er in ein lautloses schwarzes Nichts. Ein heißer Blutstrom ergießt sich aus den Herzkammern in seinen Brustkorb, überschwemmt den zerfetzten linken Lungenflügel und lässt die Lebensfunktionen innerhalb von Sekunden in sich zusammenbrechen.

Im Lichtkegel der Taschenlampe beobachtet Lehmann gespannt, was geschieht. Auf dem hellblauen Schlafanzug erscheint ein roter Fleck, präzise in der Herzgegend. Ausgezeichnet. Zu viel Blut darf nicht austreten, deshalb spart er sich einen zweiten Schuss.

Karl Lauterwassers Tod ist ohnehin besiegelt. Seine Gehirnzellen haben längst die Arbeit eingestellt, als das Deckenlicht aufflammt, sein Besucher eine blaue Mülltüte über den Körper krempelt, eine gerollte Wäscheleine aus der Jackentasche zieht und die plastikverhüllte Leiche sorgfältig damit umwickelt.

Fehlt nur noch das Geld. Lehmann reißt die Schubladen und Türen des Mobiliars auf, durchwühlt den Hausrat, zerrt Klamotten aus dem Kleiderschrank und lässt sie achtlos auf dem Boden liegen. Jeden Winkel der Wohnstatt sucht er ab, erst systematisch, dann immer zielloser und gehetzter. Herrgott, irgendwo muss die Kohle doch sein! Tausend Fünfzig-Euro-Scheine lassen sich schließlich nicht in einer Bodenritze verstecken.

Aber da ist nichts.

Langsam dämmert ihm, dass er einen kapitalen Fehler begangen hat. Er hätte Lauterwasser zuerst mit vorgehaltener Waffe zur Herausgabe des Geldes zwingen müssen, statt ihn sofort zu erschießen. Der Tote kann nicht mehr reden, und die tausend Scheine sind weg. Oder besser, sie sind so gut versteckt, dass er womöglich Stunden braucht, um sie zu finden. So viel Zeit hat er nicht.

Er denkt nach. Wird die Polizei hier genauso gründlich herumstöbern wie er, wenn Lauterwassers Verschwinden bemerkt und untersucht wird? Eigentlich liegt ja genügend Material herum, das eine überdeutlich falsche Fährte legt. Sechs Flaschen Brennspiritus auf dem Küchenregal, ein Elektropick samt Spanner, ein paar übriggebliebene Kleinteile vom Bau des Zeitzünders. Die Werkstatt eines besessenen Feuerteufels. Warum sollte da jemand nach Geld suchen? Außerdem, beruhigt er sich, kann Lauterwasser es ja irgendwo im Wald vergraben haben, an einer Stelle, die er sich gemerkt, aber nicht notiert hat. Dann findet es dort für immer sein Grab, und irgendwann wird es verfault sein. Schade drum, aber nicht zu ändern. Peanuts. Er kann die Summe verschmerzen. Dass die Wohnung durchwühlt ist, spielt ebenfalls keine Rolle. Ein weiteres Rätsel, das die Polizei nicht lösen wird. Fingerabdrücke gibt es nicht, und etwaige DNA-Spuren wären vollkommen nutzlos. Seine genetischen Informationen sind nirgendwo gespeichert, und es fehlt jeglicher Hinweis, bei wem man eine Gegenprobe machen könnte.

Also nichts wie raus hier. Er sieht sich ein letztes Mal prüfend in der Wohnung um. Dann schaltet er das Deckenlicht aus und schleift sein Opfer aus dem Wohn-

und Schlafzimmer, durch die enge Diele und die Haustür, hinaus in die Dunkelheit des abseits gelegenen, vermüllten Gärtchens. Lauterwasser ist zum Glück weder groß noch schwer, vielleicht fünfundsechzig oder siebzig Kilo. Das eingewickelte Paket lässt sich ohne große Mühe in den Gepäckraum des Wagens heben.

Klack. Die Leiche ist sicher verstaut. Der Mann, der sich Lehmann nennt, atmet auf. Dieser Irre ist ihm zum letzten Mal in die Quere gekommen.

23

In einer Woche würde es so weit sein, der Termin beim ZDF war bestätigt. Kling würde ins Fernsehstudio nach Unterföhring fahren und die Einzelheiten des Falles live in der Sendung erläutern. Dabei wollte er auch sein selbst entworfenes Phantombild des möglichen Täters vorstellen, allerdings um einige allzu hypothetische Einzelheiten bereinigt.

In seinem Büro ging er die Notizen noch einmal durch:

- *Allein lebender Mann, Alter ca. Anfang bis Ende 60, evtl. verwitwet oder geschieden*
- *Keine Angehörigen, leben entweder nicht mehr oder haben sich von ihm abgewandt*
- *Vermutlich prekäre Lebensverhältnisse (langzeitarbeitslos oder arbeitsunfähig)*
- *Taten durch Hass motiviert*

Kling hielt inne und dachte nach. Einfach nur blinder Hass oder vielleicht doch gezielte Rache? Diese Variante hatten sie bislang nicht zu Ende gedacht, weil sie nach dem zweiten Brand einfach zu weit hergeholt erschien. Aber trotzdem – wenn man alle Eventualitäten in Betracht zog, war ein persönliches Motiv nicht vollkommen abwegig. Kling versuchte, im Geist eine logische Abfolge herzustellen.

Ilja Gerassimow: Angeblich hatte er außerhalb von Moskau keine Feinde, aber vielleicht sah er das zu leichtfertig. Er könnte den Täter in irgendeiner geschäftlichen Angelegenheit über den Tisch gezogen haben, und der geplante Kauf des Grand Hotels Seeblick war eine passende Gelegenheit, ihm das heimzuzahlen.

Reinhard Zelisko: Da konnte ein gekündigter oder nicht gewährter Kredit das Motiv sein, jedenfalls wenn der Täter nicht wusste, dass Zelisko inzwischen gestorben war. Allerdings musste der Vorgang lange zurückliegen, denn der frühere Sparkassendirektor war bereits vor dreieinhalb Jahren in Rente gegangen.

Der Brand in der Trachtenboutique Loibl wiederum passte überhaupt nicht in die Reihe. Kling ließ sich seufzend in seinen Schreibtischstuhl zurücksinken. Ihm war klar, dass das ganze Theoriegebilde auf sehr wackligen Füßen stand. Aber es half nichts, er musste möglichst bald mit Rupert Loibl reden, vielleicht auch noch einmal mit Ilja Gerassimow. Persönliche Vergeltung blieb als einzige vage Möglichkeit, die bislang nicht konsequent ausgeschöpft war.

In diesem Moment betrat Lorenz Finsinger sein Büro mit einer Alarmmeldung, die alles über den Haufen warf.

24

»Rocky! Rocky! Hierher!«

Was war denn jetzt wieder in diesen verrückten Hund gefahren?

»Rocky!!« Ellen Limbach schrie aus voller Kehle, aber ihr Schnauzer blieb verschwunden. Hätte ich ihn doch bloß an der Leine gehalten, dachte sie ärgerlich. Aber eigentlich gab es dazu keinen triftigen Grund. Sie ging oft mit Rocky hier spazieren; das kleine Waldstück an der Weißachmündung war eine der wenigen Gegenden am Tegernsee, wo man einen Hund auch mal frei herumlaufen lassen konnte. Am liebsten waren ihr die Morgenstunden zwischen sieben und neun, wenn sie das Gelände für sich allein hatte, dann wieder am frühen Nachmittag. Als freiberufliche Grafikerin konnte sie sich den Tag meist nach eigenem Gusto einteilen. Dass ihr Hund dabei abseits des Weges vor sich hin streunte und irgendwelchen Gerüchen nachschnüffelte, kam buchstäblich alle naselang vor; Schnauzer waren ja für ihr hochempfindliches Riechorgan bekannt. Dass er dermaßen durchdrehte, hatte sie aber noch nie erlebt. Wie von einer Wespe gestochen und aufgeregt kläffend war Rocky losgerannt, an der Fährhütte vorbei in Richtung Seeufer, wo ihn schnell dichtes Gebüsch verschluckte.

Das ununterbrochene Kläffen war deutlich zu hören,

es entfernte sich auch nicht weiter, aber woher zum Teufel kam es? Eigentlich wollte sie ihren Gang heute abkürzen, weil sie dem Wetter nicht traute. Das Tal versank in weißgrauer Wolkensuppe; Regen lag in der Luft, auch wenn der Himmel unschlüssig schien, ob und wann er seine Feuchtigkeit entladen sollte. Aber egal, erst musste Rocky wieder her. Ihr blieb nichts übrig, als dem Gebell nachzugehen und sich einen Weg durch das Gestrüpp zu bahnen. »Rocky! Hierher!«, rief sie dabei immer wieder, mit der ganzen Kraft ihrer Stimmbänder und zunehmend aufgebracht.

Stolpernd und keuchend erreichte sie endlich das Seeufer. Und da war er. Mit gespreizten Beinen, unaufhörlich kläffend und schwanzwedelnd, stand Rocky wie angewurzelt vor einem großen blauen Bündel, das leise schaukelnd halb im Wasser lag. Zuerst dachte sie, es sei ein vollgestopfter Müllsack, doch beim Näherkommen erkannte sie, dass das Bündel mehrfach mit einer Plastikschnur umwickelt war. Und es enthielt auch keinen Müll; als sie dicht herantrat, sah sie es. Unten aus dem Sack ragten zwei mit hellblauem Stoff bekleidete Beine mit bleichen nackten Füßen hervor.

Die Erkenntnis traf sie wie ein jäher, dumpfer Schlag: Das war kein Abfall, sondern eine angeschwemmte Leiche.

»Rocky! Sei staad!«, schrie sie, jetzt angstvoll und fast hysterisch. Der Schnauzer mäßigte sein Gebell zu einem verhaltenen Protestgejaule und trottete widerwillig auf sie zu. Mit zitternden Händen zog sie ihr Handy aus der Tasche und gab die Notrufnummer der Polizei ein. Trotz der kurzen Nummer tippte sie dreimal daneben, bis sie die Zahlenreihe 110 beisammenhatte.

»Polizeinotruf, Grüß Gott«, meldete sich eine männliche Stimme.

»Ja, Limbach hier, grüß Gott. Ich … ich glaube, ich habe gerade eine Leiche gefunden. In – in Plastikfolie eingewickelt und komplett verschnürt –«

»Und das ist kein dummer Scherz?«

»Nein!!« Ihre Stimme schnappte fast über. »Hier liegt eine Leiche am Seeufer, direkt vor mir!«

»Wo? Wo genau sind Sie?«

»Im … am Tegernsee, in – was ist das hier – Weißach?« Plötzlich überfiel sie panische Angst. Weit und breit war außer ihrem Hund kein lebendes Wesen zu sehen, klar, hier mitten im Dickicht und bei diesem Wetter. Ein beklemmendes Gefühl beschlich sie; wurde sie womöglich beobachtet oder lauerte ihr gar jemand auf? Bei dieser Vorstellung begann ihr Herz zu rasen, bis die Schläge in ihrer Brust wie ein Trommelfeuer tobten. Sie wollte weiterreden, brachte aber keinen zusammenhängenden Satz mehr heraus.

»Ich – ich –«

»Hallo? Sind Sie noch dran?«

»Mir ist schlecht –«

Sie sank in die Knie und sah, wie das Telefon aus ihrer kraftlosen Hand ins Gras fiel. Dann spürte sie eine plötzliche Leere im Kopf und im nächsten Moment gar nichts mehr.

25

Zwanzig Minuten nach Dienstantritt erfuhr Markus Kling von dem Vorfall.

»Leichenfund in Weißach«, instruierte ihn Lorenz Finsinger. »Eine Spaziergängerin hat ihn gemeldet, ihr Handy wurde direkt am Seeufer geortet. Eine Streife und ein Notarzt aus Bad Wiessee sind angefordert. Jetzt sind wir an der Reihe.«

»Du meinst, es war vorsätzliche Tötung?«

»Mit ziemlicher Sicherheit. Laut der Zeugin wurde die Leiche in Plastikfolie eingewickelt und mehrfach verschnürt. Der Anblick scheint ihr einen schweren Schock versetzt zu haben. Der Kollege von der Notrufannahme in Rosenheim sagte jedenfalls, dass sie sich kaum richtig artikulieren konnte, und dann war plötzlich Funkstille.«

»Ach du Scheiße. Aber klar …« Kling konnte sich lebhaft vorstellen, wie der grausige Fund auf die Frau gewirkt haben musste. Sie tat ihm leid.

»Also, du fährst da hin und versuchst, Näheres herauszubringen«, entschied Finsinger. »Ich geb dir die Koordinaten fürs Navi, es muss an irgendeinem Forstweg an der Weißachmündung sein. Am besten nimmst du Annette mit. Vielleicht ist es psychologisch günstiger, wenn die

Befragung von Frau zu Frau stattfindet, gerade bei dem nervlichen Zustand der Zeugin.«

»Okay, wir machen uns sofort auf die Socken.«

Wieder kämpfte Kling mit diesem zwiespältigen Gefühl: Einerseits war ein Mensch umgebracht worden, schrecklich genug, andererseits hatte er dadurch eine neue und wahrscheinlich spannende Aufgabe. Im Fall der Brandserie ging vor lauter Sackgassen und Spekulationen kaum etwas voran. Mit Loibl und Gerassimow konnten auch Lenz oder Murad reden; denn er versprach sich ohnehin nicht viel davon.

Als sie die Ortseinfahrt von Moosrain erreichten, huschte ein kurzes Sonnenblinzeln über den Wagen. Das Wetter schien sich etwas zu bessern, obwohl die Wolken noch immer bleigrau über der Landschaft hingen. Annette Weiss saß auf dem Fahrersitz, während Markus Kling auf dem Smartphone seine aktuellen E-Mails durchging. Plötzlich stutzte er und hob ungläubig die Augenbrauen. Absender: vSommer@gmail.com. Veronika Sommer! Sein Herz schlug einen Doppelsalto. Die Betreff- und Vorschauzeilen lauteten:

Bitte um ein Gespräch
Sehr geehrter Herr Kling, Sie werden sich …

In gespannter Erwartung öffnete er die Mail und las den Text.

Sehr geehrter Herr Kling,

Sie werden sich wahrscheinlich an mich erinnern, ich arbeite im Gemeindesekretariat und habe Ihre Visi-

tenkarte auf dem Schreibtisch im Bürgermeisterbüro gefunden. Entschuldigen Sie bitte, wenn ich mich so direkt an Sie wende, aber ich habe ein Problem und eine Bitte: Wenn es Ihnen nichts ausmacht und es Ihre Zeit erlaubt, kann ich Sie möglichst bald unter vier Augen sprechen? Es geht um den verstorbenen Herrn Menzl. Vielen Dank!

Mit freundlichen Grüßen
Veronika Sommer

Was mochte sie auf dem Herzen haben? Egal. Die unverhoffte Gelegenheit, sie wiederzusehen, versetzte ihn so in Hochstimmung, dass die Frage zweitrangig war.

»Fahr mal langsamer«, bat er Annette, weil er Mühe hatte, die Buchstaben auf der virtuellen Tastatur zu treffen.

»Wie bitte? Ist das dein Ernst?«

»Ja, ich versuche gerade, eine eilige E-Mail zu beantworten. Nur dreißig Sekunden, dann kannst du wieder aufdrehen.«

Wortlos ging Annette vom Gas. Markus Kling tippte auf das Antwortsymbol. Er ignorierte den förmlichen Stil der E-Mail und schrieb betont salopp zurück:

Hallo Frau Sommer, Sie brauchen sich nicht zu entschuldigen. Die Polizei, dein Freund und Helfer! Wir können uns gerne treffen. Bin gerade im Einsatz und rufe Sie später an, damit wir Zeit und Ort vereinbaren können.

War das nett genug oder womöglich *zu* nett? Nein, »Freund und Helfer«, war genial, befand er. Aber was passte dazu als Grußformel – viele, beste oder herzliche

Grüße? Er überlegte kurz und entschied sich dann für Letzteres. Wenn schon, denn schon.

Herzliche Grüße, Ihr Markus Kling

Das »Ihr« löschte er aber doch wieder, bevor er auf »Senden« tippte.

26

Während der Wagen am Spielcasino vorbeifuhr, meldete sich die Streife am Seeufer über Funk. »Der Arzt ist jetzt da und untersucht die Leiche. Wir haben das ganze Plastikzeug entfernt, aber natürlich mit Handschuhen.«

»Gut«, sagte Kling. »Gehen Sie vorsichtig damit um. Es könnte für die Spurensicherung wichtig sein.«

Kurz nachdem sie die Bucht an der Weißachmündung passiert hatten, lenkte Annette den Wagen nach links auf die Aribostraße und dann auf den Weißachdamm. Wenig später tauchten der Rettungswagen und das Einsatzfahrzeug der Polizeiinspektion Bad Wiessee auf. Der wartende Kollege, der die beiden begrüßte, hielt einen dunkelgrauen Schnauzer an der Leine fest, der erbärmlich jaulte und immer wieder vergeblich an seinem Halsband zerrte.

»Wo kommt der denn her?«, fragte Annette Weiss und deutete auf den Hund.

»Gehört anscheinend der Zeugin. Als wir angekommen sind, saß sie apathisch da hinten am Seeufer, und das Viecherl ist dauernd winselnd um sie herumgesprungen. Frau Limbach wird gerade im Rettungswagen betreut. Kann sein, dass sie ins Krankenhaus muss.«

»Wissen Sie, ob es Angehörige gibt, die sich um den Hund kümmern können?«

Der Beamte schüttelte den Kopf. »Nein, die Frau ist Single und wohnt allein. Notfalls müssen wir den Tierschutzverein verständigen.«

»Armes Kerlchen«, sagte Annette Weiss bedauernd und beugte sich zu dem Schnauzer hinunter. Der schien die Geste nicht einmal zu bemerken.

»Und wo finden wir den Toten?«, fragte Kling, dem das Gewese um den Hund langsam zu viel wurde. Es gab schließlich Wichtigeres zu tun.

»Weiter hinten, direkt am Seeufer. Sind nur ein paar Schritte, aber da ist nicht so leicht durchzukommen.« Der Beamte deutete mit der Hand in die besagte Richtung. Der Blick war durch Büsche und Bäume versperrt; es gab nur einen schmalen Trampelpfad durch das Dickicht.

Als die beiden an der Fundstelle eintrafen, wurden sie von dem anderen Streifenpolizisten und dem Arzt begrüßt, der die Leiche begutachtet hatte. Der dunkelhäutige Mediziner stellte sich als Dr. Gnabry vor.

»Gnabry? Wie der Fußballer?«, fragte Kling überrascht.

»Genau. Aber weder verwandt noch verschwägert.« Dr. Gnabry zeigte die Andeutung eines Grinsens, er schien die Frage gewohnt zu sein. Dann wurden Miene und Tonfall wieder sachlich. »Ich habe mir schon ein ausgiebiges Bild gemacht, soweit es möglich war. Der Tod ist offensichtlich durch einen Schuss ins Herz verursacht worden, nicht durch Ertrinken. Ansonsten ist der Körper weitgehend intakt, das muss also erst vor Kurzem passiert sein.«

Kling und Annette Weiss warfen einen Blick auf den Toten, der jetzt nackt und bleich auf einer Bahre lag. Auf seiner Brust war eine dunkelrote Schusswunde zu sehen, direkt im Flügelansatz eines tätowierten Adlers mit ausgebreiteten Schwingen. Der Anblick wirkte majestätisch und überheblich, tragisch und lächerlich zugleich.

»Und was ist mit der Zeugin?«, fragte Annette Weiss.

»Ihr geht's leider nicht gut«, antwortete der Arzt. »Sie hat eine kardiale Synkope erlitten.«

»Sagt mir nichts. Was ist das?«

»Eine kurzzeitige Bewusstlosigkeit aufgrund von Herzrhythmusstörungen, Sie können auch Kollaps dazu sagen. Nicht ungefährlich. Ich habe ihr eine Injektion gegeben, um den Kreislauf zu stabilisieren. Sie wird jetzt im Rettungswagen betreut, aber ich denke, für eine Vernehmung ist sie nicht ansprechbar. Zur Sicherheit sollten wir sie zur stationären Beobachtung in die Klinik mitnehmen. Könnte sein, dass sie aufgrund einer Vorerkrankung so extrem reagiert hat.«

»Gut«, sagte Kling, »unsere Fragen können wir ja auch später stellen.« Und geistesgegenwärtig fügte er an: »Aber bitte schärfen Sie ihr ein, sobald sie wieder okay ist: Sie soll auf keinen Fall mit irgendjemandem über den Leichenfund reden, andernfalls könnte sie sich in Lebensgefahr bringen.«

Das war zwar gelogen oder zumindest stark übertrieben, aber es galt unbedingt zu verhindern, dass die Nachricht an die Öffentlichkeit drang. Den Vorfall konnte man als gewöhnlichen Kreislaufkollaps darstellen; der Mörder sollte vorläufig im Glauben gelassen werden, sein Opfer würde noch auf dem Grund des Tegernsees liegen.

Dr. Gnabry sah Kling mit einer Miene zwischen Skepsis und Missbilligung an. »Lebensgefahr? Können Sie sich nicht vorstellen, dass es bei ihrem Zustand kontraindiziert wäre, so etwas zu sagen? Das würde ihr ja noch mehr Angst machen, als sie ohnehin schon hat.«

Kling begriff, dass er einmal mehr zu weit vorgeprescht war. »Sie braucht keine Angst zu haben«, beschwichtigte er. »Solange sie nichts herumerzählt, wird ihr auch nichts passieren. Ich würde aber auf jeden Fall gern selbst mit ihr reden, sobald es geht. Vielleicht kann sie ja zur Identifizierung beitragen.«

»Nicht nötig«, antwortete Dr. Gnabry zu seiner Verblüffung. »Ich kenne den Toten. Er war bei mir in Behandlung, das muss erst vor ein paar Wochen gewesen sein.«

»Was? Sind Sie sicher?«, fragte Kling elektrisiert. Kommissar Zufall. In diesem Moment war er ihm sehr willkommen.

»Ganz sicher«, antwortete Dr. Gnabry. »Weniger vom Gesicht her, das ist etwas aufgeschwemmt, aber wegen dieses Tattoos auf der Brust. Das sieht man nicht so oft. Ich habe es Ihren Kollegen schon gesagt.«

»Wir haben den Namen aufgenommen und an die Inspektion übermittelt«, ergänzte der Streifenpolizist. »Der Mann heißt Karl Lauterbach.«

»Wie dieser Politiker?«

»Nein … äh, Lauter*wasser*«, korrigierte sich der Beamte. »Karl Lauterwasser.« Er deutete mit ausholender Geste auf die Seeoberfläche: »Der Täter muss ihn entweder von einem Boot aus ins Wasser geworfen haben … oder er hat ihn durchs Gebüsch hierher geschleift, da müssten wir Spuren sichern. Der See ist hier zwar nicht sonderlich tief, aber das Ufer fällt ziemlich steil ab, und das Wasser ist nicht so klar wie weiter draußen auf dem

See. Da hätte die Leiche jahrelang unbemerkt auf dem Grund liegen können. Vielleicht sogar für immer.«

»Wenn sie nicht an die Oberfläche getrieben worden wäre.«

»Ja. Da ist zu unserem Glück eine Panne passiert, so sehe ich das. Wahrscheinlich wurde der Körper mit irgendeinem Gewicht beschwert, vielleicht mit einem Stein oder Betonbrocken, aber der war wohl schlecht verknotet und hat sich aus der Schnur gelöst. Ist halt Plastik. Ach so, und das Wichtigste: Der Mann war nur mit einem Schlafanzug bekleidet. Demnach ist er vermutlich im Bett erschossen worden, auf jeden Fall aber zu Hause.«

»Das sagen Sie erst jetzt?«

»Na ja …« der Beamte hob entschuldigend die Schultern, »ich kann ja nicht alle Informationen gleichzeitig liefern.«

Plötzlich fiel Kling etwas ein. »Habt ihr schon einen Leichenwagen bestellt?«, fragte er den Kollegen.

»Ja, das Bestattungsinstitut Geiger schickt einen.«

»Ein Glück, dass der noch nicht da ist. Bestellen Sie ihn sofort wieder ab.«

»Wie bitte?«

»Tun Sie, was ich sage! Wir müssen alles vermeiden, was den Täter warnen könnte. Meinetwegen sollen die einen neutralen Lieferwagen schicken, oder was auch immer.«

»Okay, ich geb sofort Bescheid.« Er zog sein Funkgerät aus der Tasche, um den Kollegen im Streifenwagen zu instruieren.

Dr. Gnabry ergriff wieder das Wort: »Ich glaube, ich sollte Ihnen auch sagen, weswegen ich den Mann behandelt habe. In diesem Fall bin ich ja wohl von der Schweigepflicht entbunden.«

»Ja, keine Sorge. Hier geht es schließlich um ein Tötungsdelikt. Sie dürfen alles sagen, was damit zusammenhängen könnte.«

»Gut, also es war so: Vor ein paar Wochen wurde Herr Lauterwasser mit einer akuten Alkoholvergiftung in die Notaufnahme unserer Klinik eingeliefert. Er ist am helllichten Tag in der Fußgängerzone zusammengeklappt. Aber das war nicht alles, wir hatten auch den Verdacht, dass er medikamentensüchtig ist. Bei der Blutuntersuchung wurde eine ungewöhnlich hohe Konzentration von Diazepam festgestellt.«

»Diazepam?«, fragte Annette Weiss. »Ist das nicht so was Ähnliches wie Valium?«

»Es ist dasselbe, und auf jeden Fall rezeptpflichtig. Herr Lauterwasser wollte uns aber nicht sagen, wer ihm das verschrieben hat. Er wurde sogar ausfällig, das ginge uns einen Dreck an und so. Überhaupt war er ziemlich aggressiv.«

»Dann allerdings …«

»Eben«, sagte Dr. Gnabry. »Ich schätze, dass er sich das Zeug irgendwie hintenherum besorgt hat. Könnte es sein, dass sein Tod damit zusammenhängt?«

Kling wiegte zweifelnd den Kopf. »Bei einer illegalen Droge wie Heroin oder so hätte ich gesagt, auf jeden Fall. Bei Valium … hmm … ich weiß nicht. Wenn er kein Rezept dafür hatte, kann es natürlich sein, dass er es aus einer illegalen Quelle bezogen hat. Vielleicht war es geklaut oder geschmuggelt. Wir können den Hinweis zu Protokoll nehmen, aber ich denke eher, der führt zu nichts.« Kling überlegte. »Können Sie uns eventuell mehr über den Toten sagen? Irgendetwas Persönliches, das uns weiterhilft?«

Dr. Gnabry zuckte mit den Schultern. »Nicht viel. Ich weiß nur, dass er geschieden ist und allein lebte. Eine Kollegin hat mir erzählt, dass ihm vor Jahren mal ein Trachtenladen hier in Bad Wiessee gehört hat. Aber der musste irgendwann dichtmachen, wegen Insolvenz oder so.«

»Ein Trachtenladen?« Kling wurde hellhörig. Er sah Annette Weiss an und merkte sofort, dass sie ebenfalls begriffen hatte. Trachtenladen. Insolvenz. Alkohol- und Drogenmissbrauch. Ziemlich aggressiv. Krankhafte Rachegedanken. In rasendem Zeitraffertempo schloss sich eine Assoziationskette in seinem Gehirn. Die Trachtenboutique Loibl, wahrscheinlich ein Konkurrent, bis auf die Grundmauern abgebrannt. Das Haus des Leiters der Kreditabteilung, bis auf die Grundmauern abgebrannt. Es passte alles zusammen, die Lebensumstände, das Motiv, die enthemmte Gewalt. Der lange gesuchte Zusammenhang, da war er. Zwar fehlte jetzt der Bezug zum Grand Hotel Seeblick, aber den musste es geben, und er würde auch ans Licht kommen.

»Ich glaube, den Termin beim ZDF können wir abblasen«, sagte Kling.

Annette Weiss nickte. »Glaube ich auch. Es sieht ganz so aus, als hätten wir ihn. Was meinst du, sollen wir Lenz Bescheid sagen?«

»Unbedingt. Und er soll auch Lamparter informieren.« Er griff nach seinem mobilen Funkgerät und meldete sich bei Lorenz Finsinger.

»Lenz, zur Abwechslung gibt es mal eine gute Nachricht. Ich glaube, wir haben ihn.«

»Wen habt ihr?«

»Den Feuerteufel.«

»Was?« Lenz Finsinger schien es die Sprache zu verschlagen. Kling hörte ihn geräuschvoll ein- und ausatmen, bevor er weiterredete: »Ist nicht wahr.«

»Doch, ich bin so gut wie sicher. Nur leider können wir ihn nichts mehr fragen. Also der Reihe nach: Die Leichenschau hat ergeben, dass Karl Lauterwasser an einer Schusswunde gestorben ist. Und Dr. Gnabry, der Notarzt, kannte den Mann nicht nur. Er hat auch ein paar Einzelheiten benannt, die exakt zu unserem Täterbild passen.«

»Das ist ja … Markus, wenn du damit wirklich Recht hast, geb ich dir einen aus.«

»Danke im Voraus, ein Tragerl Weißbier, bitte! Und vergiss Annette nicht, sie hatte die gleiche Idee. Sagst du Lamparter Bescheid? Wenn unser Verdacht sich bewahrheitet, steckt offensichtlich mehr dahinter. Sonst wäre der Mann wohl kaum umgebracht worden.«

»Allerdings. Sieht ganz so aus.«

»Lauterwasser muss hier in der Gegend gewohnt haben, Dr. Gnabry hat vermutlich die Adresse. Aber könnt ihr mal sofort nachsehen? Falls es weiterhilft, er war geschieden und alleinstehend. Und drogensüchtig, vielleicht gibt es dazu polizeiliche Einträge.«

»Okay, die Adresse ist kein Problem. Alle anderen Informationen müssen wir erst zusammensuchen und verifizieren.«

»Dann sollten wir uns möglichst bald in seiner Wohnung umsehen«, sagte Kling.

»Geht in Ordnung. Ich fordere beim K7 in Rosenheim zwei Kollegen von der Spurensicherung an, und Dr. Lamparter kann hoffentlich auch dazukommen.«

»Wir sollten das aber sehr vorsichtig machen«, wandte Kling ein.

»Was meinst du?«

»Der springende Punkt ist doch der: Wir haben einen Informationsvorsprung, und zwar einen gewaltigen. Wir wissen, dass Lauterwasser erschossen wurde, wir werden vermutlich Spuren in seiner Wohnung finden, und spätestens übermorgen haben wir auch den ballistischen Befund. Der könnte uns Hinweise auf die Tatwaffe geben. Der Mörder dagegen glaubt, dass Lauterwasser auf dem Seegrund liegt und nie gefunden wird.«

»Gut kombiniert«, lobte Finsinger.

»Mein Plan wäre also: Jedes Aufsehen vermeiden, keine Einsatzfahrzeuge, keine Polizeiabsperrung und vor allem keine Presse. Wir sehen uns unauffällig die Wohnung an, sammeln Spuren und versiegeln sie dann, fertig. Deswegen denke ich, wir sollten uns in Miesbach treffen und mit nur einem Auto hinfahren.«

»Einverstanden. Also kommt zurück, und in der Zwischenzeit organisiere ich alles. Sieht mir ganz nach einem Erfolg aus.«

Ja, so stellte es sich auch in Markus Klings Augen dar. Er spürte, wie sich trotz aller noch offenen Fragen eine wohlige Wärme in seinem Körper auszubreiten begann. Drei Mordfälle mit einem Schlag gelöst, wenn es denn so war, wie er vermutete – davon hätte er vor wenigen Minuten nicht einmal zu träumen gewagt. Die Nachricht von Veronika Sommer setzte seinem Hochgefühl ein zusätzliches Sahnehäubchen auf.

27

Kurz nach vierzehn Uhr parkte eine unauffällige graue BMW-Limousine vor Karl Lauterwassers Behausung. Der Reihe nach entstiegen ihr Staatsanwalt Dr. Wolfgang Lamparter, Hauptkommissar Markus Kling und zwei Spurensicherer vom Kommissariat 7 des Polizeipräsidiums Oberbayern.

»Da hat er also gewohnt«, sagte Lamparter kopfschüttelnd. »Oder besser gehaust. Vom ersten Eindruck her würde ich sagen, ein typischer Grattler.«

Tatsächlich passte die abseits gelegene Hütte am Ortsrand von Ringsee so gar nicht ins Bild des Tegernseer Tals mit seinen herausgeputzten Wohnhäusern und Villen, Gasthöfen und Hotels. Sie wirkte barackenhaft, heruntergekommen und noch älter, als sie war, nämlich gute siebzig Jahre. Auf dem ungepflegten Gartengrundstück stapelte sich diverses Gerümpel; leere Obstkisten, ein Plastikkorb, eine verrostete Blechwanne, ein angefaultes Stück Jägerzaun und mehrere an die Hauswand gelehnte Steinplatten mit ausgebrochenen Kanten. Markus Kling hatte erfahren, dass auf dieser Parzelle eigentlich gar kein Haus hätte stehen dürfen, doch angesichts der Flüchtlingsströme und der Wohnungsknappheit der Nachtkriegszeit hatte niemand danach gefragt, und später wurde der Schwarzbau stillschweigend geduldet. Nach dem Tod des ersten Besitzers war das Objekt auf dessen Sohn übergegangen und hatte seitdem wechselnde, aber stets in ärmlichen Verhältnissen lebende Mieter gehabt. Es sah aus, als hätten sie ihren abgelegten Plunder samt und sonders im Garten liegenlassen, und keiner der nachfolgenden Bewohner hätte sich zum Wegräumen bequemt.

Die vier Besucher wirkten in dieser Umgebung ziemlich deplatziert, erst recht Staatsanwalt Dr. Lamparter in seinem gediegenen Hugo-Boss-Mantel, aber wenigstens versuchten sie den Eindruck zu vermeiden, dass es sich um einen Polizeieinsatz handelte. Auch die zwei Koffer, die die Spurensicherer mit sich trugen, sahen eher unverfänglich aus. Etwaige Passanten würden höchstens einen flüchtigen Blick auf die Szene werfen und nicht weiter nachfragen.

»Der Chef hat übrigens auch mit der Presseabteilung in Rosenheim gesprochen«, sagte Kling zu Lamparter. »Sollte irgendjemand fragen, was los war, gibt das allenfalls eine Drei-Zeilen-Meldung: Eine Spaziergängerin hatte einen Zusammenbruch, zufällig kam jemand vorbei, fand sie scheinbar leblos vor und rief die Polizei an. Der Notarzt konnte sie zum Glück reanimieren. Das ist alles.«

»Okay, mehr kann man nicht tun. Also, dann lassen Sie uns das Kabuff mal ansehen.«

Die Haustür war unverriegelt und ließ sich mühelos öffnen. Als die vier das Innere der Hütte betraten, schlug ihnen als Erstes ein undefinierbarer dumpfer Mief entgegen, in den sich Uringeruch mischte. Und dann erkannten sie, was los war: Der spärliche Lichtschein, der durch die kleinen Fenster drang, gab ein Bild der Verwüstung preis. Aufgerissene Schranktüren, umgekippte Regale, achtlos hingeworfene Hemden und Hosen, herumliegende Schubladen, deren Inhalt auf dem Boden verstreut war – das Durcheinander ließ nur einen Schluss zu.

»Jemand muss hier dringend etwas gesucht haben«, sagte Lamparter. »Vielleicht hat er es auch gefunden.«

»Und dieser Jemand war der Mörder«, ergänzte Kling.

Erst jetzt legten die beiden Spurensicherer ihre weißen Overalls, Mundschutzmasken und Handschuhe an. Langsam und systematisch begannen sie, sich durch das Chaos vorzuarbeiten, gefolgt von Markus Kling und dem Staatsanwalt. Sie brauchten nicht lange zu suchen. In der kleinen Kochnische waren die Beweisstücke wie auf dem Präsentierteller versammelt; fünf volle Flaschen Brennspiritus, die sich auf dem Fußboden verteilten, ein Elektropick, ein Lötkolben und ein paar abgeschnittene Kabelstücke. Was aber als Erstes ins Auge stach: Neben einer herausgerissenen und umgestürzten Schublade lag eine Pistole auf dem Boden, Modell Heckler & Koch P7 – eine Waffe, wie sie der Wachmann in der Trachtenboutique Loibl mit sich getragen hatte. Damit war auch der letzte Zweifel beseitigt. Der lange gesuchte Feuerteufel hieß Karl Lauterwasser.

»Sehen Sie?«, sagte Kling zu Lamparter. »Mein Soziogramm war doch nicht schlecht. Einsamer, verbitterter Mann, in prekären Verhältnissen lebend. Über die TV-Sendung hätten wir vielleicht rechtzeitig Hinweise bekommen und ihn überführen können.«

»Ja«, antwortete Lamparter bedauernd. »Zehn Tage früher, und wahrscheinlich sähe jetzt alles anders aus. Aber wir müssen die Dinge nun mal nehmen, wie sie sind.«

Markus Kling verließ die Kochnische und ging voraus in das enge kleine Bad. Am Spülkasten der Toilette fiel ihm ein kurzer Streifen Haftklebeband auf, der unter den Keramikdeckel führte. Es sah aus, als hätte Lauterwasser damit irgendetwas notdürftig repariert. Neugierig hob er den Deckel an und stutzte: An dem Streifen hing eine weiße Plastiktüte im Spülwasser, die mehrfach mit dem Klebeband umwickelt und abgedichtet war.

Heureka. Das konnte des Rätsels Lösung sein. »Sehen Sie mal hier«, sagte Kling zu dem Spurensicherer, der ihm gefolgt war. »Sieht so aus, als hätten wir gefunden, wonach der Mörder gesucht hat.«

»Tatsächlich. Kein schlechtes Versteck. Der Griff ins Klo, ausnahmsweise mal positiv.«

Dr. Lamparter und der zweite Mann in Weiß traten erwartungsvoll hinzu. Der erste durchtrennte das Klebeband mit einem Messer, zog die Tüte aus dem Wasser und legte das triefende Bündel auf den Linoleumboden. Dann schnitt er die Plastikhülle vorsichtig ein und entfernte sie. Ein weiteres Päckchen kam zu Vorschein, diesmal in schwarze Plastikfolie eingewickelt und ebenfalls verklebt.

»Das ist ja wie eine Zwiebel!«, bemerkte Kling ungeduldig. Doch die Zwiebel hatte nicht mehr als zwei Häute, und beim Auftrennen der zweiten gab sie ihren Inhalt preis. Vor den verblüfften Augen der Ermittler quollen bündelweise Fünfzig-Euro-Scheine aus der Folie.

»Öha!«, stieß der Spurensicherer aus, und »Bingo!«, bekräftigte sein Kollege. Mit einem solchen Fund hatte keiner von ihnen gerechnet.

»Müsste eine fünf- bis sechsstellige Summe sein«, mutmaßte Kling. »Und wir dürfen wohl annehmen, dass der Mörder genau dieses Geld gesucht hat.«

»Da ist er ein bisschen zu planlos vorgegangen«, sagte der Spurensicherer. »Aber ich denke, er wollte so schnell wie möglich weg, da hat man halt keinen Nerv für Gründlichkeit.«

Er entnahm seinem Koffer eine weitere Plastiktüte und verstaute das Geldpaket darin.

»Und?«, wandte sich Lamparter an Kling, »mutmaßen Sie dasselbe wie ich?«

Kling zuckte mit den Schultern. »Ich kann keine Gedanken lesen, aber für mich ist das ein klarer Fall. Irgendwer hat Lauterwasser mit der Brandstiftung beauftragt, jedenfalls beim Grand Hotel Seeblick, und ihm ein Vermögen dafür gezahlt. Er dachte, damit wäre die Sache erledigt, aber wahrscheinlich ist Lauterwasser durch ihn erst auf die Idee gekommen, weitere Brände zu legen. Bei Loibl und Zelisko sah das ja stark nach persönlicher Rache aus. Und ganz klar, unser Mann muss zunehmend nervös geworden sein. Irgendwann wäre Lauterwasser aufgeflogen, und wenn er dann ausgepackt hätte …« Er ließ den Satz unvollendet.

»Genauso hatte ich mir das auch vorgestellt«, sagte Lamparter. »Dann sind wir also d'accord.«

»Sind wir«, antwortete Kling. »Jetzt müssen wir den Hintermann bloß noch finden.«

»*Bloß noch* ist gut.« Lamparter schnaubte ironisch. »Ich könnte mir vorstellen, dass das nicht gerade einfach wird.«

Nach mehreren Befragungen und der Einholung einer Bankauskunft ergab sich ein fast lückenloses Bild der

Vorgeschichte. Karl Lauterwasser hatte in jungen Jahren eine kaufmännische Ausbildung gemacht, um eines Tages den gut gehenden Trachtenladen seiner Eltern in Bad Wiessee zu übernehmen. Trachten Lauterwasser, das war ein angesehener Traditionsname; der Senior führte den Laden in der zweiten Generation. Doch dann geschah die Tragödie, die einen schicksalhaften Wendepunkt markierte: Bei einem Lawinenunglück auf einer Skipiste in den Tuxer Alpen kamen beide Eltern ums Leben. Lauterwasser junior, den bis dahin stets sein Vater angeleitet und beraten hatte, musste sich von heute auf morgen selber um die Geschäftsführung kümmern.

Es zeigte sich, dass er alles andere als ein guter Kaufmann war. Offenbar berauscht von dem Hochgefühl, nun selbst Unternehmer und Ladenbesitzer zu sein, gab er mit vollen Händen Geld aus, vernachlässigte das Geschäft und zog immer wieder Kapital aus der Firma ab, um seinen opulenten Lebensstil zu finanzieren. Als ihm die Verbindlichkeiten über den Kopf wuchsen, suchte er sein Heil im Glücksspiel und häufte so weitere Schulden an. Parallel dazu begann er zu trinken; seine Stimmung wechselte zwischen depressiv und aggressiv, häufig wurde er seiner Frau gegenüber ausfällig und machte ihr in aller Öffentlichkeit Szenen, wie frühere Nachbarn berichtet hatten.

Ein letzter Kreditantrag, um das Geschäft und seine eigene Existenz zu retten, wurde von der Kreissparkasse abgelehnt. Zwar zeigte sich zunächst ein Konkurrent an einer Übernahme interessiert, sprang dann angesichts der schlechten Zahlen aber doch wieder ab: Rupert Loibl, Eigentümer und Geschäftsführer der gleichnamigen Trachtenboutique. Als Ergebnis musste die Firma Lauterwasser Insolvenz anmelden, der Laden wurde aufgelöst und das Inventar zwangsversteigert. Seitdem war Karl Lauterwasser nicht mehr auf die Beine gekommen. Nach einem Tobsuchtsanfall wurde er von der Spielbank Bad Wiessee gesperrt, und das bedeutete eine Sperre für ganz Bayern. Seine Ehefrau, die seine Trinkerei und seine Launenhaftigkeit nicht mehr ertrug, verließ ihn samt dem Sohn und zog nach Heidelberg, ihrem Geburtsort.

Laut Auskunft des Miesbacher Landratsamts hatte Lauterwasser bis zuletzt von Hartz IV und Gelegenheitsjobs gelebt. Auch das Rätsel der drei eingeritzten Buchstaben in der Hand des ermordeten Security-Mannes, Goran Svetila, klärte sich damit auf: Im Personenstandsregister waren Lauterwassers Vornamen mit Karl Ingolf angegeben. KIL – es waren seine eigenen Initialen, mit denen er sein Vernichtungswerk besiegelt hatte.

Bis hierher fügte sich das Puzzle nahtlos zusammen. Drei Brände und zwei Morde waren damit aufgeklärt – bis auf die eine, die entscheidende Frage: Von wem hatte Lauterwasser das viele Geld in der Plastiktüte erhalten, genau 9.650 laut offizieller Zählung des kriminaltechnischen Instituts? Und die übrigen vierzigtausend, die ein speziell abgerichteter Polizeihund in weiteren Verstecken aufgespürt hatte? Wer also war der große Unbekannte, der Lauterwasser erschossen und die Zerstörung des Grand Hotels Seeblick in Auftrag gegeben hatte?

28

Am Vormittag des nächsten Tages rief Staatsanwalt Dr. Lamparter an, um das Ergebnis der Obduktion mitzuteilen.

»Wir haben jetzt den Bericht vom rechtsmedizinischen Institut und auch die ballistische Analyse. Tod durch Herzdurchschuss. Und in Lauterwassers Oberkörper steckte eine sehr spezielle Patrone vom Kaliber 9 x 18. Sie wird nur für eine einzige Waffe hergestellt.« Er machte eine effektvolle Kunstpause.

»Nämlich?«, fragte Kling ungeduldig.

»Die Makarow IJ-70. Eine *russische* Pistole.« Lamparter sprach das Wort betont abgesetzt und langsam aus. »Denken Sie auch, was ich denke?«

Kling brauchte einige Sekunden, um Lamparters Antwort ins richtige Fach einzuordnen. Dann traf ihn die Erkenntnis wie ein elektrischer Schlag. »Ilja Gerassimow.«

Erneut lief ein Zeitrafferfilm in seinem Gehirn ab. Was hatte Wieland van Dooren über das Hotel Seeblick gesagt? *Entweder Abriss oder Totalumbau, alles andere wäre Quatsch gewesen.* Da das Landesamt dabei nicht mitspielte, schied beides aus. Also hatte Gerassimow die brachialste aller Methoden angewandt, um zu einem Totalumbau nach seinem Gusto zu kommen, den er vermutlich längst geplant hatte: den warmen Abriss. Dass man als Drahtzieher nicht ihn, sondern seine Konkurrenten verdächtigen würde, war kühl und absolut richtig kalkuliert. Wahrscheinlich hatte er auch Menzls E-Mail-Account gehackt und den anonymen Brief abgeschickt, um eine falsche Spur zu legen. Und in Karl Lauterwasser hatte er den Komplizen gefunden, der für Geld zu allem bereit war. Nur mit dessen fanatischer Rachsucht hatte er nicht gerechnet, und so war ihm die Sache komplett aus dem Ruder gelaufen. Wenn die Ermittler ihnen nicht irgendwann auf die Spur kommen sollten, hatte er nur eine Wahl: Sein Komplize musste beseitigt werden.

»Zefix noch mal!«, entfuhr es Kling. »Der hat uns alle gründlich zum Narren gehalten. Wahrscheinlich würden wir ewig weiterrätseln, wenn nicht die schlecht verknotete Plastikschnur gewesen wäre.«

»Tja, wenn das Wörtchen wenn nicht wäre«, antwortete Lamparter. »Kommissar Zufall ist eben manchmal kein schlechter Verbündeter. So, und jetzt zum Prozedere: Ich habe soeben einen Haftbefehl gegen Gerassimow erwirkt, den lasse ich Ihnen sofort zukommen. Und wir haben auch die Genehmigung, sein Mobiltelefon zu orten. Schicken Sie ihm also regelmäßig eine stille SMS, dann wissen Sie, wo er sich gerade aufhält. Wenn alle dichtgehalten haben – was ich hoffe –, ist Gerassimow ahnungslos. Den Rest überlasse ich Ihnen. Wiegen Sie ihn in Sicherheit und bereiten Sie die Festnahme vor, aber mit allergrößter Akribie. Kann ich mich auf Sie verlassen?«

»Natürlich.« Was denn sonst, dachte Kling ärgerlich. Als ob er jemals Anlass gegeben hätte, an seiner Verlässlichkeit zu zweifeln.

»Er darf uns nicht durch die Lappen gehen«, insistierte Lamparter. »Wenn er es schafft, sich nach Moskau abzusetzen, kommen wir nicht mehr an ihn heran. Russland liefert keine Staatsangehörigen aus.«

»Das wird er auf keinen Fall schaffen. Wir haben alle Infos, die wir brauchen, um ihn hier abzufangen.«

Dass Kling von Bürgermeister Ludwig Menzl die vollständigen Kontaktdaten des öffentlichkeitsscheuen Russen bekommen hatte, erwies sich jetzt als sehr hilfreich. Es war ein letzter nützlicher Dienst, den Menzl der Gesellschaft erwiesen hatte.

29

Alles war vorbereitet für Plan A, ein Spezialeinsatzkommando beim Präsidium angefordert. Abläufe wie diesen hatten die Männer etliche Male geprobt und auch im Ernstfall praktiziert: Waffen in Anschlag bringen, zwei Mann zum Eingang, zwei auf die Rückseite, um eine Flucht über die Terrasse zu verhindern. Am Eingang klingeln, gegebenenfalls die Tür aufbrechen. Sobald die Einsatzkräfte den Verdächtigen überwältigt und entwaffnet hatten, war die Reihe an Markus Kling. »Ilja Gerassimow, ich verhafte Sie wegen dringenden Verdachts des Mordes an Karl Lauterwasser.«

Es galt, keine Zeit zu verlieren. Laut Mobilfunkortung war Gerassimow zu Hause, somit konnte die Aktion exakt nach Drehbuch ablaufen. Für den Fall, dass Gerassimow sich irgendwo versteckt hielt, gab es einen Plan B. Andere Eventualitäten ließen sich einstweilen nicht vorhersehen.

Kling und Özkan hielten mit Lorenz Finsinger und den zwei Streifenkollegen, die sie begleiten sollten, eine letzte Einsatzbesprechung ab.

»Also, Lenz, wie abgemacht«, sagte Kling. »Wir vier starten nach Kreuth und erwischen Gerassimow hoffentlich zu Hause. Und du servierst ihm derweil unsere Fake-Story und versuchst, so lange wie möglich mit ihm zu ratschen. Er spricht ja fließend Deutsch.«

»Passt scho«, antwortete Finsinger feixend. »Im Ratschen war ich schon immer gut. Wie lange ich ihn hinhalten kann, kann ich allerdings nicht garantieren. Also, beeilt euch.«

Nachdem die vier Beamten den Raum verlassen hatten, wartete er zehn Minuten, dann griff er zum Telefon und wählte Gerassimows Mobilfunknummer.

»Ja?«

»Spreche ich mit Herrn Gerassimow?«

»Ja. Ist da schon wieder die Polizei?«

»Richtig. Hauptkommissar Finsinger, Grüß Gott.«

»Hatte ich Ihrem Kollegen denn nicht schon alles gesagt?«

»Ja, ich weiß, Sie haben über mögliche Feinde, also ein mögliches Rachemotiv gesprochen«, erklärte Finsinger betont umständlich. »Und soweit ich informiert bin, schließen Sie das kategorisch aus.«

»Natürlich! Ist doch sonnenklar, was hinter der Sache steckt. Meine Konkurrenten haben ihre Felle wegschwimmen sehen, weil ich das Hotel so gut wie gekauft hatte.«

»Das war ja auch unser erster Ermittlungsansatz. Aber dann gab es zwei weitere Brandstiftungen nach demselben Muster, und deswegen sind wir zunächst von einem Pyromanen ausgegangen. Das könnte als gemeinsames Motiv natürlich plausibel sein. Wir überlegen aber trotzdem, ob nicht doch persönliche Rache in Frage kommt. Auf den Datenträgern, die bei Herrn Eggebrecht beschlagnahmt wurden, gibt es zum Beispiel Hinweise auf zwei Personen, die wohl mit Ihnen in Verbindung standen.«

»Bei Eggebrecht?!« Gerassimow entfuhr ein kurzes, ungläubiges Auflachen. »Wissen Sie, dass ich dem Kerl nicht ein einziges Mal begegnet bin? Was für Personen sollen denn das sein?«

»Moment, ich muss nachsehen …« Finsinger überlegte sich auf die Schnelle zwei Phantasienamen. »Der eine heißt Oliver Schulz, der andere Klaus Bergmeister.«

»Nie gehört. Und was heißt ›in Verbindung stehen‹? Können Sie das konkreter ausdrücken?«

»Es scheint sich um irgendwelche Geschäfte zu handeln. Jedenfalls gibt es Notizen, die darauf schließen lassen.«

»Quatsch!«, beschied ihn Gerassimow brüsk. »Das muss ein Missverständnis sein. Fragen Sie Herrn Eggebrecht, was er sich dabei gedacht hat. Und im Übrigen, was soll's? Das Hotel ist weg. Schnee von gestern.«

»Für Sie vielleicht, aber nicht für die Staatsanwaltschaft, wie Sie sich denken können. Na gut, trotzdem vielen Dank. Und entschuldigen Sie die Störung.«

»Nitschewo.«

Uff. Genug der Dampfplauderei, Gerassimow war ausreichend eingelullt. Weiter konnte Finsinger das Gespräch nicht in die Länge ziehen, ohne Argwohn zu erregen. Er verabschiedete sich und legte auf.

Als die zwei Polizeiwagen hinter Reitrain in Richtung Wallberg abbogen, zeigte sich, dass Plan A eine entscheidende Schwäche hatte. Mit Lage und Beschaffenheit von Gerassimows Anwesen hatten sich die Beamten über Google Earth vertraut gemacht, insofern kamen sie keineswegs unvorbereitet. Was die Satellitenansicht allerdings nicht verriet: Das scheinbar flache Wiesengelände stieg in Wirklichkeit sanft, aber stetig an, bis hin zur steileren Nordwestflanke des Wallbergs. Gerassimows weiße Villa war schon von Weitem erkennbar; sie thronte wie ein strategischer Beobachtungsposten am Fuß des Berges, mindestens dreißig Höhenmeter oberhalb der Zufahrtsstraße. Die Aussicht auf das Tegernseer Tal musste bombastisch sein.

»Verdammt«, sagte Kling zu Özkan, »von da oben kann der ja die ganze Gegend überblicken! Am liebsten würde ich die Direttissima nehmen, einfach über die Wiese brettern.«

»Ist nicht dein Ernst! Da kommen wir keine hundert Meter weit.«

»Ja, ich weiß, wir müssen hinten herum. So ein Mist aber auch. Hoffentlich hat er uns nicht gesehen und haut ab.«

Seine Hoffnung erwies sich als trügerisch. Kurz hinter der nächsten Abzweigung lärmte aus Richtung der Villa ein aufheulender Boxermotor, und Sekunden später raste ein schwarzer Porsche Carrera auf der Zufahrtsstraße talwärts, nur wenige Zentimeter an den Einsatzwagen vorbei.

»Scheiße, das war er!«, fluchte Kling. Er trat auf die Bremse, wendete scharf, schaltete Blaulicht und Martinshorn ein und trat das Gaspedal voll durch. Der Fahrer des SEK-Einsatzwagens tat es ihm nach. Inzwischen hatte der Porsche mehrere hundert Meter Vorsprung. Mit schleuderndem Heck bog er an der Hauptstraße nach Süden ab und beschleunigte, was die Pferdestärken hergaben.

»Anscheinend will er zum Achenpass«, meinte Özkan.

»Und dann runter ins Inntal«, ergänzte Kling. Natürlich, jetzt war alles klar. Ihm fiel wieder ein, was Menzl über Gerassimow gesagt hatte: *Den Privatjet parkt er immer am Innsbrucker Flughafen.* Vielleicht sein letzter Ausweg, ein aberwitziges Unterfangen und praktisch aussichtslos. Wie wollte er den Jet erreichen, wenn ihm die Polizei im Nacken saß?

»Vollkommen wahnsinnig, der Kerl«, sagte Kling, während er mit weißen Knöcheln den Lenkkranz umklammerte und angespannt nach vorn blickte. »Wenn er weiter so fährt, bringt er noch ein paar Leute mehr um.«

Inzwischen hatten sie Kreuth erreicht. Es begann zu nieseln, aber der Porsche raste ohne Rücksicht auf Verluste durch die Ortschaft; fast hundertachtzig Stundenkilometer zeigte der Tacho der Verfolger. Sie passierten die letzten Häuser, vor ihnen lag die weit geschwungene Bergstraße durch das Weißachtal, und das Tempo nahm weiter zu. Auf der Strecke herrschte die für die Jahreszeit typische Leere, der Porsche hatte praktisch freie Bahn. Der Abstand zwischen den beiden Fahrzeugen vergrößerte sich, auch der nachfolgende Streifenwagen fiel immer weiter zurück.

»Scheiße, der ist zu schnell für uns!«, rief Kling. »Wir brauchen unbedingt Verstärkung. Murad, sag der Zentrale Bescheid, dass sie die Ösis anfunken sollen.«

Aber dann änderte sich die Situation schlagartig. In einer weiten Linkskurve kurz hinter dem Ortsteil Glashütte überholte der Porsche einen Lieferwagen, entging um Haaresbreite dem Frontalcrash mit einem entgegenkommenden Volvo und scherte dann mit heftig tänzelndem Heck wieder ein. Offensichtlich versuchte der Fahrer gegenzulenken, doch auf der regennassen Straße schaffte er es nicht, die entfesselte Querbeschleunigung unter Kontrolle zu bekommen. Der schwarze Sportwagen rasierte zwei Straßenpfosten ab, schleuderte auf zwei Rädern in die Wiese neben der Fahrbahn und streifte mit der linken Flanke einen einsamen Baum. Für einen Moment schien es, als würde er sich überschlagen, doch dann kippte er wieder auf alle viere zurück und rollte weiter. Nach gut hundert Metern, mehrfach eingebeult und mit plattem linkem Hinterreifen, kam er mitten auf der Wiese endlich zum Stehen.

Der Lieferwagen, den jetzt auch die beiden Polizeiwagen überholt hatten, rollte langsam auf die Unfallstelle zu und hielt am Straßenrand. Die linke Tür öffnete sich, und der Fahrer machte Anstalten auszusteigen. Markus Kling und Murad Özkan sprangen aus ihrem BMW und winkten ihm hektisch zu. »Bleiben Sie im Auto!«, schrie Kling, »und ducken Sie sich unter das Armaturenbrett, bis wir Entwarnung geben!«

Augenblicklich wurde die Fahrertür wieder zugeschlagen. Während der Fahrer des SEK-Wagens den Verkehr vorbeidirigierte, näherten sich Kling, Özkan und zwei Kollegen in schusssicheren Westen langsam dem feststeckenden Porsche, alle mit ihren Dienstwaffen im Anschlag. Gerassimow konnte nicht viel passiert sein, und womöglich würde er sie in einem Verzweiflungsakt gezielt unter Feuer nehmen.

»Los, kommen Sie raus!«, rief Kling. »Die Hände hinter dem Nacken verschränkt!«

Mit einem schabenden Geräusch wurde die lädierte Fahrertür geöffnet. Ein bulliger Mann, der leicht benommen wirkte und vor Angst erkennbar zitterte, stieg aus dem Porsche, beide Hände übertrieben hoch in die Luft gereckt. Er hatte ein breites Gesicht mit slawischen Zügen, kleine dunkle Augen und einen rasierten Schädel. Kling hatte zwar nur wenige Bilder von Ilja Gerassimow gesehen, aber so viel stand fest: Er war es nicht.

»Wer sind *Sie* denn?«, fragten Kling und Özkan fast unisono.

»Saizew mein Name«, antwortete der Mann. »Wladimir Saizew. Ich bin Herrn Gerassimows Privatsekretär.« Sein russischer Akzent war unüberhörbar.

Markus Kling tastete den Mann auf Waffen ab. Nichts.

»Okay, Sie können die Hände wieder runternehmen«, sagte er. »Aber Sie sind vorläufig festgenommen.«

»Was? Wieso?«

»Vorsätzliche Gefährdung des Straßenverkehrs«, erklärte Kling lakonisch. Beihilfe zu Brandstiftung und Mord konnte man immer noch nachschieben, das war Sache der Staatsanwaltschaft. »So, und jetzt sagen Sie uns, wo Ihr Chef steckt.«

Schweigen.

»Aus dem kriegen wir nichts heraus«, resignierte Özkan.

Und plötzlich fiel es Kling wie Schuppen von den Augen: Auch diese Flucht hatte Gerassimow bis ins Kleinste inszeniert, wahrscheinlich seit Längerem für den Fall des Falles vorbereitet, samt Rollenverteilung und Route. Verdammt, der Kerl verstand sich wirklich meisterhaft aufs Tricksen und Täuschen. Womöglich hätten sie Saizew bis zum Brenner oder zum Tauerntunnel verfolgt, während Gerassimow selber unbehelligt entkam. Van Doorens Worte aus ihrem ersten Gespräch kamen ihm in den Sinn: *Er soll ein gepanzertes Auto fahren.* Der Porsche war das definitiv nicht.

»Verpass ihm zur Sicherheit Handschellen«, wies Kling den Streifenkollegen an, »wer weiß, was er sonst anstellt. Und dann nehmt ihr ihn mit zur Inspektion. Ach so, und der mit dem Kleinlaster kann jetzt weiterfahren. Nehmt der Ordnung halber seine Personalien auf. Und kümmert euch um einen Abschleppwagen. Ich muss hier mit Murad etwas klären.«

Während Saizew abgeführt wurde, stieg er in den Wagen und meldete sich über Funk bei Annette Weiss: »Eine dringende Frage: Welche Autos sind auf Gerassimow zugelassen und wie sehen die aus? Ich brauche die Auskunft sofort.«

Es dauerte eine knappe Minute, dann hatte er sie. »Zwei. Ein Porsche 911 Carrera, und ein Alpha Titan.«

»Ein was?«

»Alpha Titan. Das ist eine gepanzerte Version des Mercedes G 500. Getunt auf fünfhundert PS.«

»Danke, mehr muss ich nicht wissen.«

Jetzt passte alles zusammen: Gerassimow hatte mit seinem Mercedes den Weg in Richtung grüne Grenze genommen, in dem begründeten Glauben, dass sie dem Porsche sofort hinterherfahren würden.

»Willst du mir nicht wenigstens erklären, was los ist?«, fragte Annette konsterniert.

»Gerassimow ist uns entwischt«, antwortete Kling. »Gib der Einsatzzentrale durch: flüchtendes Fahrzeug, Typ Mercedes G 500 … äh, welche Farbe?«

»Kleinen Moment … das nennt sich offiziell Selenitgrau Metallic.«

»Herrschaftszeiten! Also grau. Miesbacher Kennzeichen, vermutlich von Kreuth in Richtung Innsbruck unterwegs, über die Valeppstraße.«

Dann wandte sich Kling an Murad Özkan: »Ich glaube, ich weiß, was Gerassimow vorhat. Nein, ich bin sicher. Los, wir schnappen ihn uns.«

Er schaltete Blaulicht und Martinshorn wieder ein und trat das Gaspedal durch.

»Was hast du vor?«, fragte Özkan verständnislos.

»Ins Inntal fahren, und zwar volle Pulle. Gerassimow hat nur eine einzige Chance, nämlich seinen Jet zu erreichen und abzuheben, bevor der Porsche gestoppt werden kann.«

»Aber der ist ja nun gestoppt.«

»Eben. Aber das weiß Gerassimow nicht, und deswegen sind wir klar im Vorteil. Es gibt nur eine Möglichkeit, Innsbruck in so kurzer Zeit auf einem anderen Weg zu erreichen.«

»Nämlich?«

»Hinten herum über die Valeppstraße und dann über Wald- und Wiesenwege. Ich kenne die Strecke, da war ich mal mit dem Mountainbike unterwegs. Valepp, Erzherzog-Johann-Klause, Kaiserklamm. Da sind zwar ein paar Nadelöhre und eine Furt, soviel ich weiß, aber mit einem Geländewagen ist das kein Problem. Auf jeden Fall hält ihn das aber alles auf. Den kriegen wir, darauf kannst du Gift nehmen.«

»Und wo kommt er im Inntal raus?«, fragte Özkan.

»In Kramsach. Es gibt keine andere Route.«

»Und dann?«, sagte Özkan zweifelnd. »Was sollen wir gegen seinen Panzerwagen ausrichten? Der zermalmt uns doch.«

Kling schüttelte den Kopf. »Quatsch. Wir stellen uns ihm ja nicht in den Weg, sondern fahren ihm nach. Aber trotzdem brauchen wir dringend Schützenhilfe. Sag der Einsatzzentrale, die Ösis sollen in Kramsach eine Straßensperre bauen, und zwar asap. Und sie sollen auch die General Aviation am Flughafen abriegeln.«

»Okay, wird sofort gemacht.«

Während Özkan die nötigen Anweisungen gab, raste der BMW mit unvermindertem Tempo über die Passhöhe, am Achensee entlang, durch Maurach und dann die Serpentinen ins Inntal hinunter. Es gab eine Straßeneinmündung in Kramsach, die Gerassimow zwangsläufig passieren musste, um aus dem Gebirge heraus und auf die Autobahn nach Innsbruck zu gelangen.

Als sie in der Ortsmitte eintrafen, war tatsächlich eine Straßensperre eingerichtet. Sie bestand aus zwei Skoda-Streifenwagen und einem rot-weißen Scherengitter, das über die Fahrbahn gespannt war.

»Soll das ein Witz sein?«, sagte Kling perplex. Er bremste scharf und stieg zusammen mit Özkan aus dem Wagen.

»Sagt mal, Leute«, fragte er, nachdem sie ihre Dienstausweise präsentiert hatten, »wisst ihr eigentlich, was da auch euch zukommt?«

»Natürlich«, antwortete einer der Kollegen, »das wurde uns ja präzise durchgegeben. Ein Mercedes-Geländewagen, graumetallic, mit Miesbacher Kennzeichen. Bis jetzt war er nicht da.«

Kling fasste sich an die Stirn. »Meine Güte, das ist ein gepanzerter Bolide mit fünfhundert PS! Damit durchbricht er eure Straßensperre wie eine Papierbanderole.«

»Na, und wenn schon«, sagte der Beamte lässig. »Das kann er ja versuchen, aber dann ist er noch lange nicht entwischt. Die Zentrale hat einen Helikopter angefordert, der müsste jeden Moment kommen.«

»Was heißt jeden Moment? Und übrigens … hat er ein panzerbrechendes Geschütz an Bord?«

»Ah geh, so a Schmarrn! Mir san doch da ned beim Bundesheer.«

»War auch mehr eine rhetorische Frage. Dem Auto könnt ihr so jedenfalls nichts anhaben.«

»Na und? Der Heli braucht dem Kerl doch nur hinterherzufliegen, bis ihm der Sprit ausgeht.«

»Theoretisch, ja. Aber der Mann ist bewaffnet, er könnte unterwegs eine Geisel nehmen. Was dann?«

Der Beamte zuckte die Schultern. »Keine Sorge, dann übernimmt die Cobra in Innsbruck. Zur Not haben die Präzisionsschützen. Die treffen eine Münze auf dreihundert Meter Entfernung.«

»Na super.« Kling war konsterniert, mit welcher Gemütsruhe der Kollege dieses Worst-Case-Szenario ins Spiel brachte. Das Einsatzkommando Cobra war zwar auf die Jagd auf Terroristen und Geiselnehmer spezialisiert, aber im Ernstfall konnte das einen finalen Rettungsschuss bedeuten. Und damit einen toten Gerassimow, den man nichts mehr fragen konnte.

Sie warteten knappe zehn Minuten, dann tauchte der graue Geländewagen am Ende der Straße auf. Jetzt musste Gerassimow das Scherengitter und die drei Polizeiwagen sehen. Doch statt zu beschleunigen und die Sperre zu durchbrechen, vollführte er auf dem Asphalt einen Dreher um hundertachtzig Grad und raste mit aufheulendem Motor zurück.

»Wo will der hin?«, rief einer der beiden Österreicher. »Das ist doch Irrsinn!«

»So hat er keine Chance«, bekräftigte sein Kollege kopfschüttelnd.

»Okay, wir versuchen ihn zu schnappen«, entschied

Kling. »Funkt ihr euren Hubschrauber an und sagt ihm, wo er hinfliegen soll.«

Zusammen mit Özkan schwang er sich in den BMW und trat erneut das Gaspedal durch. Die Straße vor ihnen war wie leergefegt. Sie hatten Mühe, Gerassimow zu folgen, aber irgendwann würde er das Tempo mit seinem schweren Wagen nicht mehr halten können. Das Asphaltband wand sich steiler bergauf und wurde kurvenreicher. Bald zeigte sich, dass Gerassimows Fahrkünste diesem Streckenverlauf nicht gewachsen waren, zumal der Sprühregen die Fahrbahn mit einem tückischen Schmierfilm überzog. Nach jeder Kurve kam der Mercedes erneut in Sicht, und der Abstand verringerte sich.

»Wir können nichts weiter tun als dranbleiben«, stellte Kling fest, während er konzentriert nach vorne sah. »Schießen ist sinnlos, der hat kugelsichere Reifen.«

»Vielleicht ist der Heli ja schon über uns«, meinte Özkan. Er ließ die Seitenscheibe herunter und spähte nach oben. Ein ferner Schatten erschien vor dem grauen Novemberhimmel und näherte sich schnell. »Ja, ich seh ihn. Das war's dann wohl, Mister Oberschlau.«

Im selben Moment geriet der Mercedes vor ihnen ins Schlingern. Unkontrolliert schoss er auf die Begrenzungsmauer zu, durchbrach sie mit einem polternden Knall und verschwand in der Tiefe.

»Oh Scheiße!«, schrie Kling und trat das Bremspedal voll durch. Mit heftig ruckelndem Antiblockiersystem kam der BMW zum Stehen. Aus der Schlucht neben der Straße quoll eine fette schwarze Rauchwolke und verdunkelte die Sicht. Die beiden Beamten stiegen aus dem Auto, hasteten zum Straßenrand und sahen sich mit vorgehaltenen Taschentüchern an, was passiert war. Das Wrack des Panzerwagens lag mindestens zwanzig Meter tiefer auf dem Talgrund, kopfüber und lichterloh brennend.

»Was machen wir jetzt?«, presste Özkan hervor und versuchte vergeblich, mit der freien Hand den Qualm von sich weg zu wedeln.

»Da kann man nichts mehr machen«, erwiderte Kling lakonisch und schüttelte den Kopf. »Oder willst du mit dem Feuerlöscher da runterkraxeln?«

»Besten Dank, ich bin ja nicht lebensmüde.«

Markus Kling warf einen letzten Blick auf den lodernden Haufen Schrott. »Kommt mir vor wie ein Fegefeuer«, sagte er nachdenklich. »Irgendwie passend. Die Vergeltung für alles, was er angerichtet hat.« Dann ging er zurück zum Wagen und verständigte per Funk die Polizeiinspektion. »Einsatz beendet. Ilja Gerassimow ist tot.«

30

»Gut gemacht, Herr Kling.«

Was aus dem Mund eines anderen ein schlichtes Lob gewesen wäre, kam bei Dr. Lamparter fast einem Ritterschlag gleich. Markus Kling schaltete das Telefon auf laut, damit Lenz Finsinger, der neben ihm stand, mithören konnte.

»Man tut, was man kann«, sagte er demonstrativ bescheiden.

»Ja. Ein Glück, dass Sie Mountainbike fahren. Ich wäre nie darauf gekommen, dass es über die Valeppstraße einen Weg ins Inntal gibt.« Er machte eine Gedankenpause und fuhr fort: »Wissen Sie … was mich stört, ist nur, dass beide Täter der irdischen Gerechtigkeit entzogen sind. Mir wäre ein ordentlicher Strafprozess lieber gewesen.«

»Klar, ist ja auch Ihr Beruf.«

»Nicht nur deswegen. Ich meine, solche Delikte sollten immer prozessual aufgearbeitet werden. Das verdienen die Opfer und auch die Gesellschaft insgesamt. Aber sei's drum. Alles in allem können wir zufrieden sein.«

In der Tat, das konnten sie. Bis auf den fehlenden Beweis, ob Ludwig Menzl wirklich Schmiergeld von Ralf Eggebrecht erhalten hatte, war der Fall restlos aufgeklärt. Auch die Herkunft des anonymen Schreibens an die Kripo gab kein Rätsel mehr auf. Bei der kriminaltechnischen Untersuchung waren DNA-Spuren entdeckt worden, die sich eindeutig Ilja Gerassimow zuordnen ließen. Klings anfänglich nur vager Verdacht hatte damit ein Gesicht bekommen: Gerassimow war über Menzls Affäre ebenfalls informiert gewesen, und sein Brief hatte darauf abgezielt, den Anschein eines Komplotts zwischen dem Bürgermeister und einem der anderen Investoren zu untermauern. Das ganze Täuschungsmanöver war systematisch und lückenlos eingefädelt.

»Mich wundert nur«, bemerkte Kling, »wie lange Lauterwasser seinen Frust in sich hineingefressen hat. Da musste erst einer wie Gerassimow kommen und ihn zum Feuerteufel machen.«

»Manchmal braucht es eben einen Auslöser, um so eine Kette in Gang zu bringen«, antwortete Lamparter. »Durch Gerassimow hat er ja erst erfahren, wie einfach sich Türschlösser knacken lassen. Und nachdem die Brandstiftung im Seeblick sozusagen ein rauschender Erfolg war, hatte er das passende Ventil für seine aufgestauten Aggressionen.«

»Genau«, stimmte Kling ihm zu, »das war wohl so eine Art Erweckungserlebnis im negativen Sinn. Übrigens … Wieland van Dooren ist jetzt wieder in Verhandlungen mit der Gemeinde Kreuth. Sieht ganz so aus, als würde er sein Grundstück am Ende doch bekommen.«

»Na, das ist doch mal etwas Erfreuliches. Was Gerassimow da vorhatte, von dem warmen Abriss mal abgesehen … um ehrlich zu sein, mir gefallen solche historisierenden Nachbauten überhaupt nicht. Die Vergangenheit ist vergangen, und das Hotel Seeblick ist Geschichte.«

Kling erinnerte sich an die Computersimulationen, die ihm Ludwig Menzl bei seinem ersten Besuch gezeigt hatte. »Da sind wir auf einer Linie«, antwortete er. »Ich hätte van Doorens Pläne auch allemal vorgezogen.«

Als das Gespräch mit Lamparter beendet war, fiel ihm plötzlich siedend heiß ein, was er vor wenigen Tagen an Veronika Sommer geschrieben hatte. *Ich rufe Sie später an, damit wir Zeit und Ort vereinbaren können.* Um ein Haar wäre das in der ganzen Hektik der letzten Tage untergegangen. Nicht auszudenken, wenn er ihr ungewollt den Eindruck von Desinteresse vermittelt hätte.

»Lenz, lässt du mich mal kurz allein?«, bat er. »Ich muss da was klären. Unter vier Augen, darum wurde ich ausdrücklich gebeten.«

Lenz Finsinger sah ihn erstaunt an und zuckte die Schultern. »Meinetwegen. Aber sag mir Bescheid, wenn es mit unserem Fall zu tun hat. Keine Alleingänge, bitte.«

»Nein, natürlich nicht. Ich weiß nicht mal, um was es eigentlich geht.«

Finsinger verließ den Raum, und Markus Kling wählte die Nummer des Kreuther Rathauses. Er erreichte aber nur die ältere Kollegin.

»Ist Frau Sommer zu sprechen?«, fragte er, nachdem er sich in Erinnerung gebracht hatte.

»Nein, die liegt mit einer Erkältung zu Hause. Ist es dringend? Dann gebe ich Ihnen ihre Handynummer.«

»Ja, sehr dringend«, bekräftigte Kling, was nur halb gelogen war. Er ließ sich ihre Nummer geben, und diesmal bekam er sie sofort an den Apparat.

»Veronika Sommer, Grüß Gott.« Ihre Stimme hörte sich nicht erkältet an.

»Hallo, hier ist Markus Kling von der Polizeiinspektion Miesbach. Ich hab ja versprochen, mich bei Ihnen zu melden. Wegen des Vier-Augen-Gesprächs, um das Sie mich neulich gebeten hatten.«

»Oh ja, vielen Dank, dass Sie anrufen. Ich dachte, Sie hätten mich vergessen.«

»Was meinen Sie denn, wann Sie wieder fit sind?«

»Ach, mir geht's gut«, antwortete sie überraschend munter. »Ich hab mich nur krankgemeldet, weil ich ein bisschen Abstand gewinnen wollte. Übrigens – herzlichen Glückwunsch, ich meine, wegen Gerassimow.«

»Danke, aber Sie brauchen mir nicht zu gratulieren«, wehrte Kling ab. »Leider haben wir ihn ja nicht lebend erwischt, so gesehen war es nur ein halber Erfolg. Anders wäre es uns allen lieber gewesen.«

»Ja klar, kann ich verstehen. Sie hätten sicher eine Menge Fragen an ihn gehabt. Es ist verrückt, so was hätte ich ihm nie zugetraut. Ich bin ihm ja ein paarmal begegnet.«

»Und? Wie war Ihr Eindruck?«

»Na ja ... er wirkte ein bisschen ... wie soll ich sagen ... distanziert, aber er hatte perfekte Umgangsformen. Früher hätte man gesagt, ein Gentleman.«

Kling dachte an Gerassimows ruppige Begrüßung bei seinem Telefonat, nicht gerade gentlemanlike und eher zu seinem Charakter passend. »Tja, so kann man sich täuschen«, meinte er und ärgerte sich einen Moment lang, dass ihm nichts Besseres einfiel. »Aber Sie wollten ja etwas anderes mit mir besprechen, nehme ich an.«

»Ja, das ist ... eine etwas heikle Sache.«

»Okay, dann sollten wir keine Zeit verlieren. Können wir uns für morgen Vormittag verabreden? Hier bei uns in der Inspektion?«

Sie zögerte. »Um ehrlich zu sein, da würde ich mich unwohl fühlen. Geht es nicht irgendwo anders?«

Am liebsten hätte er vorgeschlagen »in Ihrer Wohnung«, aber in Anbetracht seiner privaten Gefühle erschien ihm das doch zu gewagt. Jedenfalls für den Anfang.

»Natürlich«, sagte er stattdessen. »Also, wenn niemand mithören soll, am besten irgendwo im Freien. Wo keine Leute sind.«

»Ja, das wäre mir auch recht.«

»Wie wär's mit der Seepromenade in Rottach-Egern? Da sind wir in dieser Jahreszeit garantiert unter uns, und es gibt auch genügend Bänke, wo man sich hinsetzen kann. Morgen um elf?«

»Einverstanden.«

Tatsächlich träumte die Seepromenade in herbstlicher Leere vor sich hin, als Markus Kling am nächsten Vormittag dem vereinbarten Treffpunkt entgegenmarschierte. Die Saison war längst vorbei, die Luft feuchtkühl und der Himmel nach wie vor nebelgrau, sodass man die wenigen Spaziergänger an einer Hand abzählen konnte.

Schon aus einiger Entfernung sah Kling Veronika Sommer an der verwaisten Schiffsanlegestelle stehen, wo sie sich verabredet hatten. Bis zur Vorweihnachtszeit würde hier einstweilen kein Schiff mehr ablegen oder ankommen. Er winkte ihr zu und beschleunigte seine Schritte. Es tat gut, sie wiederzusehen, egal, welcher Anlass dahintersteckte.

»Setzen wir uns auf eine Bank?«, schlug er vor, nachdem Sie sich begrüßt hatten. Sie trug einen Steppmantel, kalt würde ihr also kaum werden.

»Ist in Ordnung«, sagte sie und nickte. »Vielleicht da drüben, direkt am See.«

Kling nickte. »Nicht gemütlich, aber da hört uns mit Sicherheit niemand zu.«

Sie setzten sich auf die Bank, so bequem es eben ging, und ließen sich von der leichten Seebrise umfächeln. Ahnungslose Passanten hätten die beiden für ein Ehe- oder Liebespaar halten können; eine Vorstellung, die in Klings Hinterkopf durchaus präsent war.

»Also, was haben Sie auf dem Herzen?«, fragte er.

»Es geht um unseren Gemeindehaushalt.«

»Oh.« Das musste Kling erst einmal verarbeiten. Mit allem Möglichen hatte er gerechnet, aber nicht mit einer kommunalen Finanzangelegenheit.

»Ich muss dazu sagen«, erklärte Veronika Sommer, »seit Herrn Menzls Tod besorgt Herr Fromberger vorläufig seine Amtsgeschäfte, das ist unser Kämmerer. Neulich bin ich mit ihm nach Dienstschluss die Buchhaltung der letzten Monate durchgegangen, und dabei haben wir ein paar Unregelmäßigkeiten festgestellt.«

»Sieh mal an.« Jetzt wurde Kling hellhörig. »Und was war da los?«

»Es scheint ganz so, als ob Herr Menzl mehrfach heimlich etwas aus der Gemeindekasse abgezweigt hat. Alles in allem fast fünftausend Euro.«

Kling spitzte den Mund zu einem Pfiff. »Also da liegt der Hase im Pfeffer. Frei heraus gesagt, wundern tut mich das nicht.«

Was hinter den heimlichen Entnahmen steckte, war ihm vollkommen klar. Menzl hatte die zweite Zahlung von Eggebrecht, die er eingeplant hatte und dringend brauchte, nicht erhalten. Also hatte er offenbar auf diese krumme Tour versucht, seine Finanzen aufzubessern.

»Aber jetzt kommt's«, fuhr Veronika Sommer fort. »Herr Fromberger will die Angelegenheit unter den Teppich kehren. Er meinte, man soll die Toten ruhen lassen, das Geld ist sowieso weg, und er würde sich einen passenden Trick einfallen lassen, um die fehlenden Beträge irgendwelchen Posten als Ausgaben zuzuordnen.«

Kling stöhnte auf. »Meine Güte, was ist denn das für eine Spezlwirtschaft!«

Sie nickte zustimmend. »Spezlwirtschaft, das ist genau das richtige Wort. Aber ich will da nicht mitmachen, verstehen Sie? Ich hätte einfach ein schlechtes Gewissen, wenn ich mich für so eine Mauschelei hergeben würde.«

»Sehr vernünftig.«

»Deshalb hab ich ihm gesagt, dass ich mir das erst überlegen muss. Na ja … deswegen die Krankmeldung. Aber eigentlich, und darum wende ich mich an Sie: Das ist doch strafbar, oder?«

»Auf jeden Fall«, bestätigte Kling. »Ich bin zwar kein Jurist, aber was er da vorhat, ist ganz klar gesetzwidrig. Ich denke, es läuft auf Untreue hinaus, vielleicht auch Betrug, zumindest auf Beihilfe. Damit wäre auf jeden Fall eine saftige Geldstrafe fällig. Immerhin sind das Steuermittel und keine Verschiebemasse.«

»Und was heißt das nun? Was raten Sie mir?«

»Hmmm.« Kling lehnte sich zurück, verschränkte die Hände über dem Kopf und überlegte einen Moment. Jetzt hatte er eine Chance, bei ihr zu punkten; er durfte sie nicht vermasseln. »Wir können das Ganze zu einem guten Ende bringen«, schlug er schließlich vor. »Am besten, Sie reden Ihrem Herrn Fromberger ins Gewissen. Sagen Sie ihm, Sie hätten sich inzwischen schlau gemacht, und er würde eine Strafanzeige riskieren, wenn das herauskommt. Nachdem ich jetzt davon Kenntnis habe, müsste ich schon von Amts wegen der Staatsanwaltschaft Bescheid geben.«

Veronika Sommer sah ihn mit einem Ausdruck des Entsetzens an. »Ja – aber dann käme doch heraus, dass ich diejenige war …«

Wieder eine Chance, und sie war sogar noch reizvoller. Kling hatte Mühe, sich sein Herzklopfen nicht anmerken zu lassen. Er schüttelte den Kopf und legte beruhigend eine Hand auf ihre. Es fühlte sich aufregend gut an. »Keine Sorge«, beschwichtigte er sie. »Mir ist klar, dass Sie nicht als Denunziantin dastehen wollen. Tun Sie aber auch nicht. Es wäre absolut plausibel, wenn der Staatsanwalt im Zuge der Ermittlungen wegen der ungeklärten Schmiergeldzahlung auch die Buchhaltung der Gemeinde untersuchen lässt. Das hat mit Ihnen gar nichts zu tun.«

»Und wenn ich Herrn Fromberger dazu bringe, zur Polizei zu gehen und alles zu erzählen?«

»Dann ist er aus dem Schneider. Also, er hat die Wahl. Wenn er die Sache jetzt meldet, passiert ihm nichts. Aber wenn er sie vertuscht, hat er ganz schlechte Karten.«

»Super«, sagte sie mit einem Blick, der ihm durch und durch ging. »Damit haben Sie mir sehr geholfen. Ich werd's genauso machen, wie Sie vorgeschlagen haben.«

»Dann hoffen wir mal, dass er einsichtig ist.«

Markus Kling erhob sich von der Bank und reckte seine Glieder, doch Veronika Sommer blieb sitzen. »Ich muss Ihnen aber noch etwas erzählen«, gestand sie.

»Etwas … etwas Privates. Aber Sie müssen mir versprechen, dass das unter uns bleibt.«

Kling sah sie überrascht an und setzte sich wieder. »Ja, klar, versprochen, Hand drauf.« Eine weitere unverfängliche Gelegenheit, ihre Haut zu spüren. »Also, schießen Sie los.«

»Wissen Sie, es ist so …«, Veronika Sommer begann zögerlich weiterzusprechen. »Ich war ja damals in der Probezeit, aber eigentlich schon auf der Suche nach einer neuen Stelle, weil im Rathaus etwas vorgefallen ist … wie soll ich mich ausdrücken –« Sie hielt inne und versuchte, die richtigen Worte zu finden. »Kurz gesagt, Herr Menzl war hinter mir her. Nachdem sowieso alles Mögliche in der Zeitung stand, glaube ich, Sie sollten das wissen. Und ich muss es einfach mal loswerden.«

Markus Kling war völlig perplex. »Öha. Aber wieso denn bei mir? Ich meine, so was erzählt man doch normalerweise zuerst seinem … seinem …«

»Partner, ja. Den hab ich im Moment aber nicht.«

Was für eine erlösende Information.

»Und meinen Eltern kann ich mit so was gar nicht kommen. –Fühlen Sie sich jetzt als Kummerkasten missbraucht?« Ein zweifelnder Blick ihrerseits.

»Ach was. Reden Sie weiter.«

»Ich meine, jeder weiß ja inzwischen von seinem Seitensprung«, fuhr sie fort. »Aber diese Sache ist doch sieben Jahre her. Ich hätte ihm nie zugetraut, dass er in seinem Alter … na ja, vielleicht war ich zu blauäugig.« Kling musste sich ein Schmunzeln verkneifen, denn er hatte selten schwärzere Augen gesehen als ihre. »Von daher wundert es mich auch gar nicht, dass er etwas mit dieser Französin hatte. Ich frag mich nur: Was hat die Frau an ihm gefunden? Ein Schönling war er ja nun wirklich nicht.«

»Tja«, sagte Kling schulterzuckend, »wo die Liebe hinfällt …«

»Ist ja auch egal. Jedenfalls scheint er sich seitdem für unwiderstehlich gehalten zu haben. Ich will ihn ja nicht schlechter machen, als er war … Ich meine nur, vielleicht machen Sie sich Vorwürfe, weil Sie ihn ja festgenommen haben, und dann –«

In der Tat, da berührte sie einen nach wie vor wunden Punkt.

»Seine Familie tut mir wirklich leid«, fügte sie an, »aber er selber … er hat sich ekelhaft benommen.«

»Also – wollen Sie mir sagen, was genau passiert ist?«

»Anfangs sind nur hin und wieder anzügliche Bemerkungen gefallen. Das war unangenehm, aber ich hab einfach die Ohren auf Durchzug gestellt. Und dann waren wir nach Feierabend mal allein in seinem Büro, weil ein paar Akten durchzugehen waren. Da ist er zudringlich geworden.«

»Inwiefern?«

»Na ja … körperlich halt. Er hat sich an mich gedrängt und versucht, mir in den Ausschnitt zu greifen. Ganz massiv.« Sie wurde leiser und sah weg. »Ich konnte seine Erektion spüren.«

Markus Kling schüttelte den Kopf. »Unmöglich. Aber das haben Sie sich hoffentlich nicht gefallen lassen.«

»Natürlich nicht. Ich hab mich losgemacht, was gar nicht einfach war, und ihm dann eine Watschn verpasst, aber so eine!« Sie holte andeutungsweise mit der rechten Hand aus. »Und Sie können sich denken, danach war unser Verhältnis … wie soll ich sagen …«

»Vergiftet?«

»Das nicht direkt, aber ich würde sagen … belastet. Verstehen Sie? Man bemüht sich, so zu tun, als wäre nichts gewesen, aber das funktioniert einfach nicht. Unter diesem Kerl konnte ich nicht mehr arbeiten. Nicht dass Sie jetzt denken, ich gönne ihm seinen Tod«, fügte sie schnell hinzu. »Aber ich habe seinetwegen auch keine Träne vergossen, das sage ich Ihnen ganz ehrlich.«

»Und trotzdem sind Sie jeden Tag zur Arbeit gegangen, als wäre nichts gewesen? Warum haben Sie Menzl nicht angezeigt und gleich fristlos gekündigt?«

»Das war auch mein erster Gedanke, aber ich hab's dann gelassen. Sie wissen doch, wie das ist. Da wäre Aussage gegen Aussage gestanden, und wer hätte mir geglaubt? Herr Menzl galt ja als seriös und integer und hatte genügend Spezln in der Gemeinde.«

»Sie meinen, er hat das ausgenutzt.« Markus Kling fiel etwas ein. »Wissen Sie was? Das erinnert mich fatal an diese ganze Me-too-Geschichte.«

»Ja, mich auch. Das Blöde ist, mich hat niemand gewarnt. Klar, mit meiner Vorgängerin war bestimmt nichts, die ist ja in Frührente gegangen. Also ein bisschen zu alt für ihn.«

»Und da kamen Sie anscheinend gerade recht«, sagte Kling kopfschüttelnd. »Manche Leute lernen aber auch nie dazu, ich begreif das nicht. Abgesehen davon, dass ich als Polizeibeamter sowieso immer höllisch aufpassen muss, nichts Falsches zu tun …« Er fuhr sich mit den Fingern durch die Haare. »Ich käme nie auch nur auf die Idee, eine Frau einfach anzugrabschen.« Nach einer Kunstpause verzog er schelmisch die Mundwinkel und fügte hinzu: »Es sei denn, sie lädt mich unmissverständlich dazu ein.«

Ihre Miene hellte sich auf. Sie erwiderte sein Lächeln und sah ihm mit ihren tiefschwarzen Augen direkt ins Gesicht.

»Ja. Das kann ja noch kommen.«

Das *muss* noch kommen, dachte Kling, jetzt entschlossener denn je. Und einer plötzlichen Eingebung folgend fragte er: »Übrigens … fahren Sie eigentlich Mountainbike?«

ENDE

Neugierig, wie es mit Markus Kling und Veronika Sommer weitergeht? In Band 2 der Tegernsee-Krimiserie wird es verraten. Und natürlich wird es Kommissar Kling wieder mit einem spektakulären Fall zu tun haben …

DANKSAGUNGEN

Wie jeder Roman wäre auch dieser nicht denkbar, wenn es neben dem Autor nicht eine Reihe von Mitwirkenden gegeben hätte, die zum Gelingen des großen Ganzen beigetragen haben. In erster Linie danke ich meiner Frau Gertrud, die jedes Kapitel durchgelesen und mir mit konstruktiver Kritik geholfen hat, die Story (wie ich hoffe) spannend und lesenswert zu halten.

Meinem alten Freund Günter Rodewald, meinem Mitstreiter Ulrich Radermacher, dem Team der Verlagsagentur Lianne Kolf sowie Claudia Senghaas vom Gmeiner-Verlag danke ich dafür, dass sie mir den Weg zur Veröffentlichung geebnet haben. Dank gebührt auch meinen Lektorinnen Katja Ernst (die das Manuskript für tauglich befand) und Sina Deter (die für den letzten Schliff gesorgt hat).

Darüber hinaus sind all diejenigen zu nennen, deren fachlicher Input mir bei der realitätsnahen Ausarbeitung des Inhalts geholfen hat:

Dr. med. Thomas Schmidt-Auffurth, Hamburg
Prof. Dr. med. Matthias Graw, LMU München
Rechtsanwalt Dr. Peter Wieland, München
Rechtsanwalt Andreas Riehn, München

Murad Arikan, München
Natasha Feldgun, New York City
Stefan Sonntag, Pressestelle des Polizeipräsidiums Oberbayern, Rosenheim

Ihnen allen sage ich ebenfalls herzlichen Dank.